暖暖春风江上来（下）

殷寻 著

重庆出版集团 重庆出版社

001 Chapter 8

092 Chapter 9

166 Chapter 10

番外篇

216 1. 尤克里里初相识

224 2. 从来未热恋,原来已深情

238 3. 曾经沧海

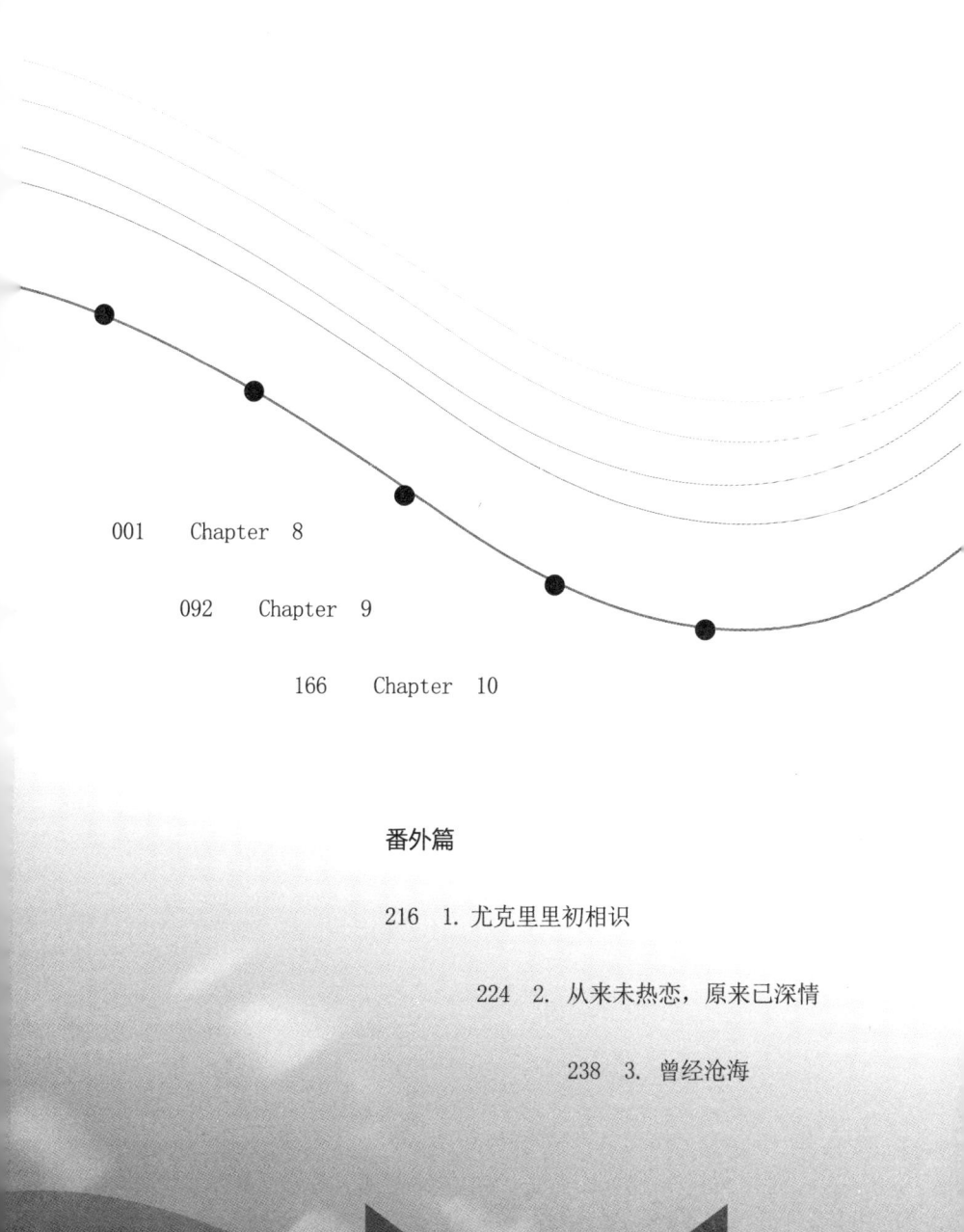

Chapter 8

一场罕见的瓢泼暴雨席卷了整个京城,伴随强悍的电闪雷鸣,两个小时前,气象台、电视台及广播都已经纷纷发布了红色预警,两个小时后,庄暖晨还在车上。

雨很急,雨点砸在挡风玻璃上绽开万朵雨花,雨刷拼命挥动着,刚刚扫清视线又被大雨蒙住。

交通瘫痪,交警们顶着暴雨疏散交通。庄暖晨的车子堵着不能动,前后又都是车子挡路,一时间像是被人卡住了腰。干脆熄了火,从听到红色预警报告到现在被困在水泄不通的桥底已足足过了两个小时,两个小时,车子才动了能有二十步远的距离。

静静地坐在车里,耳畔全都是前后左右车子不安的车鸣声,像是愤怒的抗议又像是一场哀嚎。手机的光亮在努力蹿动了一下后彻底消失,也意味着,只要她待在车子里便与外界失去了联系。

不知过了多久,前方似乎有救援车,又听到车外有雨声和嘈杂声,仔细查看才发现,路面积水已经达车身了。有车主慌了,车鸣声更加强烈。庄暖晨反倒是从未有过的平静,听着雨水砸落车顶的声音,前挡风外的世界早就模糊一片,思绪越来越清晰。

是大三的时候吧,那晚她打完工也遇上雨天,她没打伞,正在餐厅门口踌躇不前的时候,远远听到有人喊她的名字,放眼一看竟是夏旅和艾念,两人撑着一把好大好大的红伞嬉笑着跑到她面前。

当时她都震惊了,一是没料到她们两个会从郊区跑到市里来接她,二是她从没见过这么大的伞,几乎能遮住四五个人。等两人撑着伞上前的时候她才看得清楚,哪是雨伞啊,明明就是小商小贩用在室外的遮阳伞,伞面上竟然还印着"康师傅"。

后来才知道是夏旅的主意,她们两个原本就想来找她,谁知中途下了雨,没办法之下夏旅一把夺过小商贩准备收的遮阳伞拉着艾念就跑了。

她永远记得那一天,她们三人共同撑着那把大伞,没觉得丢脸亦没觉得疲累,倒是觉得下雨是件乐事,那时是个夏天。

车窗外,路边的枝柳被暴雨打得七零八碎,一截终于被斩断的枝条啪的一声落在挡风玻璃上,又被雨刷一扫飞到前车盖上,只留下一抹浓绿的影子却又很快被大雨冲走。庄暖晨眉心微微一动,这才发现,原来不知不觉间今年的夏天已经来了。

又遇夏天,只是这一年她独困在车里,车窗外再不见那两道影子嘻嘻哈哈地跑向她,没有夸张的大伞,也没有艾念和夏旅了。如今她被困在桥底,周遭人都能感到死亡的气息在蔓延,可是她已然觉不到了。

车窗开了小缝,忽然透来的便是漫天的雨腥味。路面的积水已经漫到了一半车门,很多司机都弃车而去,还有嘈杂的谩骂声与呼啸的暴雨、轰隆隆的雷声混在一起,震耳欲聋。

眼皮很沉,从没感觉这么累过,整日的铺天盖地的悲戚足以耗尽了心力,她合眼,头昏昏沉沉,闭上眼的瞬间只觉得整个身子都在下坠。

咚咚,有人在狂敲玻璃。

庄暖晨的双眼像是被胶水黏住了似的睁也睁不开,身子沉到了极点。

"暖暖!"

隐约中,她似乎又听到有人在叫,嗓音低沉急促,很熟悉却又很遥远。车门被撞得咚咚直响,朦胧中又像是听到有人说:"刘队,车门锁住了。"

谁的车门锁住?是她的吗?浑浑噩噩间庄暖晨感到很冷,意识散了无穷无尽。

"小江,弟妹的车门锁住了。"

"让开。"

周遭很吵,再远还是呼天抢地的惊叫声。耳边又是砰的一声,紧跟着玻璃破碎,大团的雨腥扑向她,充塞着她的呼吸,很快她觉得身子一轻,像是被什么人给抱起来了。

风很紧,雷电交加得更劲。庄暖晨努力睁眼,映入眼帘的是一张男人脸,头顶黑色大伞遮住了暴雨,周遭有雨花飞溅,黑漆漆一片。是他的伞,更是他的眸。

他的肩头被雨水打湿,额前短发也有些湿,看上去焦急关切。

庄暖晨病了。

卧床不起高烧不退,时不时还说胡话。她做了很多梦,有小时候的,有与顾墨在一起的,有与艾念、夏旅打闹的,有与江漠远结婚时候的。

再睁眼时,眼前明灿灿的光亮恍若隔世。额角像是针扎似的疼,有阳光从旁铺散进来。窗外早就不见了狂风暴雨,取而代之的是满眼浓绿,晨光映在树杈上如同水纹般柔和。

吃力起身，沙发上的男人令她一愕。江漠远斜靠在沙发上，颀长的身子显得沙发倍加拥挤，他睡着了，白色衬衫松了两个扣子，半掩着结实的胸膛肌理，呼吸平稳，有报纸在他身边滑落，许是醒着的时候看的。晨光于他眼角眉梢上蔓延，原本一字宽的眉间隐隐微蹙，看上去疲累。

一时间庄暖晨有些蒙，环视一圈才发现这是医院。男人的嗓音惊喜微扬："你醒了。"

江漠远听见动静醒了，走上前，在她身旁坐下，摸了摸她的额头，松了口气。

"我怎么了？"好半天庄暖晨喃喃了句。

"你严重低血糖引起昏迷，又高烧不退。"她脸色苍白，江漠远怜惜，温柔轻声，"没事了，都过去了。"

他想想都后怕，程少浅的一通电话令他心里发了毛。按理说，庄暖晨辞职不算什么大事，他倒是巴不得她辞职在家，但他了解程少浅，不是什么大事绝对不会打这通电话。

在电话里，程少浅交代了事情的来龙去脉，他更觉得事态严重，这一次，怕是夏旅已经将她的心伤到了极点。

他是二话没说放下手头工作去了机场，下了飞机就接到暴雨的红色预警，别墅没人，又到新房也没人。吉娜和奶奶那边他也找过，庄暖晨没去。她的手机关机，无法问到位置，又生怕她真的堵在路上，情急之下冒着大雨满北京城开找。

难以形容找到她瞬间的心情，像是那次在冰天雪地里终于把她找到似的激动和紧张。他也是头一次遭遇如此罕见的暴雨，大多数的车子被泡在了积水中，救援车、吊车等全都到了现场抢救。

等他找到庄暖晨的车时，积水淹过大半个车门，万幸的是她所在的地势较高一点，但雨势大，如果他再晚到一会儿，她就会发生危险。

上了救护车，她瑟瑟发抖地一个劲儿往他怀里钻，他知道她在害怕，知道她很无助，于是在她耳边一遍遍喃喃："没事了，我来了。"

"我昏迷了很长时间吗？"再开口嗓音嘶哑，喉咙火烧火燎的疼。

"两天。"

她竟然昏迷了这么长时间？

"这阵子好好休息，什么都不要想什么都不要做。"

"你怎么回来了？"

头顶上男人低叹一声："我不回来你早就向阎王爷报到去了。"这一场大雨，搅得整个京城都动荡不安。

她哑着嗓子说了句："早点报到更好，早死早投胎。"纯属句气话。

江漠远伸手用力捏了下她的鼻子。

"疼。"

江漠远松手，起身给她倒了杯水，见她不提辞职的事，他也不主动提。他垂眼与她对视，目光所及尽是柔情："这些天，想没想我？"

庄暖晨的心跳得很快，快到近乎要蹿出了心口。

"咳咳。"想念他的话还没等说出来便被意外的咳嗽声打断，有人故意为之。

她一把推开江漠远。

吉娜憋着一脸的笑故作内疚："呀，真不好意思。"

再看江漠远，脸变得铁青。

吉娜不是一个人来的医院，身后还跟着奶奶，进门后第一件事就是伸手照着江漠远的肩头给了一巴掌。

"奶奶。"江漠远挑眉抗议。

"你是怎么照顾你老婆的？一天到晚忙着工作连老婆都不顾了？"

"是啊哥，你不紧张外面还有很多男人紧张呢。"吉娜跟着掺和。

江漠远扫了她一眼，十足警告意味，吓得吉娜赶忙闭嘴。

"奶奶、吉娜你们坐，我没那么娇气。"庄暖晨动容。

"我先去洗把脸，你们聊。"江漠远起身离开。

待他走了后，吉娜窜到她的右边坐下："我刚才是不是打扰你们了？"

"别瞎说。"她脸一红。

"你呀，总算是醒了。我给你炖了汤，先喝点。"奶奶将带来的汤煲打开，盛了一碗递给她。

"谢谢奶奶。"

"原本想着要不要通知你爸妈呢。"

"千万不要。"庄暖晨一听急了。

"漠远也说不用，他就是生怕你不高兴所以就没通知，想看看情况再定，醒了就好。"奶奶拍了拍她的胳膊，一脸疼惜，"你说你这丫头怎么死心眼呢？遇上大雨就赶紧下车，多危险啊。"

庄暖晨放下汤盅心里不是滋味："奶奶对不起，让您也跟着着急上火。"

奶奶拉过她的手语重心长："我知道这段时间你在生漠远的气，但夫妻哪有隔夜仇呢？不是奶奶替他说好话，这次啊你真是吓到他了。"

吉娜一脸的认真："我也是第一次见我哥这么紧张一个女人，你知道，他对沙琳都没这么好过——"

"吉娜。"奶奶喝住了她。

吉娜嘟了嘟嘴。

"没事儿。"听到沙琳的名字确实令她心里一堵，但她清楚吉娜是个直性子，"我现在已经顾不上漠远跟沙琳的事情了。"她现在满脑子都是夏旅。

吉娜一听急了："你不能不在乎啊，再说了都是沙琳自作多情地缠着我哥。我哥一回北京就立刻找你，说什么你最怕打雷闪电，还动用了关系找你，我是了解我哥的，他平时最不爱搭人情。"

庄暖晨这才想起那晚的事，吵吵嚷嚷间确实还有别人。

"听奶奶一句劝。"见她神情松动，奶奶语重心长，"这男人啊，你得软硬兼施，吵架的时候最忌讳一味地晾着他，说句不中听的话，他有耐性哄你一天两天、十天半个月的，但也有耐性用尽的一天，定力再强的男人都经不住寂寞，这个时候别的女人再乘虚而入你怎么办？"

庄暖晨这才听明白，赶忙道："我那晚真的不是因为漠远的事——"

"你不为我哥的事还能因为什么事？"吉娜冲着她眨眼，"我知道你不爱提沙琳，但我哥跟沙琳的事我是最有发言权的。以前我哥对沙琳是挺好的，但跟对你的感觉完全不同。"

"有什么不同？"庄暖晨下意识问了句。

吉娜叹了口气："沙琳在出事前真不是现在这样子，没错，大小姐脾气这是她的缺点，但她特别喜欢旅行，也很有个性。我哥曾经说过喜欢沙琳，但我总觉得他对沙琳更像是对妹妹。可对你就不一样，他跟你在一起的时候目光总会追随你，你笑他也忍不住笑，你难过他也跟着皱眉。你生病这两天他就在这儿陪了你两天，周年汇报工作都是来这间病房。"

庄暖晨想起醒来时看见的一幕，她并非铁石心肠，他的深情和体贴她怎会感觉不到？

窗外，鸟儿叫得甚欢。

阳光洒在窗棂上折射出光绚的影子，庄暖晨忍不住伸手接住这抹光影，影子透过树叶缝隙在她指尖上落下大片斑驳金黄。

窗子正对医院的花园，幽绿间绽放万紫千红。她喜欢夏天，但夏天每次都来得悄无声息，等到适应了春季那抹浅浅的绿影后才恍然察觉，夏花已竞相开放。过了夏季就会进入秋季，一年光景似乎想想就到了头，时光荏苒如白驹过隙。

这两天程少浅也来过，没聊太多工作上和夏旅的事，反而江漠远送他出门的时候聊了很久才回来。想想程少浅和江漠远的关系，深思过后才发现，他们两人的这种关系才会更长远，难为知己难为敌。两人间的竞争是摆在明面上的战争，不藏着掖着，为了公事可以撕破脸皮，为了私事也可以坐在一起喝茶聊天。

人和人之间始终要保持一定的距离才算合情合理，又想起她和夏旅，怎么会走到今天这一步？

正想着病房门开了，江漠远拿着干净病服走进来，见她站在窗旁，放下病服后走上前："想什么这么入神呢？"

男人的胸膛温暖坚实，她没回头，任由他搂着自己："没什么，就是觉得夏天来得真快。"

头顶是江漠远低沉的笑："我们第一次见面也是这个季节，你来找我面试。"

她恍然："是啊，你还记得。"

"记得，永远忘不了。"江漠远搂着她，拉过她的手轻轻抚弄，"你第一次见我的时候很紧张，连连说错话，当时我就在想是不是自己看上去太严肃吓到你了。"

"你就是太严肃啊。"她控诉，"外面那么热，会馆里冷得要命，你又不苟言笑。最开始我以为你是个老头子，谁知道你这么年轻啊，完全打乱了我的计划。"

江漠远还是第一次知道她的这个想法，忍不住笑出声："你还真有想象力。"难怪她当时一进门看见他后就愣住了，紧跟着手足无措。

"当时是真挺怕的。"她看着窗外，眸光如水般柔和清漣，"我怕我哪句话说错失去了高薪兼职工作，又怕你提出不合理要求。"

"你也挺大胆，否则怎么敢跟我提条件。"江漠远笑声温润，陪吃陪喝赔笑但不陪睡。

"谁知道你是不是居心叵测？"她嘟囔了句。缘分有时妙不可言，如果当时她没应下这份差事的话今天他们两个就不会成为夫妻，是不是，很多人的命运也会变得不同？

江漠远将她身子扳了过来，薄唇漾着笑："我对你一直都居心叵测。"像是开玩笑又像是认真。

这番话令她想起很多事，眼眸转黯。江漠远像是看穿了她的心思，低头在她额头上落下轻吻。

她轻轻闭眼："我想出院。"

"再观察两天。"

手机响了，让眼前静谧光景断了片儿。她从病服口袋里拿出手机，半天没按接听键。

"别勉强自己。"他伸手要来拿手机。

她摇头,转身面向窗子。

"你什么意思?"病房很静,对方的声音清晰可见。

庄暖晨下意识看了一眼江漠远,他已走到沙发旁坐下看报纸,神情看不出浮动和不快来。

"你打电话来就是要问我这个?"

"对。"夏旅的语气很冷,"你一声不吭辞职想要跟我证明什么?庄暖晨,我用不着你可怜我。"

"你说对了,我就是可怜你。"窗外明明是初夏正浓,她却感到阵阵寒凉。

"你千方百计想往上爬,现在我如你意了。夏旅,你有本事就坐到我这个位置甚至坐到程少浅的位置上试试看啊,别说我瞧不起你,你就是没本事才使阴招,我就算什么人都不靠都会比你爬得快、坐得稳。"

"庄暖晨,你——"

"你有本事留下,有本事在德玛做得风生水起,这样才能让我看得起你,否则我永远鄙视你,鄙视你不过就是个善用阴招在别人背后放冷箭的小人。"

"你是不是从一开始就没瞧得起我过?"

庄暖晨冷着心道:"是。你仗着自己长得漂亮就以为老天爷应该眷顾你,实际上你算什么啊?你不过就是个花瓶,毕业成绩你不如我,工作成绩你更不如我。夏旅我告诉你,我早就讨厌你了,很讨厌很厌烦。"

"好、好,庄暖晨,这可是你说的!"夏旅那边气得发抖,连嗓音都带着颤音儿,"从今天起我和你的交情一刀两断!"

"从你想着怎么害我那天起,我跟你的友情已经断了。"

"你最好给我瞪大了双眼去看,我非得让你有后悔的那天不可!"夏旅吼了一嗓子后按断了通话。

这边庄暖晨也放下手机,使劲咬着唇,可再如何强忍都压不下心头的悲痛。

江漠远虽拿着报纸却一个字看不进去,走上前将她拥入怀里:"明明不是心里想说的话,为什么还要伤人伤己呢?"

她窝在他怀里,好半天才哑着嗓子说:"有些事发生了就是发生了,断了也好,至少她不用再对我内疚。"

江漠远轻抚她的后背,轻轻慰藉。

"人生没有不散的筵席,不是吗?"她酸着鼻子,眼眶红红的愣是没让眼泪流下来。

他将她的头压在胸口上,温柔道:"想哭就哭吧。"

没主动提辞职的事不代表她已经过了这道坎,在送走程少浅的时候,他跟他聊了很多,其实他和程少浅都清楚知道股东们的意图,对于庄暖晨的辞职,自己才是罪魁祸首。

不过话又说回来,暖晨的脾气他了解,就算没有他和德玛竞争的事实,在她得知夏旅做的这些事后也会主动辞职,这就是庄暖晨,平时看上去好脾气、好说话,倔强起来还真是九头牛都拉不回来。

怀中庄暖晨哽咽:"我不想哭,只是觉得很冷。漠远,你抱紧我,抱得紧一些。"

江漠远收紧手臂,宽阔的胸膛成了她缓解悲伤情绪的港湾。

医院门口,夏旅死攥着手机,脸惨白。身后扬起一声:"人都来了,为什么不进去说清楚?"

她愣住,转身。身后,孟啸站在大片光影中,颀长身影斜斜落下,一贯慵懒的他此时此刻看上去严肃凝重。

"你偷听我讲电话?"她眉头微蹙。

"我根本就不用偷听也知道你做过什么。"孟啸上前,目光如炬。

夏旅冷笑:"我差点忘了,你会来看庄暖晨,她会告诉你实情,没错,是我害得她离职,是我在她背后放冷箭,怎么着?你想主持一下公道?"

她的冷笑没令孟啸愤怒,反而目光悲悯:"夏旅,我不知道发生了什么事,问过暖晨,她只字不提。暖晨被送到医院当天一直说胡话,叫你的名字。我怀疑是不是跟你真有关系,刚刚只是试探了一下,没想到竟然真的就是你。"

夏旅的手指发颤:"既然你都知道了,想怎样?是不是跟庄暖晨一样再骂我一次?"

"你来了就说明你想见她,跟我进去。"孟啸一把抓起她的手。

"够了。"夏旅甩开孟啸的手,"这件事跟你有什么关系?"

"夏旅。"孟啸也挑高嗓音:"我不相信你能为了利益出卖朋友。"

"人都会变的,我想要过好日子往上爬,想要成功有什么错?"

"我不相信你是这种人。"

"你别多管闲事了!"夏旅烦躁地将他一把推开,"你相信我什么?你了解我什么?孟啸,你以为自己是什么正义使者呢?我拜托你别管我的事了!"

孟啸僵硬地杵在那儿，眼角眉梢染上僵寒，盯着她半晌后才幽幽开口："如果不是因为我喜欢你我才懒得管你。"

夏旅的身子一僵。

孟啸站在她对面，说完唇角紧抿，夏旅也一句话没再说，噤若寒蝉。

"就当是为了我，把心里的话说出来好吗？"他的嗓音放轻。

良久后夏旅才开口："你太高看自己了，我凭什么要为了你？"

孟啸目光一紧。

"别以为我跟你参加生日宴会就怎么样了，从开始到现在，我和你什么关系都没确定，你我之间也没有承诺，所以你没资格要求我做这做那。"夏旅冷着眼寒着心，"我还是那句话，你孟大少爷能玩得起我就奉陪，玩不起就离我远点。"

"夏旅，你——"

"现在，"夏旅打断他的话，目光如寒窟般阴冷，"我已经开始对你讨厌至极了。"

身后，孟啸立在原地无法动弹。

是谁说过，当你喊我的时候，如果我没回头就是因为我哭了？如果此时此刻孟啸喊了她的名字，又或者追上前的话一定会发现夏旅哭了。

庄暖晨说得对，当她意识到那么做会伤害到友谊时，她跟她的交情已经到此为止了。她知道庄暖晨在电话里的意思，这么多年庄暖晨什么性格她比谁都了解，狠心的话谁都会说，但狠心的事她庄暖晨是做不出来，她在用激将法，这样一来才能保护好彼此都受伤的心。

庄暖晨受伤了，她也受伤了，连带地她连孟啸也伤了。孟啸，她根本就配不上。即使在一起又怎样？让他知道她是多么不堪？她是多么肮脏？有些路就是这样，第一步迈错了那就是步步错了，再想回头已然没了来路。

又过了两天，江漠远架不住庄暖晨的三番四次磨人功力点头同意办理出院，庄暖晨像是一头困兽离笼似的松了口气，回了新居。

这次江漠远没急着催她回别墅：一来他这段时间太忙，国内国外飞个不停；二来她的车子在大雨当天泡水泡得严重，别墅那边出门叫车不方便。

这阵子庄暖晨大门不出二门不迈，睁眼第一件事就是投简历，然后简单吃点饭去健身房做做瑜伽。

程少浅打过不少电话过来，一是谈夏旅的事，二是生怕她的心情会受到影响。她想得很开，诚心说服程少浅继续将夏旅留任。后来她听高莹说，是夏旅主动提交的一份方案让程少浅对她改观，那份方案是夏旅几天没睡赶出来的，甲方十分满意。

梅姐伸出橄榄枝，邀请她加盟，她也不是没考虑过梅姐的建议，但梅姐主要是侧重政府公关，想想也就作罢了。

俗话说得好，大树底下好乘凉。有了德玛的工作经验，外加程少浅的推荐信，短短一周，庄暖晨的信箱里就塞了不下十几家公司的面试通知，其间也有猎头公司主动打电话给她，推荐的公司竟然就是奥斯公关，她婉言拒绝。

庄暖晨在为未来之路厮杀的时候，江漠远承担起了后援的角色，只要他在北京就要一天几个电话叮嘱她吃饭，或许下了班接上她美餐一顿，在他看来，这种日子过得也挺好。

这天江漠远顺道去了趟医院，孟啸正好做完一台手术下来，见他来了便直接进了办公室。

"暖晨的检查结果全都出来了，一张不落。"将全部的检查报告递给江漠远后，孟啸懒洋洋倚靠在沙发上一脸疲累。

"怎么了这是？"江漠远察觉他的神情不对劲。

孟啸抬手搓了搓脸："没事，打算休息一阵子，前段时间太忙。"

夏旅迟迟不肯接电话，堵到她家门前她又视而不见，突然变了的态度令他一时间不知所措，这种情绪带进工作是极为危险的，他宁愿调整一段时间再上班。

"你的状态的确不适合再做手术了。"见他不说江漠远也不打破砂锅问到底。

孟啸明白这个道理，点头，指了指检查报告："我看了一下，暖晨没什么大碍。"

庄暖晨昏迷一事引起了江漠远高度紧张，待她出院没多久，他又押着她来到医院做了个全面检查，因为有的检查结果要等段时日才能出来，孟啸就干脆一并帮着收好。

江漠远拿着检查单子看了良久，孟啸无奈："我的话你都不信，就像你能看懂似的。"

江漠远收好检查单笑而不语。

"今天怎么劳烦你这个大忙人来医院了？你老婆呢？她现在不是每天在家吗？"

"她比我还忙。"江漠远在他对面坐下，自顾自倒了杯茶，喝了口皱皱眉。

孟啸伸手将茶杯夺了过来："别对茶叶评头论足，是别人送的，你知道我从不喝茶。"

又好奇问:"你堂堂总裁还养不起老婆吗?怎么搞得她像是家里顶梁柱似的,你成小白脸了?"

许是茶水真的无法入口,江漠远干脆倒了杯白开水,身子前倾压低嗓音:"她每天都在意气风发地寻找自己的价值,你说我忍心打击她吗?难道我能把她捆起来不让她找工作?这两天一大早她的手机就响个不停,看得出还挺抢手的。"

"你干脆就收了她得了,标维又不是没有企划部。"孟啸哑然失笑。

江漠远若有所思:"标维我早晚要离开,到时候她怎么办?"

"你还真是深谋远虑。"

"她想做什么都行,但本那个人她还是少接触比较好。"江漠远轻轻转动着手里的杯子,"暖暖一心只想着做事,所以说还是别让她接触那么多乌七八糟的人和事。"

孟啸摇头:"暖晨不是小孩子了。"

"她的事我尽量不插手,但前提是我能保证她的安全。"江漠远朝后一倚,"本,有时候为达目的什么事都能做得出来。"

"所以说你们两个配合得天衣无缝,你正巧也是这类人。"

江漠远不怒反笑:"我是不是要谢谢你的夸奖?"

"你对汉语的理解能力有问题吗?"

"那你可以改说外语。"

两人又闲聊了会儿,又将话题转到庄暖晨身上,这次是孟啸主动开口:"刚刚忘了说,暖晨平时还要注意些。"

江漠远眉心一凛看向他,孟啸最怕的就是他这副神情,解释:"我发现她免疫力很低,比正常人低很多。体质虚弱就容易生病,还有就是一旦有了伤口不容易好,严重还会出现红肿等现象。"

江漠远回忆一下:"她的确是这样,伤口不容易恢复。"

"还容易闹肚子,肠胃功能差。"

"有过这种情况。"有段时间他经常带她到外面吃饭,后来发现她时不时会闹肚子,干脆请保姆在家做。

"所以平时让她多注意吧,营养均衡,早睡早起,提高免疫力的方法我都给你写下来夹在单子里了。"

江漠远依旧忧心忡忡。

"你就别紧张了,这需要慢功夫调养,而且她也清楚自己的身体状况。"

"检查结果在我这儿，她怎么能知道？"江漠远不解。

"可能之前就清楚吧，要不然怎么去买维生素？"

闻言后江漠远迟疑，这完全不像她的风格。在工作上她可以事无巨细，但在生活上绝对不是个令人省心的主儿，要么吃起东西来毫无节制弄得自己上吐下泻，要么忙一天不吃东西最后导致胃疼，这么粗心的人会有保健意识？

"你确定她买的是维生素？"

"她亲口说的。"孟啸看着他笑，"你是不是太小题大做了？"

"在你们医院拿的药？"

"不是，是另家医院。"孟啸说了一个医院名，"老季不是在那家医院的脑外科嘛，那天我路过就上去看看他，就这么遇上你老婆，她也正巧去看个住院的朋友，顺便开了维生素。"

江漠远拿起水杯喝了口水，略微放松。

"检查结果你已经看了，她除了低血糖和免疫力较低外没什么大毛病，放心吧。"孟啸见他患得患失就想笑，"你要是担心，以后就让她来我这儿拿药。"

"谢谢。"江漠远由衷说了句。

孟啸挑眉看他："还客气上了。"

"转达给暖暖做检查的医生们。"江漠远说着起身。

"早就知道你嘴巴缺德，你这就走了？"

"不走还跟你共度良宵？"

孟啸眉眼绽笑："你不去顺便看看你的老情敌？"

搭在门把手上的手滞一下，江漠远转头盯着他。

"当我没说。"

江漠远在原地站了好一会儿后才问："他怎么样了？"

孟啸笑："前两天我看了一眼，已经健步如飞了。"

庄暖晨来看顾墨的事他一直没说，后来他观察一下，想必她是经常来陪顾墨做物理治疗。这件事江漠远蒙在鼓里，一旦被他知道非炸锅了不可。

江漠远不清楚孟啸心里想什么，漠然说了句："你误会了，我是问顾墨的母亲怎么样了。"

孟啸无奈低笑，这个江漠远。

夜空下的北京城，喧嚣，繁华，长窗霓虹好不热闹。

江漠远进了家门，换好鞋子后进来调了空调温度。庄暖晨正在跟电脑较劲，嚷嚷了句："别调，我热。"

"温度太低你容易感冒，还想住院？"

庄暖晨闭嘴了。

换好了家居服出来，江漠远从身后搂住她低笑："忙什么呢？你老公都回来这么久了，连个欢迎仪式都没有。"

庄暖晨侧脸看了他一眼："你入侵了我的家，我不把你赶出去不错了。"

他现在将新房当成是自己的老巢了，出入自在。这段时间倒是悠哉，她顾不上他，只顾着安抚艾念的情绪，艾念不知道她离职的真正原因，但因为事发突然也担心得够呛。

"你忍心？"江漠远挑眉，又扫了一眼电脑屏幕，勾唇深笑，"如果你对我热情点，有可能我会给你提供点专业意见。"

庄暖晨是个何其聪明的人，一听他话中有话，二话没说转过来身子就给了他一个大大的拥抱："老公，工作了一天累了吧？让为妻为您捶背按腰好不好？"

这一声老公叫得他心花怒放，俊脸低下于她耳侧："捶背按腰倒是不用，晚上可以主动一点。"

庄暖晨脸颊红似火，一把推开他，"你个总裁怎么说话的呢？"

江漠远浓眉微挑："总裁也是人吧？是人总有七情六欲吧？"

"不跟你说了。"

"不需要我的专业意见了？"他又凑上前，伸手揽住她的腰。

庄暖晨十分阔气摇头："你是个商人，听你一条意见都带利息的，不划算。"

"不愧是江太太，有觉悟了。"江漠远见她像是走出阴霾的样子，心里也宽慰了。

"人要吃一堑长一智啊。"她叹了句。

他忍不住将她扳过来，整个人抱住，双双窝在沙发上。

"今天心情不错。"他轻捏她的脸。

庄暖晨也任由他占着便宜："本小姐比较抢手，已经有公司在争着抢着要我呢。"

"想去哪家？"江漠远抿唇浅笑。

"比较了一下，天杨传播还可以，近两年才蹿起来的公司，在市场上分摊的份额也能跟德玛、奥斯相媲美了。"

"天杨？"江漠远想了想，"不行，换一家。"

"啊？"原本这只是她的初步想法，也没打算一定要去这家，但一听江漠远这么快否决就觉得奇怪，追问原因。

"天杨曾经也竞标过标维项目吧？"

庄暖晨这才想起来的确有这回事，点头。

"对方的负责人曾经找过我，是个男的，你不能去。"江漠远很平静地给出了个听上去像是理由的理由。

这个理由彻底击垮了庄暖晨，她瞪大双眼看着他："你让我换一家的理由就是对方负责人是个男的？"

"这是很充分的理由。"

"但凡上点规模的传播公司老总都是男人，难不成我一家都不能选了？"

"可以选，但天杨的老总太年轻。"

庄暖晨翻了个白眼。

"要不就别工作了，我又不是养不起你。"他半揶揄半认真道。

她伸手便来掐他的脖子。

"好好好，言归正传。"江漠远举手做投降状，她这才放下手。

"天杨虽说冲劲十足，但后备力量薄弱，虽然目前可以同德玛、奥斯拼一拼市场份额，可维持不了多久。"

庄暖晨若有所思地点点头，其实他说的也是她不敢选天杨的原因。

"我再考虑一下其他的。"

"公司规模大小不重要，重要的是看它有没有潜力。"江漠远伸手将她一缕长发别在耳后，温柔给出专业意见。

庄暖晨点了下头，又偏头盯着他："我干脆跟你学投资算了。"

"好啊，随时欢迎。"笑染上了他的眼角眉梢。

"我看我还是不学了。"转头她就改了主意。

"为什么？"

"从小到大我最讨厌的就是数学。"

江漠远勾唇笑了："喜欢文也有好处，以后等我们的孩子上学，你辅导他文，我辅导他理，连家教都省了。"

庄暖晨微微一怔，孩子。她忘跟他说这件事了，见他在兴头上也不好说扫兴的事。"我去冰箱拿点吃的，你要喝点什么吗？"

江漠远摇头，整个人倚靠在沙发上，抗议了句："沙发太小了，有时间我带你去挑张大的。"他腿长脚长，窝在这个沙发上遭罪。

她哪有心思想着沙发的事？漫不经心应了声进了厨房，打开冰箱一时间竟也不知道要拿点什么了。

客厅这边,江漠远原本打算拿出报纸来看,突然想到孟啸今天说的话,冲着厨房方向叫了句:"暖暖。"

庄暖晨关上冰箱门两手空空地走出来看着他。

"检查结果都出来了,你的免疫力很低,以后要多注意了。"

"哦,知道了。"

"不是拿东西吗?"

庄暖晨想了想,又浑浑噩噩往厨房走。

"对了,你那瓶维生素吃完没有?"身后,江漠远意外问了句。

脚步倏然顿住,少顷转头看他:"维生素啊……"刚刚一直在想什么维生素,想了大半天才想起那次见过孟啸的事。

"是,维生素。"江漠远坐在沙发上看着她,强调了句。

"那个吃、吃完了。"她竟结巴了一下。

江漠远奇怪她的反应,笑容微微收敛,冲着她一伸手:"药瓶拿我看一下。"

"你要看药瓶干什么?"她脱口惊叫。

她的反应引起江漠远的质疑,鹰眸微眯,盯着她像是要看穿她的心思似的:"孟啸给我介绍了一款新的维生素,我看看你买的是不是他说的那款。"

比起江漠远的老谋深算,庄暖晨还不足以练就面不改色心不跳的道行,笑容略显尴尬:"那瓶药早就吃完了,药瓶扔了。"

"哦,扔了。"江漠远好整以暇,"那你告诉我你开的是哪个牌子的药,下次我可以到孟啸那儿帮你拿。"

"那个,我不记得了。"

"你自己吃过什么药不记得了?"

庄暖晨沉了沉气,让理智重回到脑子里:"我的意思是,你那么忙就别操心这种事了,就是瓶维生素而已,到时候我直接去孟啸那儿开就行。"

江漠远没说话,坐在那儿一直看着她。她被他看得局促不安,尽量保持着嘴角的笑容与他对视,房间这么静,她都生怕被他听到惶惶不安的心跳声。

良久后他微微一笑:"好。"

"庄小姐随便坐,我这儿比较乱,实在抱歉。"这次面试的是家小公司,大星期天的,员工们都放假,老板亲力亲为。

公司坐落在崇文门附近,相比德玛高档的办公楼,上下几层的办公环境来说,这间公司简直小得一塌糊涂,是在一处写字楼的六层,看环境夏天较热冬天较冷,一进门庄暖晨误以为进了八九十年代的传统报社。她之前也看了一下公司背景,老板以高档会所起家,也投资过杂志,目前这家杂志办得有模有样,之所以过来面试就是以为公司有媒体背景,这算是一种优势。

老板是个四十出头的男人,头发抓得乱蓬蓬的,说话豪爽,颇有北方汉子的气魄。庄暖晨刚一坐下他便主动倒了杯茶,令她受宠若惊了。

"庄小姐,相信你已经看过我们公司的情况,面积呢是小了点,因为去年刚刚成立。说白了,万宣传播公司只是我手底下的一个项目。"老板说得很实在,"这次我就是想找这样一个人,可以全权打理我的这间传播公司。我看过你的简历很不错,你做过的活动我也看过,相信庄小姐是适合的人选。"

庄暖晨如坐针毡,笑了笑:"那万宣公司隶属哪家集团?"

"庄小姐误会了,万宣没有所谓的隶属公司。"

庄暖晨愕然:"可是我在网上查过您的资料,您不是联美集团的老总吗?"

"看来你很下功夫。"男人笑了笑,"没错,但万宣只是我的初步尝试,它只有在盈利的前提下我才会把它并入联美集团。"

庄暖晨明白了,敢情是拿着一个项目初试牛刀啊。

"我们就开门见山,我初步了解了你,对你很感兴趣,以你的经验要独立带团队应该没问题,福利也许不及德玛,但薪水绝对不会亏了你。"

庄暖晨面试这么久还没遇上这么干脆利落的人。

"我再考虑一下吧。"说实话她对这里不是太感兴趣,总觉得有点怪。

"好,这是我的名片,考虑好了随时打给我。"

她接过名片一看,方程,挺有意思的名字。

从万宣出来,明艳艳的光令她睁不开眼。刚准备去吃点东西,电话响了,接起竟是意外:"我刚看过奶奶,有时间吗,一起吃饭吧。"

柏悦酒店顶层,吃得那叫一个安静。

放眼不远处便能看到熟悉的办公楼——德玛。庄暖晨收回目光,之前跟江漠远来过一次,没想到第二次再来竟然是跟江漠远的母亲,她神龙见首不见尾的婆婆。

电话是她婆婆打来的,她今天刚下飞机,坐在她对面,庄暖晨也不知道说什么。林琦,她的婆婆,依旧一身优雅,妆容精致,保养甚好,外人看过去绝对想象不到她是庄暖晨的婆婆。

"你离职的事我已经听说了。"林琦刚开始试着用汉语交流但以失败告终,干脆换成英语。

正在喝果汁的庄暖晨一个没抑制住,噗的一下喷出来,脸色惨白,果汁喷了婆婆一身。

"对不起,对不起!"她大惊失色,拿过纸巾起身连连道歉,完了完了,婆婆一向严厉,她这次铁定挨骂。

林琦蹙眉淡淡说了句:"你先坐下,慌慌张张的像什么样子?"

她坐下,惶惶不安看着婆婆。

"那个,您擦一下吧。"她都快哭了,第一念头就是想给江漠远打电话求救,婆婆的衣服看上去很贵啊。

"要不我拿去给您干洗一下吧。"

林琦拿过纸巾,低头简单地擦了下,说了句:"你跟漠远结婚都多久了,连声妈都不会叫吗?"

庄暖晨一愣,赶忙补上句:"对不起,妈。"

林琦没计较她喷果汁的行为:"你不吃吗?"

"哦,吃。"她还真猜不透婆婆心里想什么。

吃是心不在焉,婆婆突然找她,总不能就是为了叙旧吃饭吧?但又不好意思多问。

"听奶奶说这段时间你经常去看她,辛苦了。"林琦优雅地切了块小牛肉放嘴里,慢慢咀嚼。

"这是我应该做的。"她小心应答着。

"女人还是要有自己的事业比较好,整天待在家里就会疑神疑鬼,夫妻矛盾也会产生。"林琦话锋一转,伸手拿了块面包,往上面轻轻涂抹鹅肝酱,"夫妻关系能够持久最重要的是要有共同语言,做女人很累,要时刻跟得上丈夫的节奏,这样才能保证婚姻万无一失。"

庄暖晨愣住,她没想到婆婆会说这番话,还以为她会劝说她留在家里相夫教子。

"妈,我知道,这段时间正在找工作。"

"需要我帮忙吗?"林琦看了她一眼,"你公公在北京还有关系在。"

"不不不,妈,我自己找就行。我喜欢做传播,也只想做这行。"

林琦看了她良久:"漠远什么意见?"

"他尊重我的选择。"

"尊重你,这是基本,你是他妻子。"

庄暖晨简直想要向全世界宣告她有个多么明事理的婆婆了。

"我知道你是为了漠远才辞职,我的这个儿子,就是这么自私,一点都不考虑别人。"

家家有本难念的经,而且家家都不同。她是看出来大致状况了,合着她得在婆婆跟丈夫之间做双面胶。

"妈,其实漠远只是不爱解释罢了。"

"行了。"林琦神情淡漠,"你也不用替他说好话,他是我生的,我比你还了解他。"

庄暖晨暗自叹了口气。

"今天我来找你,一是问问你工作上的事,二是想跟你道个歉。"林琦放下刀叉。

跟她道歉?她愕然。

"因为沙琳的事,我向你道歉。"林琦语气放轻,"我听吉娜说了大致情况,漠远跟沙琳前段时间扯不清道不明的关系让你伤了心,为这件事,我替漠远跟你道歉。"

林琦是个明事理的女人,前一刻还在责怪江漠远,后一刻为他做过的事情理单。

"当初我对你的态度也不好,也全是沙琳的缘故。既然她现在还活着,那我也可以跟你明确表个态,沙琳是绝对不会进江家的门。"顿了顿又说,"你是江太太,不要被别的女人牵着走,明白吗?"

"嗯,明白了。"她笑了。

"赶紧吃吧,漠远说你的肠胃不好,再不吃该凉了。"林琦又补上了句,"吃完了正好陪我去趟国贸。"

庄暖晨不解。

"你弄脏了我的衣服,总要拿出点诚意陪我再去选一件吧。"林琦轻描淡写了句,"放心,衣服的钱我先拿,不过这笔账先给你记上。"

"好。"她发现有点喜欢上这位冷冰冰的婆婆了。

后来方程又给她打了个电话,倒是大有三顾茅庐之意。庄暖晨自认为不是诸葛亮,心中自然不大好意思,原本就想直接推了,但又一想其实方程的话也不无道理,能够独立运作团队是相当难得的机会,大公司虽好,但想着一进门就插手重要项目是绝对不可能的事。

这件事她后来又重新考虑了一下,其间程少浅也约她吃过饭,两人聊起了这件事,程少浅认为她可以去试试。

江漠远又出了差,要一周后才能回北京,他的想法跟程少浅大同小异,觉得她可以考虑一下万宣。

这天上午看完了奶奶,下午庄暖晨窝在家里,吹着空调吃着零食,边听音乐边做着面试公司最后的筛选。

手机响了,庄暖晨还以为是江漠远,看都没看接通。"我今天早上吃饭了,中午也吃饭了,一点零食都没吃,没喝碳酸饮料,请问您老还有什么指示?"

自从她被查出来免疫力低后,江漠远一天到晚的电话更频了,恨不得在她身上安装个监控器。

对方没出声,庄暖晨这才看了一眼手机,怔住,是顾墨:"对不起啊。"

顾墨透着笑:"我今天剩最后一次物理治疗了,来陪我做完行吗?"

庄暖晨看了一眼时间:"行,今天你是不是要出院啊?"

"是。你还记得,我以为你忘了。"

"上次你说过了。"

"今天许暮佳没有时间,你陪我做完物理治疗后能顺便帮我办理一下出院手续吗?"

"好。"

"那我等你。"

挂断电话后庄暖晨松了口气,顾墨终于出院了,她的心也放下了。

赶到医院的时候已是下午三点多了,顾墨一早就在治疗室等着,见她来了后上前递一条毛巾:"我还以为你不能来了呢,外面很热吧,擦擦汗。"

她接过擦了把汗笑了笑:"外面太堵了。"

"你多晚来我都会等你。"顾墨意味深长。

庄暖晨岂会听不出话中意思,故意装傻地笑了笑:"这可不行,耽误了时间就会影响治疗,来吧,我们开始吧。"

顾墨见她一分钟都不愿意耽误,眼底稍稍划过忧伤,但也没说什么,开始做治疗。时间很快就过去了,完事之后庄暖晨又帮着他去办出院手续,但因为治疗时间过长,手续办理处的工作人员都已经下班了,顾墨只能再在医院留一晚。等他看完了顾母,庄暖晨准备离开,顾墨却轻叹了句:"一起吃晚餐吧。"

她心一软也就答应了。

晚餐叫的外卖,夕阳落下时天气也不燥热了,两人将外卖拿到医院的草坪坐在椅子上开吃,晚风习习倒是惬意。

"下午给你打电话的时候,你把我当成了江漠远吧?"吃得差不多的时候,顾墨意外地问了句。

庄暖晨筷子一颤,菜擦着她的裙子掉在草坪上。顾墨见了,默默拿过纸巾替她擦着裙子。

"我自己来就行。"

顾墨却压住她的手,小心翼翼为她擦着裙子:"以前你不会跟我这么客气。"

"顾墨。"

"我知道你想说什么。"顾墨笑了笑,"暖晨,我没想让你为难,真的。"

庄暖晨心里揪着难受,曾经她跟他那么好,曾经他们两个那么眷恋。

"其实我早就想告诉你了。"她顿了顿,蹙眉思考了半天后才终于说出了心里的话,"我很爱江漠远。"

顾墨愣住。

"你为了我跳楼我很内疚,顾墨,我只希望以后你能幸福。"有些话还是要说的,拉拉扯扯终归对谁都不好。

顾墨眼底的光慢慢抽离,最终消失不见,庄暖晨不知道该如何安慰他:"我知道你会恨我,我……"

"我没有恨你。"顾墨拉过她的手攥住,收紧,像是用尽力气抓住最后一根稻草似的,眉间流转着留恋、不舍,"我知道我们的缘分已经散了,我认了,我输了。"

庄暖晨心脏紧得要命。

"曾经夏旅骂我骂得对,说你跟我在一起的时候哭比笑多,我承认在我们相处那段日子你经常为我流泪,我无法做到像江漠远那样事无巨细地照顾你,只是这十二年的感情就这么没了总觉得心里难受。"

"你别说了。"庄暖晨鼻头泛酸,虽说是爱上了江漠远,但也不意味着对顾墨一点感情都没了。

"怎么哭了,我没事。"顾墨轻抚了她的脸,看着她红红的眼,"你没有对不起我,是我对不起你才对,许暮佳我总要负责吧?这阵子也难为她了,我已经决定出院后跟她结婚。"

她点头,心里还是酸啊。

"我还会像以前一样来关心你,但我们从此以后就是朋友了。放心,我不会再让你为难,跟你的想法一样,我也希望你以后都开开心心的。"顾墨说着也哽咽了,眼眶红了。

庄暖晨的眼泪止不住了,这样的顾墨令她心酸。

"看你,哭成这个样子,让别人看见了还以为是我欺负你了,别哭了。"顾墨伸手擦去她的泪水,又情不自禁地将她拥在怀里,紧紧的,他的眼透着莫大的哀痛,"谢谢你曾经爱过我。"

草坪的另一头,男人的脸尽是森冷。

周年心有余悸地看了一眼江漠远,迟疑道:"我去叫一下夫人吧。"

江漠远脸色骇人,半晌后转身离开。周年不安地跟在后面,心里七上八下的。

晚十点多庄暖晨才回了家。掏出钥匙开了门,室内漆黑一片,竟有淡淡的烟草味,在黑暗的一角,有红亮的光若隐若现,她惊了一下,忙开了灯。

客厅沙发上,江漠远坐在那儿。没换家居服,西装革履,修长手指夹着烟,茶几上的烟灰缸塞满了烟头。见她回来了,顾长的身子朝沙发后背上一倚:"去哪了?"

庄暖晨看清是他,愕然:"你不是要一周后才回来吗?"

"我问你去哪了。"江漠远没理会她的疑问,淡淡的口吻,声音略微提高了些。

庄暖晨看着他的脸色不对劲:"去逛街了。"

江漠远盯着她看了半天。她被盯得全身不自在,是在生气?为什么?见他不说话,她走进来,刚放下包,沙发上的男人又开口:"买了什么?"

"啊?"她像是惊弓之鸟,吓了一跳。

烟气在他指缝间悠然飘荡,如同被他一手掐死的灵魂。

"你不是去逛街了吗?买什么东西了?给我看看。"他近乎慵懒,抬手松了松领带。

"我只是瞎逛逛,没买什么东西。"她如实以告。

江漠远抽了最后一口烟,探身将烟蒂摁灭在烟灰缸里,再抬眼看向她时,薄唇却勾起笑纹:"你过来。"

她没见过他这么笑过,很冷。

硬着头皮走上前,搭上他的手时打了个寒战,他的手也很冷。他病了吗?

江漠远将她拉坐下来,盯着她,修长的手指攀上了她的脸,似笑非笑道:"哭了,嗯?"

冰凉的触感像是蛇蜿蜒脸上,这股子寒凉沿着毛孔一直渗到血液,她的脊梁都被迫拉直、僵硬。

他箍着她脸的手劲暗自加重,拇指却状似温柔地磨蹭着她的唇:"一边逛街一边哭吗?还是想我想的?"

"你弄疼我了。"下巴钻心地疼。

见她皱眉,他却笑了:"疼吗?我以为你会天不怕地不怕的呢,就算把你挫骨扬灰也不知道什么叫作疼。"

庄暖晨瞪大双眼，他为什么要这么说她？

"去哪了？"他倏然加重了语气。

她张了张唇，想要告诉他实话却一个字也吐不出来，他的手劲太大，紧捏着她的下巴。

"哑巴了？"江漠远浓眉紧蹙，早就没了以往疼惜她的温柔形象，松开她的下巴，大手绕到了她的后脑，蓦然箍住。她被迫抬头对上他的眼，无法逃避半分。

"还是要我来猜？"他眼眸寒凉，唇角却沁着笑，"今天见过顾墨后心情如何，嗯？"

她一怔。

江漠远的手指很有力，语息冰冷："一个下午加一个晚上，他是怎么安慰你的？在他的安慰下你心里那点委屈终于没了吧？"

这段日子他尽心尽力照顾她，生怕她为了夏旅的事情不开心，她不提，他也不会主动问，他以为她已经过了这件事，原来是将一肚子的委屈全倒给了顾墨，在顾墨面前她哭得像个孩子，却从来没对他这么畅怀过。

这就是他捧在手心里怕晒着含在嘴里又怕化了的妻子，他用心来爱的女人，事实上却依依不舍老情人，背着在他出差时私会，甚至这么晚才回来。

"我没有。"庄暖晨好不容易喘过气来，忍着疼颤抖唇，"我是去看过他，但后来真去逛街了。"

"是吗？"江漠远笑得阴冷，"老情人见面，你还舍得去逛街吗？"

"我真的去逛街了！"她急了，用力挣脱。

江漠远大手一用力将她的脑袋按过来，低头轻笑："跟我说说你是怎么伺候他的？"

"你别胡说，我跟顾墨清清白白什么事情都没有。"她一把推开他，起身远离他的气息范围，气得全身发抖。

江漠远抿着唇，下巴绷紧，眼像刀子似的划过庄暖晨的脸，半响后从衣兜里掏出一盒药，啪的一声往茶几上一放。

"既然没什么，好，庄暖晨你来告诉我这是什么药？"

庄暖晨定睛一看，顿时气矮一截。

"不敢跟我说了？还是你记性很差又忘了自己吃过什么药？"

"我、我……"她一时间"我"不上来，茶几上放着的正是她一直吃的避孕药。

现在，跳进黄河也洗不清了。

见她吞吞吐吐，江漠远怒了："庄暖晨你好大的胆子。"

庄暖晨嘴唇哆嗦："我没想要瞒你。"

她的话更令江漠远误会，趋前一步，大手一抓老鹰捉小鸡似的将她箍住："你嫁给我很委屈是不是？就那么爱他？"

"我不是——"

"你还要我怎样对你？是不是要我把心挖出来给你看？"江漠远咆哮，死死揪住她，"你就算是块石头这么久了也能焐热了吧？"

"放开我！"她害怕了，从认识江漠远到现在从未见过他生这么大的气，隐隐之中总觉得他能伤害她。

她越挣扎江漠远就越来气，一想起在医院里看到的一幕就怒火中烧，再加上她的眼神，狠扯了她的头发。

火辣辣的疼从头皮蔓延开来："放开我，江漠远，你个混蛋！"

"是他教你的还是你自己的主意？庄暖晨，我不是没警告过你，到头来你还是敢瞒着我，不但私会情人还偷着吃药，你吃了熊心豹子胆了是不是？"

庄暖晨的手像是被枷上了枷锁，挣扎完全没有了意义，江漠远单凭着一只手就让她失去自由。

"你跟沙琳还扯不清道不明，凭什么要求我给你生孩子？"庄暖晨努力后仰着腰身，竭尽全力地躲避着他，又怕又气的她口不择言，死命推搡着他，"我和你的婚姻都是你用卑鄙手段夺来的，你没资格要求我怎么样！"

"你就是个贼，是个混蛋！"她歇斯底里，她委屈，这件事凭什么赖在她头上？如果当时不是因为他跟沙琳她早就不吃药了。

江漠远恨得一把将她扯住，眼神足可以杀人："终于把你心里的委屈说出来了？好啊，你和顾墨那小子很恩爱吗？在我眼里也不过如此，你不过就是我随手得来的商品。"

冰冷的墙壁紧贴着庄暖晨的背，窗外明明就是夏夜，树枝上的鸟儿还因空气中浮荡的余热惊叫不安无法入眠，她却觉得犹若坠入腊月冰窟，背后墙壁上的凉迅速蔓延，于颈椎直接扩散到全身。

这些话像是密密的尖针刺进了她的心脏，那么痛啊，她紧跟着发了疯似的推搡着他："江漠远你混蛋！"

江漠远寒着脸，手劲倏然加重。她只觉得胳膊被拧得剧痛难忍，额头泛起密密细汗，在本能反抗下终于将他推开后力量也终于耗光，双腿一软一下子跌倒在地，擦得光亮的地面映出那张近乎惨白的脸。

头嗡嗡作响，不停窜荡着他的话。她以为，在了却了顾墨这件事后终于可以向江漠远敞开心怀，她觉得，卑微如自己已经做好了等待他、眷恋他的准备。

　　回家的路上她回想种种，在这场婚姻里江漠远是始作俑者，但她的心还是无法控制地向他靠拢了。她知道，一旦真的爱上江漠远这样的男人，就要将自己这颗隐形的卑微的心狠狠踩碎，她要拔去身上所有的刺，要磨光身上所有的棱角，要准备好人生来爱他。她迫不及待地想要在他面前昂首说那么一句："江漠远，你知道吗，我爱上你了。"

　　回家的路上，她打过他的手机，甚至按键的时候手指都在抖，她渴望听到他的声音，但他的手机关机。她以为他在开会，没成想，等待她的是一场前所未有的浩劫。

　　庄暖晨趴在地上，纱裙下的双腿瑟瑟发抖，头顶上是男人投下的身影，高大、压抑。擦得光亮的男士皮鞋映入了她的眼。紧跟着下巴被他用力捏起，她被迫仰头对上江漠远那双早已没了感情的眼眸。

　　他冰冷的嗓音打在她头顶："庄暖晨，从今以后我不会再对你好，一分一毫都不会。"

　　没给她喘息的机会，他一把将她扯起来，已然没了以往对她的温柔疼惜。

　　"放开我，你要干什么？"庄暖晨一激灵，全身发抖。

　　他却冷笑将她拉紧入怀："我想看看你跟那小子有多鹣鲽情深。"

　　当她被江漠远直接拉进医院的住院大楼时，她才明白激怒江漠远的后果。

　　医院的整条走廊都安静得吓人，头顶上一竖排的白炽灯照得人无所遁形。

　　庄暖晨被一股不知名的惊恐笼罩，也意识到了处境的危险，她不敢大叫，一旦挣扎只会换来男人更强劲的手腕束缚，脚底的平底鞋在光洁的走廊上蹭得吱吱作响，直到，他推开顾墨所在的病房大门。

　　江漠远的行为令她难以置信，他到底要做什么？

　　顾墨所在的病房属于私人高级病房，私密性极强，再加上顾墨原本就准备明天出院，没有医生和护士在也实属正常，不成想方便了江漠远的单刀直入。

　　这一刻庄暖晨才知，原来江漠远早就清楚顾墨是个什么情况。

　　病房分外室和内室，推门进来属于外室的范围，作为用餐和会客方便，内室休息诊治，中间隔着一道厚厚的门，便于病患休息。

　　庄暖晨用力挣扎："江漠远你疯了？你带我来这里干什么？"她生怕江漠远真的一把推开内室的门将顾墨惊醒，他们两个再大打出手。

江漠远一个用力将她推在内室的房门上,只隔着一层玻璃,病床上顾墨睡得很沉。

"我真后悔当初给他安排了这么个高级病房。"身后江漠远压低的嗓音袭过来。

"你们背着我见了几次?"

庄暖晨连开口的力气都没了,整个人昏昏沉沉。

江漠远见她不语心头的怒火烧得更旺,从未有过的嫉妒如火焰般吞噬理智。

眼眶被眼泪胀得生疼,汗水打湿了她绵密的发,她嘴巴张开,却不能出声。

"你很喜欢看着我被你玩弄于股掌是吧?一次次骗我还想着全身而退?你对他不是坚贞不渝吗?行,我满足你。"

江漠远调整了一下左臂搂抱的位置,让庄暖晨的前身亮出来,直逼着她的双眼,笑透着不屑一顾:"不过,也得等我玩腻了再说。"

庄暖晨这才意识到他真正的意图,瘫软的身子立即绷紧了:"你疯了?放开我。"

她从没这么害怕过,这是极端恐惧的震颤。

慢慢地,顾墨的脸模糊不见。

再睁眼天已大亮,庄暖晨嘤咛一声,抬手遮住眼前的光线,又觉得喉咙痛得要命,等适应室内的光亮后才发现已经回了别墅。

她手腕上有印子,是被他大手箍住的青,鼻头一酸,眼泪滑了下来。

房门被推开,他刚冲完澡,腰上围条浴巾。

庄暖晨的心一哆嗦,惊恐如潮水般铺天盖地袭来。江漠远走向床边,她的下巴被他一下捏起来。

昨晚不是做梦,当江漠远靠近时,她又能清楚地感觉到来自心底深处的恐惧。

江漠远看出她眼底的惧怕,眉宇间是出了奇的平静:"以后乖乖听话,听见了吗?"

他的温柔,最终还是成了伪装。

"我要跟你离婚。"她爱他,却不足以压下对他的怕和恨。

轻抚在她身上的大手停滞,周遭的冷悄然蔓延,她感觉得到。

他靠得她很近,唇边的笑扩大:"你敢吗?"

庄暖晨警觉对上他的眼,良久又坚决地重复一遍:"我要跟你离婚!"

江漠远收回手,盯着她:"暖暖,别跟我闹脾气,后果你承担不起,真以为我会成全你跟顾墨？死了这条心吧。"他又叫回了她的昵称，可是不似从前温暖。

"经过昨晚，你还有脸见他？"

"不要再说了！"庄暖晨捂住耳朵，眼泪冲出了眼眶。

江漠远一把拉下她的手，下巴绷紧："你想跟他双宿双飞？我告诉你不可能，我会把你留在我身边，慢慢折磨你。"

"你凭什么一口咬定我出轨？既然都这么认为了，那我们离婚，你有个给你戴绿帽子的老婆还有什么意思？你不怕被外界耻笑吗？"庄暖晨恨得咬牙切齿。

江漠远凑近她，额头上的青筋暴出："别忘了我们说好的，你想做什么我不干涉你，但你不能背叛我，一辈子不准跟我提离婚。你答应了，我才放过你的顾墨和你表哥。庄暖晨，你没忘了自己是卖给我的商品吧？一件商品有资格跟我提离婚吗？"

他的话，痛了她的心。

等江漠远出了卧室，她瘫在床上，泪水模糊了双眼。

她敢跟他离婚吗？有什么不敢？大不了撕破脸皮谁怕谁。但她真的不怕吗？江漠远尚有多少面是她不知道的？哪怕真到诉讼环节她有胜的把握吗？

过了一会儿，江漠远又推门进来，这一次穿得西装革履，意气风发地嘲笑着她的狼狈不堪。

他抬手漫不经心系着袖扣，居高临下看着她："我这两天比较忙，你喜欢住别墅或是在新房都随便你，只要求一点，下次我回来别让我再看见你的冷脸。"

她死死盯着他，恨不得身边有把刀捅过去。

江漠远迎着她愤恨的眼神看过去，伸手捏住她的脸，手指的凉沁入肌肤："好心提醒你一句，我有很多办法逼得你乖乖就范，你最好别逼我走那一步。从今以后，在外给我做足江太太情真意切的戏码，否则，激怒我的后果有你受的。"

一连着几天江漠远都没有回家。

无论在新房还是在别墅，庄暖晨总惶惶不安，闭眼就是江漠远冰冷的言语和铁青的脸。她不知道他是出差了还是在北京，不敢打听他的消息亦不敢问其他人。

顾墨在那天之后就出了院，没两天她接到许暮佳的电话，跟她说要举行婚礼的消息。庄暖晨不敢多聊，江漠远说得对，她再也没脸见顾墨。

这天是个星期三，小周末。

从万宣出来后庄暖晨深吸了一口气，看着天边大片夕阳后手指颤了颤，又快天黑了，但愿今晚江漠远不要回来。正想着车鸣声扬起，转头一看是程少浅的车。

车子在她身边停下，夕阳映亮了程少浅的笑容，他冲着她一招手："还以为自己看错了呢，上车。"

庄暖晨站在路边，大脑一时间短路，好半天才反应过来："你怎么在这儿？"

"过来办事，好久不见了，走吧请你吃饭。"程少浅下车打开副驾驶的门。

"改天吧。"她没胃口，也没心情。

见她神情怏怏，程少浅不放心："走吧，想怎么宰我都行。"

这个时间段吃晚餐，不上不下正好卡在五点刚过。

一顿饭吃吃聊聊两个多小时，夕阳已敛去，窗外霓虹。这两个小时，庄暖晨与他大抵就是聊些曾经在德玛传播的事，程少浅提了夏旅，他认为夏旅做过的事像是根刺似的卡在喉咙里出不来下不去，但又不得不去承认她的确是块料子。他又提及总部有变动，许是要他调回总部的打算。庄暖晨笑他泄露公司机密，他却抿唇笑着不以为意。

餐后甜点是玫瑰蛋糕，庄暖晨轻轻笑着："你想胖死我？"

"据说吃甜食会令人心情好，再说，我见你清瘦了很多，胖点健康。"程少浅对甜腻的东西不感兴趣，剩下的红酒倒在杯中慢慢品尝，"明天天气预报有大雨，能避免出门就避免吧。"

"我哪有那么娇气，明天一早还要上班呢。"

"就算你真决定去万宣也不用这么着急，你倒不如准备两天周一报到。"

"不用了，反正闲着没事，再说我也没什么好准备的。"其实万宣并不是她考虑的对象，但方程不早不晚的一通电话掐断了她所有顾虑，她必须要赶紧上班，转移精力。

"真考虑好了？"

她忍不住轻笑："程总，我怎么觉得你跟老妈子似的？"

"现在我不是你上司，还一口一个程总地叫太见外了。"

"好，少浅。"她改了口。

"这还差不多，暖晨你记住，以后有什么困难随时找我。"程少浅满意笑了笑，轻拍了一下她的手腕，谁知她眉心一蹙，条件反射缩手。

"手怎么了?"两个多小时他总觉得她不对劲,大夏天的穿着长袖衣服。

庄暖晨缩手放在餐桌下,暗自拉扯着衣袖,挤出一丝笑容:"没事。"

她越是如此就越能引起他的怀疑,冲着她伸手:"让我看看。"

"我真没事。"她有点慌了,"我们也吃得差不多了,走——"

程少浅起身一把拉过她的手臂,毫无预警地挽起了黑色蕾丝长袖,一怔。

趁着他愣怔,她想要收回手臂,他却一下子反应过来紧拉她的手:"怎么回事?"

庄暖晨不知道该怎么回答,声音像是被海绵吸收了似的。

"江漠远知道吗?"

她抬眼,嘴唇颤了颤。

他的眸光倏然一收:"还是,他造成的?"

"你别问了。"她用力挣脱他的手,放下了衣袖,"是我不小心弄伤的。"

他看得真切,心思沉了沉:"他怎么忍心这么对你?"

"我说了不是他,你别瞎想了。"

他不再多问,眼底落了阴霾。从餐厅出来,程少浅一路开着车子不说话,庄暖晨不知道他在想什么亦没开口,却在见他将车子开上了霄云桥的时候一愣:"这不是我回家的方向。"

"我知道。"他的脸色沉沉的很难看。

"那你……"

程少浅减了速,上了桥有点堵。他转头看了她一眼:"时间还早,陪我参加个宴会。"

"参加宴会?我?"她比量了一下自己的衣服,再说,吃饭的时候他没提宴会的事。

他轻声:"就是去敬杯酒,不会多逗留,完事我送你回家。"

商宴不过是钱生钱的平台,大大小小的宴会庄暖晨参加过不少,只不过今天,她身边站的不是江漠远。

相比程少浅的西装革履,她穿得实在太随意了,连件首饰都没戴,所以一进场就"不负众望"地引来了众多目光。

程少浅低头在她耳侧轻落嗓音:"别紧张,走个过场而已。"

他没回话,拉着她上前,拿过侍应生递过来的香槟酒杯,再开口已是爽朗笑语:"本,恭喜恭喜。"

庄暖晨一愣,抬眼这才注意到眼前的男人,本?

今晚的本精神奕奕,周围美女相伴,又有商家名流上前敬酒,听见程少浅声音后回头，先是微怔，很快就爽朗一笑："没想到是少浅世侄，多谢赏脸。"又将目光转向他身边，眸光窜亮了，"这位美女是……"

"是我太太。"身后有男人嗓音扬起。

熟悉的声音令庄暖晨一颤，下意识转头，没想过会在这里遇上江漠远。不，应该说是她考虑不周全才对，这里能见到本，自然也会有江漠远，如果能早点想到是不是也会做好心理准备？试问这世上哪有做妻子的见丈夫还要做好心理准备？她怕是唯一一员吧？

几日未见面的江漠远就站在那儿，一如既往的平静温润。他漫不经心在侍应生手中的金色托盘上换了杯酒，朝着她走过来。

身边有佳人跟着。

是江漠远新雇的宴会陪同？如当时的她一样？可事到如今，他还用得着雇人吗？是不是就是他的情人？他没回家这几天都是有她相伴吗？

本先是吃惊而后哈哈一笑："我说着怎么这么眼熟呢？"目光重落程少浅身上，故意打趣，"你来我举双手欢迎，没女伴相陪我也能理解，咱不能借别人的老婆吧？"

笑里藏刀，绵里藏针。

程少浅不动声色笑了笑，待江漠远上前后道："应该说是襄王有意神女无心，江漠远这个人做什么事都比别人快一步，就拿暖晨来说，还没等我去抢他就先娶到手了。今天你们标维国际又狠狠地赢了德玛一把，我怎么觉得老天爷都在眷顾江漠远呢？"

庄暖晨这才恍然，原来是江漠远帮着标维打了一场胜仗。那程少浅带她来参加宴会做什么？难道只想带着她来给本敬杯酒？以失败者的身份？

"论及眷顾，我想怎么也不及少浅你吧？"江漠远在她面前停住脚步，目光刻意从她脸颊扫过，看向程少浅，"南老爷子为了栽培你不惜拿中国市场练手，可怜天下父母心。"

庄暖晨愕然转头看向身边的程少浅，他竟然是南老爷子的儿子？过往片段走马灯似的在脑海中重现，有一幕定格了。

她曾见过南老爷子出现在程少浅的办公室，当时还奇怪，南老爷子来分部为什么只见程少浅？原来是父子关系。只是为什么一个姓南，一个姓程？难道程少浅跟沙琳的情况相同？

本在旁笑语相迎："后生可畏，少浅，这次你还没坐镇总部就差点把我们逼死，幸亏有漠远挡着，要不然我这条老命就搭在你手里了，下一轮你可要给世伯留条生路。"

"世伯过奖了，棋差一着的人始终是我。"程少浅与他碰了下杯子。

庄暖晨很想去认为这是程少浅的谦逊作祟,但又觉得这几人的关系怪到匪夷所思。

正想着,手臂一紧,还没等反应过来便被人拉了过去,触目能及的便是男人打得精致得体的领带。

"生意上赢你一棋你不服气也就罢了,扯着我老婆也跟着受罪干什么?程少浅,你心眼可变小了啊。"

庄暖晨抬头与江漠远低落的目光对个正着,他的眼温润如玉,让她一时间有了错觉。

"要不要当着你老婆的面儿这么损我?"程少浅抿唇笑着,看不出他的意图所在。

江漠远爽朗一笑:"那你别打扰我老婆啊,暖暖难得在家休息几天,你就别跟着捣乱了。"

"我是看你太忙,她也要出来透透气嘛。"程少浅眸光略沉,依然笑语。

闻言江漠远伸手搂紧她,似认真似玩笑:"我忙来忙去都是为了老婆。为了家。"说着低头凝视着她,"是不是?"

她哑然,他用不用得着在人前装得这么恩爱?

"漠远,她就是你太太?"一直沉默的佳人开了口。

她下意识看向佳人,与此同时,佳人也在打量着眼前的这位江太太。她没化妆,素面朝天却肌肤赛雪,算不上倾国倾城但眼眸的弧度极美,有种说不清的风情在其中,让人第一眼看了不会惊艳,但耐琢磨。

"是我太太,庄暖晨。"江漠远毫不避讳,又顺势将佳人拉向本,"令千金还你,看仔细了,毫发无损。"

她一愣,原来是本的女儿。

佳人有些怨怼,却又笑看庄暖晨,一伸手:"你好,我是佐伊,这个名字还是漠远帮我起的呢。"

庄暖晨淡淡笑了笑,他们两个的关系真是不浅。

江漠远低头:"佐伊是本最疼爱的小女儿,我们认识很多年了,就像个妹妹似的讨人喜欢。"

她心底微微迟疑,他是在跟她解释?

佐伊显然不喜欢江漠远这么说,目光失落但也没表示什么。本笑着拉住女儿的手,意有所指:"女儿啊,你是注定了还得待在爸爸身边。给你介绍一下,这位就是程少浅。"

佐伊与程少浅相视笑了笑:"你好,经常听父亲提起你。鼎鼎大名的南家大少爷,果然是人中龙凤。"

"过奖。"他对她始终疏离。

"你们三位聊,我过去招待一下客人。"本交代了句拉着佐伊离开。

剩下他们三个,庄暖晨开始局促不安,生怕江漠远会突然转变态度,他却低问她:"晚餐吃了吗?"温柔如故。

她惊讶。

"我们吃过了。"程少浅代为回答。

"那就好。"他轻抚她的发丝,"你胃不好,一会儿喝点热饮,不要喝酒也不要喝凉的。"

"我想回家了。"

江漠远闻言看向程少浅,似笑非笑:"我想你没时间送她回家吧?"

"我的确没时间。"程少浅意外说了句。

"暖暖。"江漠远轻唤她的名字,"我这边尽快结束,等我好吗?"

"我自己回去就行,现在打车很方便。"今晚是他的庆功会,在他眼里她没资格出席,否则她也不用通过程少浅才知道这件事。

"你一个人回去我能放心?这样,让周年先送你回去。"江漠远拿出手机,拨了串电话号码,"来宴会厅找我。"

没了晚宴上的觥筹交错和衣香鬓影,车厢里的静谧令人渐渐平静。

街灯被车速拉成了无数道光影浮动于车窗上,只消抬眼便能看到钢筋铁骨般巍峨建筑。

庄暖晨收回目光,身子下意识缩了缩。

周年抬眼看了一下:"您冷是吗?空调开小一些吧。"

"不冷,就这样吧。"

周年不再作声,绿灯亮了时继续开车。

冷能令人思维活跃,至少庄暖晨认为是这样。在宴会上,江漠远的情绪控制达到了出神入化的地步,而她像个扯线木偶一样看着他唇边的笑有多温柔,他是怎么做到演技高超的?她偏偏学不会。

人前做足了夫妻恩爱的戏码,人后呢?庄暖晨攥了攥手指,指尖冰凉刺骨。

周年在车镜中似乎发现了她的不对劲,忍不住又问:"您是不舒服吗?要不要打电话通知江先生?"

"我很好,不用,谢谢。"她吓了一跳。

周年欲言又止。

她敛眸,半晌后突然叫了声:"周年。"

"是。"

"那个,今晚他会回家吗?"她害怕与他单独相处。

周年面露疑色:"对不起夫人,我不清楚。"

是啊,他怎么会清楚?问完这话连她都觉得可笑,她的丈夫回不回家她这个做妻子的竟然还要去问助理。

周年照着江漠远的吩咐将庄暖晨送回了别墅,下了车,大团的热流滚落了过来,枝杈上的蝉鸣声震耳。

别墅小花园里的花盛开更旺,其中还有她曾经闲来无事栽种的花,如今也发芽开花。一株植物尚能开花结果,她的明天怎样却是个未知之数。

刚准备进房间,身后周年开口:"夫人。"

庄暖晨顿步。

"这阵子江先生忙得连休息时间都没有,北京外地两头跑,实在困极了就和衣眯上一会,就算在北京江先生也只睡休息室,这个项目牵扯了他太多精力,他无暇顾及其他人。"

庄暖晨看着周年:"你想说什么?"

周年直截了当:"我想告诉夫人的是,江先生对佐伊小姐不感兴趣。"

她一时僵在原地。

"其实,夫人的痛江先生都看在眼里,夫人痛,江先生比夫人你还痛。"

"还记得那只叫做菲菲的兔子吗?"私人休息室,程少浅品了口红酒淡淡问。

江漠远从雪茄盒里拿出两支雪茄,其中一支雪茄扔给他:"当然,我这辈子第一个也是最后一个宠物。"

点燃雪茄,颀长的身子朝后一倚,补了句:"又或者说,是被你偷走的宠物。"

程少浅也点了雪茄:"是江伯父见我很喜欢,所以就把菲菲给了我。"

"我当然不肯,死抱着菲菲不放,我父亲见了只好作罢,但你总想得到菲菲,就趁我不注意将菲菲偷走。"江漠远淡笑述说当年事。

程少浅拿起酒杯轻啜了口:"你知道后没哭没闹,平静得像什么事都没发生过一样。没过两天菲菲就死了,因为这件事我后来又被母亲痛骂了一顿。"

"伯母的出发点是好的,小小年龄就学会偷人东西,这种品性一旦养成了可不好。"江漠远唇角的似笑非笑令人难以解读。

程少浅将雪茄放置一边,与他对视:"那你呢?我偷菲菲是因为喜欢菲菲,你杀了菲菲又是为了什么?报复我吗?"

"错。"江漠远眉不动声色笑,"我杀菲菲,是因为比你还要喜欢它。"

"所以宁可毁了也不能让给别人?"

江漠远轻轻吐了个烟圈:"爱之深,痛之切。"

程少浅绽露笑容:"这就是你的本性,容不得背叛和失去。"

江漠远轻轻浅浅地笑:"你这算是夸我还是损我?"

"当年这件事你吓坏了吉娜,你去问问她,你觉得她能夸你还是损你?"

江漠远也将雪茄放下,拿过醒酒器倒了杯红酒:"我还以为你留下是为了缅怀一下失去的江山。"

"相比初战告败,我更关心的是庄暖晨。"程少浅直接进入正题。

"哦?"江漠远拿起酒杯,轻轻晃了晃,"所以一开场你就开始拉着我回忆当年?"

"你已经将暖晨当成是菲菲。"

"我是不是应该笑你太杞人忧天?"江漠远轻抿了一口红酒,唇角似笑非笑。

两人之间是缭若细丝的红酒醇厚芳香,他们都在笑着,可刀光剑影了。

程少浅收回了唇角的笑:"江漠远我不是没跟你说过,一旦发现你对暖晨不好,我决不会袖手旁观。"

"你想怎样?像小时候偷走菲菲似的偷走我老婆?"江漠远沉了脸,阴霾染上眉梢。

"是,不过这一次不是偷,而是正大光明带她走。"

江漠远听了这话没怒反笑,可笑里有无奈还有自嘲:"你带不走她,你又不是顾墨,她不爱你。"

最后这句不大有好气,程少浅听出点意思来,不悦的情绪压了下来:"江漠远你到底是怎么回事?"

江漠远竟叹了一口气,隔了很久才开口:"少浅,我是不是错了?"嗓音出了奇的寂寥。

"你是指什么?"

"我有时在想,如果当初不是非要娶她进门,是不是她还会像以前似的信任我、依赖我?"江漠远浓眉皱紧,"活生生的一对情侣是被我拆散的,她心里有顾墨,不能定下心思跟我过日子也很正常,可是,我挺怕失去。"

"所以你就那么对暖晨?她只会更怕你。"江漠远从来没在他面前这么脆弱过，为了个女人。

"为了顾墨，她背着我吃避孕药。"

程少浅大吃一惊。

"换作别人我也会冠冕堂皇去骂，人家一对情侣好端端被你拆散你还想要人家的心？可我这个始作俑者，就是想要她一心一意来爱我，你说，这是我贪心吗？"

他重重一叹气："我从没觉得这么累过。"

这个时候程少浅反倒不知道能说什么了，江漠远这个人，从踏上商场那天起就没喊过累，如今却身心俱疲地在他面前说了句累。

江漠远缄默许久，抬眼看他："别带着暖暖在本面前出现了，你今天带她来的目的我清楚，但商场的事别让她给卷进来，算是我拜托你了。"

"既然你心里跟明镜儿似的为什么还要帮本？他不值得你帮。"

本是出了名的花花公子，别看一把年龄了但还是风流不改，而且本在女人面前向来没什么操守。

"这次项目做完我会退出来。"江漠远若有所思。

程少浅只好作罢："那只能继续在商场上拼个鱼死网破了。"

"我随时奉陪，只要别拿暖暖做我的软肋就行。"江漠远云淡风轻。

"好，但别人我就不敢保证了。"程少浅见聊得差不多了放下酒杯起身准备离开。

江漠远没动，盯着他低笑："换作是别人，我也不会手下留情。"

程少浅笑了笑没说什么，等走到门口的时候突然回头："我想听你句实话。"

"说。"

"你真的杀了菲菲？"

江漠远侧头看着门口的程少浅，似笑非笑没回答。

夜半，阴霾遮住圆月。

庄暖晨睡得很不踏实，隐约中传来呜咽的滚雷声，压抑着明日即将来临的大雨。恍惚中又听到有人关窗的声音，夜风消失。

她穿着白色的吊带睡裙，怀抱着抱枕。有修长的手指轻抚于她的后背，沿着她修长的后颈缓缓落下。

她蓦地惊醒，被黑暗中的人影吓了一跳，惊恐尖叫脱口而出。

坐在床边的身影一动没动，很耐心地等她叫完。

她忙按亮了床头灯，是江漠远，他竟大半夜回来了。

"你、你想干什么？"庄暖晨看清是他后惶惶不安，朝后缩了缩。

他衬衫上染着酒气，高大的身影罩在她头上令人窒息，他盯着她道："这是我家，你说我回来干什么？"

他笑得越是轻柔，她越是害怕。一点点蹭到床边："那你好好休息吧。"抱着枕头起身。

江漠远眉头倏然一凛，低喝："站住。"

她蓦地僵住。

"去哪儿？"江漠远看着她的背影。

庄暖晨没回头故作镇定："周年说你都没好好休息，我不耽误你休息。"

"今晚哪都不准去。"他强忍心头不悦，淡淡说了句。

她回头看着他。

"我说过，我回来不想看见你冷着脸，过来。"江漠远沉着嗓音，随意扯了下领带。

死死掐着枕头慢慢走上前，她在他面前道："我明天要上班。"

"哦，是吗？那更不能耽误时间了。"他挑眉轻笑。

他起身，低头在她脸旁厮磨，新生胡楂弄得她肌肤刺痛，很快刺痛绵延在她的颈窝……

庄暖晨还是周一上了班。周六江漠远不在家，顾墨打了几通电话过来，她没敢接，怕再起事端。

周日晚江漠远又回了别墅，她战战兢兢不知所措，他却没再对她做什么，冲了凉搂着她入睡。

他似乎真的累了，躺下后没多久就沉沉睡去。一夜竟然好梦，等她再醒来的时候窗外大亮，餐桌上是他一如既往备好的早餐。

到了崇文门，江漠远停下车子，看了一眼楼上："就在这儿上班？"

庄暖晨点头，好半天挤出了句："时间不早了，我上去了。"

"等等。"

她身子一僵。

江漠远探身过来为她解开了安全带，抬手碰触她的脸。她条件反射性别过头，他的手指滞在了半空中，她像是拉紧的弓。

半晌后江漠远轻叹一声："中午别为了对付一口就吃快餐，到对面饭店吃，别委屈了自己的胃。"他叮嘱了句。

庄暖晨抬眼扫了一眼他口中的饭店，宴请国宾的级别……

"快下班的时候给我打电话。"

庄暖晨惊声:"干什么?"

"你的车现在不能开,我来接你下班。"江漠远耐着性子说了句。

"不用了,我、我……"

江漠远没打断她的话,只是平静地盯着她看。

"今天是我第一天上班,有可能晚上会跟新同事庆祝。"

江漠远看着她若有所思,良久后开口:"晚上别玩得太晚,如果喝酒了就给我打电话。"

他又似乎变得跟从前一样温柔体贴,只是她再也不敢去相信了。

人人都说这年头经理满街跑,一个大饼砸中十人,其中有九人就是经理,进了万宣,这个说法似乎更真实。

方程主动拉着庄暖晨逐一介绍同事,热情洋溢。

万宣,不大的传播公司,甚至可以说整间公司加起来还不及德玛传播的一个部门人多。

一个前台郑妙玲,又被大家称为"正妙龄",二十刚出头正当妙龄,承揽了万宣所有的行政工作;活动策划经理王筝,戴着一副夸张的黑框眼镜,乍一看像阿拉蕾;媒介经理方小萍,扎着朝气蓬勃的马尾;活动执行施磊,爽朗爱笑,格子衬衫简单的牛仔裤,干净利落,是除了方程之外整间公司唯一男性;公关撰稿黄丹丹,湘妹子,很爱吃辣,皮肤却像是蛋清似的光洁,只不过额头上起了个大包,跟庄暖晨介绍完自己后就抱怨北方太干,每年都要起痘。

一间公司,加上老总才六个人,活动策划部和媒介部只有两个经理,这跟德玛没得比,德玛光是媒介部就扩展到了六个部门,人员更别提,是这里的几倍。

万宣更像是工作室,小得如同麻雀却五脏俱全。当然,庄暖晨还少算了一人,就是清洁工芳姐,刚三十岁出头,农村出来打工,为人爽快直接,做事手脚利落。跟万宣的员工们都打成了一团,谁吃完了东西没扔进垃圾桶都会被她痛批一顿,有时候她连方程也训斥。

这么间小公司,按理说庄暖晨是死活不会来的,但不知为什么看见她们几个她的心没由来地平静,就好像看到了曾经的自己。

除了方程的年龄比她大外,这里的员工都比她小。她的职位是总监,更像是副总经理,因为除了方程外,她在整间公司的职位最高。

花了不到二十分钟便将万宣看了个遍,方程外出办事后她便将大家召集在一起开了个会。

黄丹丹还在吃早点，一听开会马上要将手里的面包扔掉，庄暖晨轻声说了句："没事，带进会议室边吃边聊。"

惊得黄丹丹大跌眼镜，许是没成想开会还能这么随便。

进了会议室反倒不敢吃了，大家局促地看着庄暖晨。庄暖晨笑了笑："还有谁没吃早点的？都拿进来吃吧。"一句话说得大家心里暖暖的。

等到大家都吃完了早饭，庄暖晨言归正传，要求他们汇报一下手头工作。王筝汇报了超市堆头工作，却成了万宣目前唯一一个项目。就这么一个小项目竟然做了两个月之久，看得出有得过且过的心思。

等所有人都汇报完，庄暖晨思考了良久后突然问："据我所知，这款奶制品是在三个月前刚刚上市，目前唯一的渠道就是超市，你们与对方负责人见过面没有？对方有没有意图扩大宣传渠道或是进行品牌包装？"

王筝叹了口气："对方当然有意图进行品牌包装了，只可惜咱们公司太小，对方要找也得找大公司吧。"

"是啊庄总监，我们这个堆头工作还是属于其他家外包的呢，咱们哪有那个机会做品牌包装呢？"方小萍挠了挠头，摇着脑袋道。

庄暖晨调出这家奶制品公司的资料，分析了半天："这样，我们可以试着先从产品说明会开始。"

"我们？可能接下他们的产品见面会吗？"黄丹丹大吃一惊。

方小萍也看着庄暖晨，一脸的不可思议。

"黄丹丹，你的笔头功夫自认为如何？"庄暖晨笑看着她。

黄丹丹一愣："还行吧。"

"我看过你的一篇公关稿，其实很不错，能将产品的卖点和亮点用最简短的字眼描绘出来，而且我还看过你发在杂志上的几篇文章，整体来讲，你的公关撰稿能力不比大公司的差。"

在德玛的时候，庄暖晨就是从撰稿做起来的，所以她能分析出一篇稿子的好坏，再者她觉得，万宣的员工无形中传染上了自卑，这种氛围要不得。谁说小公司就不能存活？如果对方嫌公司小，那好，她就当成是工作室去外推。

黄丹丹面露惊喜："真的吗？"

"所以，如果将这个奶制品的公关稿交给你来操作，你没问题吧？"庄暖晨轻轻一笑。

年轻人都需要鼓励，这样的一个她跟在德玛时候的心境很不一样。在德玛，她没功夫去教新人要怎样怎样，因为公司会有专门的培训人员。整个德玛都在作战，优胜劣汰，谁不适应就马上踢掉。

但这不同，人虽少但只要劲儿往一起使就行，仿佛她又回到了自己的团队，只是这一次她要付出的精力更多，很多项目都要靠她一个人来谈来拉。

"我……没问题。"黄丹丹稍稍迟疑，马上坚定回答。

"好。"庄暖晨看向他们，"大家记住，你们的能力其实跟公司的实力没有太大关系，只要大家做得好我们照样可以接下大项目，但前提是我们要一步一步地来，接下来要做的是，将这款奶制品的产品说明会攻下来，这样我们就不再是外人眼里的外包公司，明白吗？"

"明白！"大家的斗志全都被提了起来。

王筝推了推鼻梁上的大框眼镜："总监，我们要怎么做才能接下这个项目？"

"堆头工作还有几天？"

"工作一直拖拖拉拉的，对方结款又慢，我们也没计算时间。"

"我只给大家两天时间来完成手头上的工作。"庄暖晨干脆利落下了命令，"王筝在接下来的一周时间备好说明会的活动初步方案，施磊考察活动现场，将能用到的材料供应商全都发份名单给我，方小萍你做好媒体名单拟定，到时候放进王筝的方案里，一周时间，听明白没有？"

大家面面相觑，很快都用力点头。

庄暖晨刚入新公司，事实上的流程就是，中午她请了全公司的人到对面饭店吃了大餐，菜价贵得离谱，要是平时她早就肉疼了。

晚上是方程做东，算是给她来了场入职欢迎会，在席上她跟方程提出了人员招聘一事。万宣的成员太少，目前他们几个只能接一些零散的边角料项目，一旦真接下奶制品的产品说明会人手肯定不够。

方程对于人员招聘一事上稍有保留，庄暖晨耐着性子给他分析了目前的形势，最后暂作妥协，至少要再招一名活动执行，施磊就一个人，纵使他有三头六臂也不可能做到尽善尽美。

庄暖晨很快进入了工作状态，进了万宣就好比要她眼观六路耳听八方，很多事都要亲力亲为地去盯。

从与客户洽谈到方案讨论完成、从稿件的撰写到活动场地各个环节的设定、从选择稳定的合作供应商到媒体渠道的建立等等，这些原本是几个部门的事，她都要费心。

万宣的所有员工兵分两路，一个是尽快完成超市堆头的项目，二是开会分析讨论奶制品的情况。

从宏观微观、横向纵向市场，竞争对手的对比分析来试图寻找这款奶制品的全新亮点。由于人手不够，就连前台的郑妙玲和清洁工芳姐都披挂上阵跑到超市帮忙。

庄暖晨工作了这么多年，就算重新开始也不会像个没头苍蝇似的乱闯乱撞毫无方式方法，她已经过了刚入社会的青涩和天真烂漫，不会笨到冒冒失失地闯进对方公司要提什么方案。

佛靠金装人靠衣装，她要做的就是如何借势，运用这几年积累的人际关系来达到最终目的。

首先，庄暖晨要求万宣对外可以宣传隶属于联美集团，万宣的公司名号不响，但扯上联美之后就能算得上是大树底下好乘凉，至少联美还是有一定的商业地位。

其次，她找到了梅姐。想跟对方负责人对话，起码要找到一个最合适的中间人，就算梅姐没跟对方接触过，凭着她的人脉也会间接地找到合适人选。

幸运的是，梅姐恰巧就与这家公司打过交道，愿意帮这个忙。

对方公司的总部在深圳，因为开始进军一线市场所在北京特设了分公司，为高盛集团北京分部。庄暖晨了解高盛集团的情况，大半是以快消品为主，今年又主推这么一款名为"菲斯麦"的奶制品，大有跟目前国内奶制品相抗衡的决心。

接待庄暖晨的是高盛分部的负责人刘经理，胖墩墩的，一双小眼睛忽闪忽闪的一看就是精明之人。她见了，压着想笑的欲望，不愧是做奶制品的，怎么看怎么都像是草原上的小绵羊，圆滚滚的。

对于万宣，刘经理不熟悉，但对她曾经工作过的德玛传播和方程的联美集团他倒是耳熟能详。她暗自擦了把冷汗，幸亏找了梅姐做中间人，否则就算她拿着万宣总监的名片前来也会吃个闭门羹。

两个多小时的交谈中庄暖晨发现，刘经理说话十分谨慎，话从不说满，凡事都能留三分，看得出他对万宣团队很质疑。于是在谈完高盛对"菲斯麦"初步的市场意图和规划后，她也提了自己的看法，将市面上所有的奶制品都进行了比对，给出了"菲斯麦"进入一线市场后的初步想法。

刘经理没料到她做足了准备工作，对她开始另眼相看，在接下来的一个小时里，庄暖晨从他口中套出更多有价值的信息。最后，庄暖晨希望高盛能考虑与万宣的合作，最起码可以给出一个公平竞争的机会。

刘经理闻言哈哈一笑："其实我们高盛最开始只考虑两家公司，一个是奥斯公关，另一个就是德玛传播，但今天庄总监准备得这么充足，我们很多的意见又不谋而合，真是挺难得的。这样吧，我可以给万宣一个机会，我们初步的意图你也清楚了，你们尽快出个初步的规划给我看一下，我会从你们三家公司中选出最合适的一家。"

"这没问题，我们会就这次的产品说明会出个初步宣传计划。"庄暖晨笑了笑，起身与他握手，"刘经理很高兴认识你，我们再联络。"

"好好好，我送你出门。"

一直在休息室等候的梅姐见他们出来后走上前，轻轻一笑："看样子你们聊得不错。"

"穆梅，我是跟庄总监相见恨晚呐，有这么好的合作对象你应该早介绍嘛。"刘经理与梅姐看上去很熟。

"这可是你说的，要是不跟我这个妹子合作的话你就算是出尔反尔了啊。"梅姐笑眯眯地揪着他话语的歧义不放。

刘经理一愣，紧跟着指着梅姐笑了笑："你这个人就是逼得别人不能活啊。"

梅姐抿唇一笑。

庄暖晨在一旁微笑道："刘经理你放心，是我亲自盯的项目绝对不会有问题，我会尽快给出东西。"梅姐搭了平台，她趁热打铁才是。

"好好好。"刘经理连连点头。

"只是个产品说明会，要不要你亲力亲为呢？"吃过了一顿丰盛的午餐后，梅姐优雅地擦了擦嘴角。

庄暖晨笑了笑："万宣的员工积极性还有待提高，我不过是想尽快结束战斗而已，产品说明会是其次。"

"重要的是拿到高盛的全年品牌包装权嘛，我了解你。"

"对啊，这才是我的动力。"

梅姐晃了晃红酒杯，笑容浅淡："看见你现在斗志勃勃我就放心了，夏旅的事我多少也听说了，你想开就好。"

"当初你跟安琪斗得你死我活的旁人看着都累，我是不想走你的老路。"她主动提及了过往。

梅姐轻叹了一口气："是啊，当时真是咽不下那口气，不过斗了那么多年总算是缓过劲儿了，这人呐，一旦工作目标掺了水分就会很累。"

庄暖晨点头，对于夏旅，曾经有过的美好都足够回忆一辈子的了，有些人虽不能原谅但也不至于怨恨。

"对了，《华报》主编换人了你知道吗？"梅姐突然提及这件事。

她一愣："不是王主任了吗？"

"他被辞退了,我也是不久前接到媒介部给出的消息。"梅姐盯着庄暖晨,话说了一半儿却又留了一半儿。

庄暖晨见她神情有异,迟疑了下:"你这么看着我,难道跟我有关?"

不想梅姐点头:"《华报》现在的主编是顾墨。"

庄暖晨惊呆了,顾墨进了《华报》?

《华报》是目前国内影响力最大的主流报刊,讯息渠道四通八达,在国际上也有举足轻重的影响力——公关公司是与媒体联系最密切的合作伙伴。

"顾墨现在主抓《华报》的财经内容,听说他还准备加大《华报》的宣传力度,他是目前媒体人中公关公司最得罪不起的一号人物。"

梅姐若有所思:"你跟他闹得不愉快,赶紧想办法缓解。万宣是个小公司,他要摆你一道跟玩儿似的,别说万宣了,就拿德玛来讲,他要在背后整一把也跟捏死只蚂蚁似的简单。"

"我跟他没什么误解,他都要结婚了,我惊讶是因为事情变化得太快。"

"没误解就好,做我们这行的多个朋友好过多个敌人,尤其是在媒体处理上很关键。"

庄暖晨若有所思地喝着饮品。

"你也别想太多,至少万宣的产品说明会还请不动《华报》来现场吧,以后真碰到了再说。"梅姐笑,"目前我觉得你要改变一下。"

"改变一下?"

梅姐上下打量了她一番:"是啊,从头到脚。"

庄暖晨从不烫头,从上学到参加工作她都是长发,精心呵护下发质很好。

所以当造型师摸到她头发都吃了一惊:"这头发真漂亮,我都不舍得剪了。"

庄暖晨盯着镜中的造型师,心有余悸:"你不会想给我剪成短发吧?"

这是梅姐经常来的造型室,造型老师听说是拿了国际大奖的名人。如果不是梅姐在来之前就对他的一系列辉煌业绩进行了描述,庄暖晨一定无法将眼前这位穿着干净休闲、留着利落板寸头的小伙子与梅姐口中连明星、豪门淑媛们都争抢着要的知名大师联系在一起。

造型师笑了笑:"不,我不会给你剪成像穆梅那样的发型,太冷硬了,穆梅很不听劝,我已经劝过她很多次留头发。"

梅姐在旁只是笑没出声,优哉地喝着咖啡。

"你的脸型很标准,所以不用考虑用发型来修改脸型的问题,我觉得头发的长度到颈，再做点烫发就行，一来好打理，二来清爽干净。你留长发显得太邻家女孩，剪成短发又会太冷硬孤傲，女人太硬太软都不好。"

庄暖晨看着镜中的自己，咬了咬牙用力点头："行，听你的。"

造型师微微一笑，很快剪刀飞舞，发随剪落。

做完了头发，梅姐又拉着庄暖晨转商场，各品牌专卖店旗舰店，整个下午从燕莎到国贸逛得不亦乐乎。

庄暖晨对名牌不是很感冒，但梅姐一句话犹如醍醐灌顶，名牌从来都不是穿给自己看的，这个道理在传播界更深刻，产生的效果更能立竿见影。

女人要学会利用名牌，你的衣橱里可以有一百件地摊货，但一定要有一条上档次的裙子和一件上档次的大衣；你可以买无数个A货包包，但手里一定要有至少一件真品；你可以穿着拖鞋逛超市，但一定要有一双可以出席宴会的高跟鞋。

霓虹燃亮了北京的大街小巷，等江漠远开车来接的时候，她和梅姐一样大包小包了，梅姐见有人接她便先行开车离开。她坐在花坛旁，大大小小的袋子放在路边一字排开。

江漠远走上前着实吓了一跳，上下打量了她好长时间。

庄暖晨被他看得局促不安，下意识捋了下头发，这才想起自己换了个发型。

"怎么想起剪头发了？"良久后他才开口。

"头发太长太麻烦。"

江漠远没再说话，她仰头对上了他的眼，有那么一瞬仿佛看到有星光在他瞳仁深处滑过，像是一抹惊艳。

"不会太难看吧？"心里没底，原本挺怕他的她却迫不及待想要从他口中得到答案。

江漠远的唇扯动了一下，像是在笑又不那么明显："很好看。"

夜色中的她清爽得像块薄荷糖，在依旧滚烫的夏夜给了他一支清凉剂，原来她可以更美。

她微怔，没料到他会不吝啬赞美之言，这两天他很少这么好相处。

"以后就留这个发型吧。"江漠远抬手摸了摸她的头。

她没避开，有些恍惚，是她会错意了吧？

"都是你买的？"他这才将视线落在脚底下的购物袋上，跟她认识这么久也从没见过她买这么多的东西。

庄暖晨点头。

"衣服？"

"还有鞋子和包。"

江漠远将所有袋子提在手中,说了句:"很难得。"

晚饭后保姆在收拾厨房,庄暖晨在衣帽间剪衣服的标签准备送干洗房,江漠远在书房不知处理什么,一直没见他出来过。没一会儿保姆敲门进来:"太太,有人找您。"

"哦,干洗店的人吧?你把这些衣服拿下去就行。"她将叠好的衣物递给保姆。

保姆摇头:"是个男人,说是太太您的朋友。"

庄暖晨奇怪,第一个想到的就是程少浅,但他从来没上门找过她。放下衣服下了楼,走到玄关一看愣了,竟是顾墨。

"你怎么来了?"好半天她才找回声音,下意识回头看了一眼屋子里又转头盯着他。

顾墨不是没看见她眼底蹿开的慌乱:"你一直不接电话,今晚正好经过这儿就想来看看你,不请我进去吗?"

"今天太晚了,这样吧,改天我去找你。"她生怕江漠远会突然下楼,到时候又不定怎样了。

"你在怕什么?"顾墨皱紧眉头。

"我没怕什么,就是现在太晚了不大方便。"

顾墨眼底的光暗了很多,半响后才开口:"我今天来是为了——"

"顾先生?"意外的男声打断了顾墨的话,自庄暖晨身后扬起。

她吓得一哆嗦,条件反射回头,正好对上江漠远浅笑的眸,脊梁骨倏然一冷。

穿着家居服的他典型一副男主人的热情,走上前伸手搂住她的纤腰,温润浅笑:"怎么不请客人进屋呢?"

她在他怀里,头皮像是被密密麻麻的绣花针扎过似的疼,一句话说不出来。

顾墨以笑遮住眼底的冷意:"我是顺路,说几句就走。"

"暖暖今天逛街逛得人都傻了,顾先生别见怪。"江漠远言语亲昵,稍稍侧身,"请进吧。"

顾墨看了一眼庄暖晨,想了想后走了进来。

"给客人倒茶。"落座后,江漠远吩咐保姆。

保姆立刻备好茶品,没一会儿满室飘香。

"顾先生尝尝看,武夷山正岩大红袍,口感最细腻。"江漠远唇角含笑,又问保姆,"给太太备的银耳莲子汤好了吧?"

保姆点头，赶忙将汤盅端来。

"今晚只能我陪顾先生喝茶了，暖暖睡眠不好。"江漠远将汤盅打开放到庄暖晨面前。

庄暖晨努力挤出笑容回应，心里明镜儿似的，他是做给顾墨看的，何必要这样？喝着银耳汤却食不甘味，心时刻在嗓子眼里提着。

顾墨的眼从庄暖晨又落回到江漠远身上，默不作声拿过茶杯轻抿了一口。

"可惜，我不懂茶，尝不出它的好。"放下茶杯后他又补上了句，"听说在极品大红袍拍卖会上，仅仅二十克的茶叶就拍出了二十多万的天价，说白了，这茶叶还不是被有钱人哄抬了价格？"

江漠远笑："就算有人想投资茶叶也不能选些不入流的吧？"

男人们的话中透着他意，庄暖晨听着头更疼，赶忙见缝插针："顾墨，你来找我有事吗？"

顾墨这才停了针锋相对，从公文包里掏出样东西来推到庄暖晨面前："我来是为了送这个。"

红艳的喜字勾着金色的边儿，打开一看是他和许暮佳的喜帖，时间定在下月中旬。

"原来顾先生要结婚了，恭喜恭喜。"江漠远先是道喜。

"到时候还请两位参加。"顾墨说着又故意问了句，"江先生，你会让暖晨来参加吧？"

"当然。"江漠远揽过庄暖晨的肩膀，"到时候我们会送份大礼过去。"

庄暖晨不清楚他在想什么，放下喜帖后尽量让神情放轻松："是啊，到时候如果腾出时间的话我……我们会早点到，帮帮忙。"她刚刚看了，婚礼设在北京，是草坪婚礼。

"有你们帮忙当然再好不过，暮佳的身体不大好。"

"她怎么了？"最后一次见许暮佳的时候没觉得她哪不对劲。

若有若无的绞痛在顾墨眼底泛过，许久后说："她前阵子流产了。"

"啊？"

梳妆镜前，庄暖晨已呆坐了很久，脑海中一直回荡着顾墨的话，看得出他还是挺想要孩子的。听顾墨说，许暮佳是在他出院第一天就流产了，医生说是劳累导致。

她轻叹了口气，虽说她不喜欢许暮佳，但孩子是无辜的。想来也是顾墨出于内疚而答应娶许暮佳。不管怎样,她只希望顾墨能够幸福,他们还年轻,再要孩子不成问题。

顾墨离开后,江漠远又进了书房。他在顾墨面前表现得跟她太恩爱了,越是这样她越是不安。

书房的门虚掩着,光从门缝挤了出来,落下了一长条的光影,庄暖晨走上前,抬手敲了敲门。

"进。"

她推门进去,正在看文件的男人抬了一下眼,又继续处理文件:"有事?"

他的态度令她更加惶惶,将泡好的参茶放到他面前。江漠远有些意外,翻文件的手一滞,抬头看着她,眼底多了柔软。

"那个,你喝了参茶早点休息吧,别熬夜了。"她不是想要刻意讨好,只是顾墨的主动上门令她失去了分寸。

江漠远看着她,更像是一种打量。她下意识攥紧了手指,正想着离开却听他低沉开口:"好。"

一时间她没反应过来,半天才明白他是回答了她的话,支吾了句:"我休息了。"

"站住。"身后,江漠远阖上文件。

她僵在那儿,好半天才转身过来:"你也清楚顾墨来的目的,是他主动找我,我没找他。"

"过来。"江漠远淡淡说了一句。

"他出院后我真的再也没见过他,下个月他就要结婚了,我跟他更不可能了,这辈子都不可能了。"她没敢上前,费力解释。

他不疾不徐又重复了一遍:"过来。"

"江漠远,你别这么不讲理行不行?"她真急了,双拳攥得手背上的血管都在突突蹿跳。

江漠远失去了耐性,手里的钢笔一放,起身走向她。她胸口提了口气上不来下不去,卡在嗓子眼里连喊都喊不出来,眼睁睁看着他越来越近。直到他的手碰上她的肩,一声惊叫冲出了喉。

她转身就要窜,下一秒被江漠远扣住。冲进脑子里的第一个念头就是他要伤害她,条件反射地咬了他胳膊。

江漠远吃痛,手松开,还没等她来得及跑又圈住她的腰,大手一用力将她扣在怀里。

"放开我!"

"再叫我对你不客气。"耳畔男人低喝,她吓得赶紧闭嘴。

江漠远眉梢泛起的不悦这才微微抚平,没好气:"属狗的吗?"

庄暖晨悄悄看了他的胳膊一眼,刚才那一口还挺狠的,现在牙根还在酸疼:"我只是自卫。"

江漠远嗓门陡然提高:"自什么卫?我还能把你杀了?"

庄暖晨捂耳朵,男人的大嗓门震得头晕,见状,江漠远忍不住无奈笑了。

他笑了?

"你……"

江漠远又收了笑,她又紧张了,这人翻脸跟翻书似的。

"我真让你这么害怕?"

庄暖晨没料到他会这么问,不知该说什么。

半天他低叹一声,将她圈在怀里。她的耳朵贴在男人结实的胸膛上,沉稳有力的心跳,一声声叩着她的耳膜,又像磐石压在心头似的沉重。

"我刚刚只想叮嘱你一句而已。"

庄暖晨心尖轻轻一颤,从他怀里抬头。

"差不多的时候你打电话问问顾墨需要什么,送礼要送到对方所需。"江漠远低头凝视着她,声音放轻。

闻言庄暖晨愕然,没听错吧?

"我允许你打电话给他,但是,"江漠远轻抚了一下她的额角,"你不能单独跟他见面。"

庄暖晨敛睫,喃喃了句:"既然这么不相信我,那干脆你自己打电话多好。"这许是他的极限了吧?

江漠远看了她半晌,低声说:"不是不相信你,而是不相信我自己。"

她一颤。

"我只是无法确定有没有得到你的心,还要多久才算是完完整整地拥有你。"

面对这份感情,他始终是个贼。

心跳蓦地加快,蹿得她脸颊肌肉都跟着动,一股久违的感觉在心里发了芽,像是有一种力量在拼命鼓舞着它有力成长,使劲顶破那层她冰封的外壳。

他是那么认真,她还要相信他的话吗?还要吗?

北京进入了桑拿天,空调呼呼吹,一出门就是大团热气,令人喘不上气来。

艾念生了,如婆婆所愿生了个大胖小子。她在产房声嘶力竭命悬一线的时候,庄暖晨正跟同仁们紧锣密鼓准备产品说明会的相关事宜,等接到电话已是艾念生产完几个小时后了,她恨得咬牙切齿,艾念说知道她忙,也不想折腾她。

庄暖晨排好了去探望的时间,艾念轻轻一笑:"你跟夏旅干吗要前后脚啊?干脆约一天来得了。"

她不好说什么,打着哈哈就把话题岔了过去。

产品说明会的前期方案准备得不顺利,王筝提交了方案,庄暖晨看了几页就给否决了,原因是太套路化。

紧跟着施磊那边又出问题,供应商的价格太高,施磊三番两次都谈不下来,庄暖晨亲自去谈,足足磨了两天对方才松口。

刚刚摆平了场地,另一边方小萍也出了问题,因为万宣对外的宣传少,平时也没接过什么大项目,许多媒体都不买账。方小萍哭得跟只猴儿似的,庄暖晨只能一家家媒体拜访。幸运的是她之前在德玛也交下不少媒体关系,大家一看是她也给了面子,这样一来,起码她能交给刘经理一份像点样儿的媒体邀请名单。

外围的事情终于搞定,庄暖晨又掉了回马枪针对活动方案提出具体建议。就这样,她是亲自盯着王筝做的方案,每个环节都尽量卡死,从着手到出现问题,再到解决问题,最后到全部事宜完成。

庄暖晨像是上了一趟前线似的灰头土脸,整个人瘦了足足一圈。

而这段时间,江漠远忙得也神龙见首不见尾,经常北京国外的两头跑。他也会回来,但都很晚,回来的时候她在熟睡,等她醒了他早就出了门,各忙各的。

终于有一天,庄暖晨将一份合同很潇洒地放在了方程的办公桌上。方程拿过来一看不可置信:"菲斯麦的产品说明会真让你给攻下来了?"

"上面有刘经理的签名,这次跑不了的。"庄暖晨笑逐颜开。

方程冲着她直竖大拇指:"我还以为你当初只是说说而已。"

庄暖晨抿唇轻笑。

"好吧,你来说说我要如何配合你的工作?"方程正襟危坐。

庄暖晨直截了当道:"要招聘活动人员。"

"好,几名?"

"先招两名。"

"来得及吗?"

"来不及,所以这次说明会肯定要临时聘请一些人员帮忙。"

"没问题。"

"另外万宣的网站要制作，先拨点款找专业人员做网页设计，同时要招一名长期的网编，不但可以用于万宣，还可以为客户服务。活动分线上线下，我们不能总做线下活动，也要将线上活动抓起来。"

"好。"

"其他人员我会看着情况进行招聘，但前提是我要有这个特权。"

"没问题。"

庄暖晨点头，虽然很疲累，但还是精神奕奕。

"辛苦你了。"方程由衷说了句。

"是全组人都很辛苦，年底记得给我们包个大红包就行。"庄暖晨笑吟吟道，"我相信这个红包会不小，因为我有信心拿下菲斯麦的全年品牌策划权。"

"看来我这次没请错人。"

回到座位，所有人知道了这个好消息后都为之高兴鼓舞，庄暖晨在高兴之余提醒大家一定要打起十二分的精神，只有产品说明会办得精彩才有可能获得甲方的肯定，这样一来拿下菲斯麦就更有希望。

大家频频点头，连芳姐都拍着胸脯道："你们踏下心来工作，我给你们做好后勤工作，以后热早餐这种事情我来做就行了，大家都把早餐编号写好啊。"

黄丹丹指着额头上的另一颗痘痘道："那能不能想办法把我这颗痘去掉啊？"

"没问题啊，等年底发了红包，你拿着钱去趟整形医院不就完了吗？"施磊爽朗一笑接过话。

"去你的。"黄丹丹笑着瞪了他一眼。

王筝一脸的不好意思："庄总监，因为我做方案的时候没上心给你添了很多麻烦，很对不起。你放心，我以后绝对不会这样了。"

方小萍也连连点头："是啊，总监，媒体名单那边要不是你帮忙的话我也搞不定的，以后我们还得多多向你学习。"

"没事，大家都同坐一条船上，谁有困难就相互帮助，我们的最终目的就是将事情做好，明白吗？"庄暖晨由衷说了句。

大家用力点点头。

"妙玲，今天马上拟招聘信息，下班之前发出去。"庄暖晨下达了命令。

"嗯！"郑妙玲应允。

"现在开始大家都要加把劲了，王筝，这周要做出详细的活动方案来，大家该去洗手间的去洗手间，十分钟后开会。"

像是打了一场仗，只不过中途暂停了一会儿。

洗手间的镜子前，庄暖晨盯着自己，心里暗自鼓劲：从今天起你就没有退路了，只能不停地往前走。

重回办公室，一进门就看到郑妙玲她们都围在墙壁上的液晶屏前看，这个液晶屏平时会直播些新闻。

"怎么了？"庄暖晨好奇。

"早知道我买标维国际的股票就好了，怎么升得这么快啊？"施磊一脸的郁闷，看向庄暖晨，"总监，你买的哪只股？"

庄暖晨眼睛里只剩下标维国际这四个字了，对施磊的问话充耳不闻。

"总监？"

"啊？啊，我不懂股票。"

是股票行情的新闻，还切了某天记者招待会的画面。正坐主席台的恰恰是江漠远，他简单说了两句就起身离开了，回答媒体提问的是对外宣传部经理。

他还是跟以前一样不喜欢面对媒体啊，庄暖晨低叹一声。

标维和德玛的战役在国际上已打响，很显然这次是标维旗开得胜，标维的股市一片大好。

"刚刚那个男的，好帅啊。"方小萍指着屏幕差点蹦起来。

郑妙玲一脸花痴状："看着有点眼熟。"

"听介绍说是标维国际的首席执行官吧？"黄丹丹努力想了半天。

王筝的口水差点流出来。

施磊在一旁撇嘴："生了副好看的皮囊而已。"

"有本事你也长个漂亮的皮囊啊。"黄丹丹毫不客气地打击着施磊。

施磊哀嚎："我只在乎我的钱啊。"

"好了，赶紧开会。"庄暖晨拍了两下手命令了句。

江漠远啊江漠远，你可真是个妖孽。

夏旅从世贸南楼走出来的时候夜色正浓，抬头是长长的天幕，变换的画面唯美大气。不远处是三三两两坐在室外喝咖啡的人，有乐队在演唱，鼓噪着咖啡香气更加浓厚，这个时间来这儿遛弯的人比较多，还有来这儿拍照留念的。

看了一眼手里的合同，使劲攥了攥才安下心来，这是她没日没夜奋战的结果，终于将这块众人都认为难啃的骨头啃了下来，这笔单足够她在德玛扬眉吐气。

将合同放进包里,她只顾着低头走路,有人挡住了前方的路,她侧左对方就侧左,她侧右对方就侧右。

"你……"夏旅抬头刚要喝出声,倏然住口。

孟啸站在原地始终盯着她,一动不动。她的心蓦地蹿跳,有一阵子没见他,她每天都在想他,可见了面又能说什么?

她转身要走,他却伸手握住她的手臂,掌心滚烫:"别走。"

她回头,这才仔细看他的眼,他像是很疲累,心疼倏然泛起。

孟啸伸手将她的身子扳过来,箍住了她的肩头:"我向你认输了。"

她微怔,不明白他的意思。

"我爱你。"孟啸突然说了这么一句,态度坚定认真。

她惊呆了,只剩下心脏是活的。

"我不能理解你的想法,也不能接受你对庄暖晨做出的事,但是没办法我就是爱你。"孟啸使劲压着她的肩头。

"这段时间我过得很痛苦,我以为我能忘记你,我以为我会像从前那样潇洒说放手就放手,但是我想错了,我压根就忘不了你。"

事情来得太快,她脑子一片空白。

"你听见我说的话了吗?"孟啸见她一句话不说急了。

经过的人频频回头张望,不远处音乐声骤然加大,夏旅一个激灵这才有了反应。

"你刚刚说你爱我?"她想过孟啸对她的好,但认为许是他的一时兴起,他喜欢她不代表深爱她。在友情都被她一手葬送的今天,她还能拥有爱情吗?

"对,我爱你。"孟啸拉紧她的手,"这一次,我说不什么都不会再放开你的手了。"

夏旅呆呆地看着他,半天才开口:"我是个贪慕虚荣的女人。"

"所以你只能找我,我能养得起你。"孟啸盯着她,双眼发亮。

"可是,我不是什么纯情少女。"

"我也碰过很多女人。"

"我的意思是,你可以找更好的。"

"找不到了,就你了。"孟啸勾唇轻轻笑着。

"我不值得你来爱,干吗要委屈自己?干吗要这么辛苦?"

"心不苦,如果没有你我是命苦。"

夏旅慢慢平静下来,盯着他一字一句:"你可想好了,一旦真让我跟你在一起,你以后想甩都甩不掉了。"

"我也清清楚楚告诉你,我跟你在一起就是冲着一辈子去的。"孟啸也一字一句道。

夏旅动容,一辈子,多么美好的字眼啊。

筹备产品说明会不是件容易的事,在筹备途中也频频出问题。

除了王筝和方小萍外,万宣的其他员工都是第一次筹备这类活动,所以在操作的过程中总会有纰漏。

招聘信息发出去便有应聘者上门,但几天下来也没找到合适的人,不是对方嫌公司小就是不符合公司要求,这段时间基本上都是靠临时请来的人撑着。

临时请来的虽说有经验但经常偷懒,庄暖晨不亲自盯着根本就不行。这边忙着盯王筝的活动方案,那边又要跟施磊确定会场的各个环节,全组人像是不停转的陀螺似的。

因为庄暖晨做事严谨的态度,对方公司很满意,方案过得也很顺利,这样一晃又过了不少时日,到了真正的活动前夕。

庄暖晨不敢掉以轻心,同时也聘了两名活动执行,分担了些压力,可这时施磊在会场又不小心被磕伤,一时间她又只能亲自上阵,没日没夜地盯着工人干活。一连几天她几乎都在公司里度过,回家也不过是洗洗澡换洗个衣服。

八月中旬热得要命,人就不能离开空调。这阵子程少浅经常往万宣和会场里跑,也没什么大事,就会帮着庄暖晨忙前忙后,不知情的还以为德玛传播的总经理跑来万宣打杂赚外快了。

再后来一起吃饭的时候程少浅透露了句,目前国际形势不是很好,快则十月份慢则年底他就要回总部帮忙。庄暖晨也没怪他之前隐瞒身份,笑着安慰他一切都会好起来的。

这天庄暖晨到了家,刚进门保姆便上前道:"太太,先生回来了。"

她这才看到玄关一角整齐摆放着双男士皮鞋。

"几点回来的?"庄暖晨边换鞋边问。

"回来有两个多小时了,好像是刚下飞机没多久。"保姆一五一十汇报。

"他人呢?"

"在书房。"保姆指了指楼上。

庄暖晨点头刚准备上楼换衣服,保姆又开口:"太太……"

闻言她顿步,回首:"怎么了?"

"那个，先生的脸色挺难看的。"保姆在这儿也工作一段时间了，刚开始还觉得两人挺恩爱，但后来总觉得不对劲，一个忙得不见人影，一个忙得回家只换个衣服洗个澡。

她这才明白保姆刚刚的欲言又止，不动声色地说："花园的绿植该修剪了。"

"知道了，太太。"保姆走开。

看着眼前一长截楼梯，庄暖晨暗自叹了口气，别说保姆质疑了，连她都觉得这日子不是人过的。

冲了个澡又换了家居服，没见江漠远。在书房门口的时候，她隐约听见了声音，是江漠远在发脾气。

这样的状况持续了一两分钟，里面的声音就停了。正踌躇着要不要敲门，书房的门蓦地被男人打开。

她吓了一跳，退了一步。

"我正好有话跟你说，进来。"说完他转身进了书房。

她又做了什么令他生气的事了？

她进来，江漠远坐在沙发上，抬眼看着她："听保姆说你这阵子回家就是换换衣服洗个澡，出了门整晚就不见人影。"

庄暖晨心里哀嚎："刚接了个产品说明会所以比较忙。"

"工作推了吧。"

"什么？"

"我又不是养不起你。"他盯着她消瘦的脸，心疼，"你待在家里，每天种种花养养鱼，要不就逛街购物，再不行就养个小狗小猫之类的，也好过你每天累得只剩下半条人命。"

"你一直不干涉我工作上的事，今天怎么了？"

"因为我不想通过别人的口知道自己老婆的近况。"他语气沉了沉。

"你是指程少浅？"

"还不够吗？"江漠远冷喝，见她疲累却又于心不忍，语气转轻，"你过来。"

见他没有发火的前兆，庄暖晨走上前。他拉过她，打量了番："你们老板叫什么名字？"

"啊？"

"自己老板叫什么名字不清楚吗？"

"方程。"

江漠远微微眯眼做思考状。

"他是联美集团的老总,公司刚刚上市。"

江漠远有一瞬的恍然,轻轻嗤鼻:"小门小户的公司,你为这种没前途的公司拼什么命?"

虽说江漠远这阵子阴晴不定,但有一点可以肯定,这个人从不会对市场或某间公司妄下论断。

所以庄暖晨听着他像是话中有话,疑惑看着他:"你认为联美集团即使上市了也没前途?"

"总之,你离开就对了,不用在上面花心思。"江漠远没详细说。

庄暖晨想了半天:"等真到不行那天再说吧。"

"什么?"江漠远像是听了笑话。

"联美运营得如何跟万宣没太大关系,就算真有影响,到那一天再说吧。万宣这个团队我挺舍不得,现在团队中的每一个人都斗志昂扬,这个时候让我撤出来怎么可能?"

一个人最难得的是获得别人的信任,团队每一个人都把希望寄托在她身上,她半途而废只会令人失望。

江漠远目光意味深长,半响淡淡开口:"我不是不允许你工作,但不需要这么累。你想工作可以,我给你安排个轻松点的工作不就行了?"

"我喜欢我的工作。"她一脸认真。

她的坚持似乎令他无奈,半天没再说什么。

不知从什么时候起,她和他的关系变得怪怪的,也不知从什么时候起他对她开始了若即若离。她猜不透他是出自关心还是什么,只因为上次他的那句"无法相信自己是不是完全能够得到她的心"使得两人全都走了样。

"不要跟本有任何形式上的来往。"江漠远突然说了这么一句。

庄暖晨一愣:"他的电话我从来不接,还有他送的花我都扔了。"

这件事她没有告诉任何人,那天与本见面后她便经常收到鲜花,每次都不重样,得知是本送的,她每次都是婉拒。之后本也会隔三差五地打电话给她,但每次她都拒听。

程少浅在一次跟她吃饭的时候主动承认并道歉,那次去宴会是他利用了她,他是想让江漠远看清楚本是怎样的一个人。

她明白也能理解,程少浅最起码是个做事光明磊落之人,跟她说的番话也是发自内心,只是她没想到,这一切都被江漠远看在眼里。

江漠远似乎很满意,拉过她的手慢慢把玩:"现在所有人都在找我的软肋。"

庄暖晨等了半天却不见他继续说下去,抬眼,不想他也正看着她。赶忙低头，心中总有种预感，自己知道他在说什么。

他将她下巴抬高："其实，你很清楚我的软肋是什么，你早就知道。"

她是知道，但，她不敢肯定是不是她的一厢情愿。

距离产品说明会的时间越来越近，庄暖晨几乎每天都是大会小会地过。

因为万宣没有长期合作的供应商，之前她所接触的供应商又不肯接小的活动，所以目前的供应商都是首次合作，这就要求每一个环节她都要严格落实，生怕在材质上有所欠缺，她尽量减少潜在的错漏。

活动流程订了一遍又一遍，产品会前夕又与刘经理反复确定相关事项，从舞台搭建到灯光，从记者入场安排到软饮、样品的安排，一百多项事务，一条条挨个过，但在彩排当天还是出了问题。

人员在各就各位的时候，媒体席前方的幕布突然掉了下来，吓得前来帮忙的郑妙玲哇哇大叫。施磊正要重挂被庄暖晨给制止了，她找到了刘经理，建议幕布做成镶嵌式，不要垂挂式。

刘经理一脸为难："你这么个建议法我这边又得加预算了。"

庄暖晨诚恳分析："幕布要在台上挂很长时间，活动现场又有人员的来回走动，这都是不可控因素。做成镶嵌式虽说是费了点钱，但最起码一场活动下来不会让大家都提心吊胆，再说菲斯麦的背后是高盛，一旦活动出了问题岂不就太让人笑话了？"

她接触了这么多的甲方，这个刘经理还算是好说话的，不知是因为梅姐还是他真对他们满意，从来说话都是客客气气，这也是庄暖晨尽心尽力做好这场活动的重要原因。

刘经理想了想，半天才点头："行吧，你来操作，不过那个供应商得换了。"

"放心，材质出问题的供应商我们不会用第二次。"庄暖晨松了口气。

重新找了供应商又开始加班加点固定幕布，这次是施磊紧盯着，那边又开始过流程，王筝主要负责。就这样，转眼就到了产品说明会的当天。许多媒体倒是给足了面子，至少给菲斯麦打进一线市场打了支强心剂。

就在庄暖晨准备松口气时，王筝跑了过来，一脸慌张："总监，我刚才一对名单发现少了两家媒体，怎么办？"

活动现场任何环节出了问题都是乙方的责任，轻则扣钱，重则就会失去再次合作的机会。

庄暖晨拿过名单一看，果然少了两家媒体，一家是平媒，一家是网媒，都是数一数二的媒体大户，宣传力度很强。

"方小萍人呢？"

"我叫她过来。"王筝赶紧去叫人。

这时距离活动开始只剩下十分钟时间了。很快方小萍跑了过来，气喘吁吁："那两家媒体记者临时有任务来不了了，其他记者也都安排得满满的，怎么办？"

庄暖晨胸口堵了一团火。

媒体有时候不买账也实属正常，尤其是面对菲斯麦这种首次进军一线市场的品牌，有些媒体压根就不会放在眼里，这两家明摆着就是这个想法。

很快刘经理过来了，一脸焦急："庄总监，怎么出席的媒体少了两家？"

庄暖晨一个头两个大，总不能让她解释说因为菲斯麦目前不是大品牌人家不领情之类的话吧？这种话说出来无疑就是推卸责任。

刚想再从熟悉的媒体关系里找能救场的，会场的门就被人推开了，她转头看过去，愣怔。

来的人竟是顾墨，身后还跟着两名记者，其中一名是摄像。

当时拟定媒体名单的时候方小萍也没考虑《华报》，因为凭菲斯麦的名气还请不动《华报》。刘经理不认识顾墨，见有媒体到场了小声问了句："庄总监，这个是那两家媒体其中的一家吗？"

庄暖晨本想说不是，但脑筋一转，从容道："刘经理，其实是这样的，我们后来又做了下调整，倒不如省下两家媒体名额直接请来《华报》驻场，效果更好。"

刘经理一听是《华报》，一双小眼睛闪闪发亮。

今天的顾墨穿着清爽，一如既往的牛仔裤纯色T恤衫，英俊潇洒。

庄暖晨看得清楚，低叹，时移世异，连人也是如此。顾墨表面上看跟以前无异，但不难看出他衣衫的价格不菲，他已不再是以前的顾墨了，连唇边的笑都不似以前的清澈明朗。

顾墨走上前，伸手朝向刘经理："你好，我是《华报》主编顾墨。"

刘经理一愣，马上伸手相握，八成没料到是《华报》主编亲自前来，笑得合不拢嘴："顾先生年轻有为，年轻有为啊，感谢贵报赏脸出席说明会。"

"客气，我和暖晨是认识多年的朋友了。"顾墨淡淡一笑看向庄暖晨。

庄暖晨不好在刘经理面前对顾墨多加盘问，唇畔噙笑："活动快开始了，顾主编这边请。"

顾墨点头，带着记者入席。

他是天生有气场的人，再加上新任《华报》主编的身份，一时间引起了不少媒体的竞相拍照。庄暖晨暗示了一下方小萍，方小萍是个聪明丫头，赶忙提醒主持人压压现场。

主持人在台上讲话的时候，刘经理将庄暖晨拉到了一边，嗓音虽低却抑制不住兴奋，"庄总监你真厉害，《华报》的人都能被你请来，不过会不会超出媒体传播这块的预算呢？"

"放心吧，刘经理，不会超的。"庄暖晨轻轻一笑。

"那就好，今天这场活动有了《华报》在就一定没问题，你简直给了我一个大大的惊喜。"刘经理用力地拍了拍她的肩膀。

庄暖晨笑而不语，今天的确是多亏了顾墨。

菲斯麦的产品说明会办得很成功，加上有《华报》的参与，使得这场说明会办得更有价值。

"稍后我会安排记者发稿。"会场外顾墨点了一支烟说。

"我想刘经理盯上你们《华报》了，看来我应该建议他们在《华报》进行媒体投放。"她看着他抽烟的样子略有陌生。

他的笑似真似假："这样敢情好，听说高盛集团是只骆驼，每年投个几千万的广告费不成问题。"

"问题是，《华报》不是有钱就能摆平的。"她淡淡一笑。

"媒体有舆论监督和舆论导向的职能，奶制品总不能一家独大吧？再说了，菲斯麦的数据报告是你亲自盯的，好东西还是要积极推广和分享的不是吗？"

她点头，对于菲斯麦的质量她一点都不担心，这款奶她尝过，口感浓厚，天然奶源，高盛的快消品一向注重口碑。

"我没想到你能来。"

"媒体圈说大不大说小不小，我听说你在做菲斯麦的活动所以才来的。不过我好像救了你一命？"

"有两家媒体放鸽子，幸亏你来了。"

"看来我还算是你的救命恩人了。"顾墨笑了笑。

"总之谢谢你。"

会场外热浪层层袭过，媒体的车三三两两地离开了，会场前的街道只剩下她和他两个。

"你对我疏远了。"顾墨轻声说了句。

"你误会了。"庄暖晨一愣，"今天你帮了我这么大的忙我真的很感谢你。"

顾墨叹了口气上前，意外说了句："那晚我去你家找你，没给你带来麻烦吧？"

她摇头，他笑了笑，没说什么。

"其实你是故意的，是吗？"她突然问。

顾墨的笑微滞唇梢。

"因为江漠远也上演过这种戏码。"她的目光柔和，不见愠怒。

顾墨盯着她看了半天："你是最了解我的人。"

"何必呢？"

"我只想看看，如果他深爱一个人的话会不会也像我似的发了狂。"顾墨一字一句。

庄暖晨原本想顺着话题说下去但又忍住了，眸光微敛："我们现在都有各自的生活不是很好吗？"

"是挺好。"顾墨眼神失落。

"许暮佳的身体怎么样了？"

"前阵子刚出院，医生说她这次很伤身体，要好好调养一段时间。"

"那你好好照顾她吧，对她好一点。"

顾墨眼神深邃："我可能做不到那么尽心尽力了，因为爱你就花了我全部的心力。"

"顾墨……"

"放心，我没搅局的意思。"顾墨马上澄清，神情转为轻松，"走吧，你是回家吗？我送你。"

"不用了，我得回公司，活动之后的报告还要整理。"

"工作是永远做不完的，这样吧，今天既然我帮了你一把，你总要表示一下才行，请我吃顿饭吧，吃完饭你再回公司，如何？"顾墨提出邀请。

庄暖晨本想答应却不经意想起江漠远的警告，顿了顿开口道："今天真的很谢谢你，改天我和漠远一起做东好好请你。"

顾墨摇头苦笑："其实你不用在我面前总提到江漠远，我——"

话被街边的车鸣声打断，她顺势看过去，心暮地颤了颤。

街边停了辆商务车，车里的男人虽说戴着太阳镜，但从微抿的嘴角能看出一丝不悦来。

他冲着顾墨这边点了下头当是打过招呼，车鸣又响了一声，明显的催促之意。

"对不起，我先走了。"庄暖晨压下心头恐慌，努力挤出一丝笑冲着他说了句。

顾墨看了一眼江漠远又看了看她，点头。她赶忙走向路边，没多会儿顾墨开车离开了。

副驾上庄暖晨惴惴不安："你怎么来了？"

"我不能来吗？"江漠远转了下方向盘，趁着绿灯踩了油门。

"我不是这个意思。"一听他的语气她更慌了，"我不知道顾墨会来现场。"

"嗯。"他低沉应了句。

"有两家媒体临时放了鸽子，顾墨是救场了。"

江漠远微微勾唇："两家媒体同时放了鸽子，会不会太巧？"

她一愣："你觉得是顾墨从中作梗？怎么会呢？他又不能干涉其他媒体的行为。再说，这么做对他也没什么好处。"

"《华报》那么大的摊子，随便放点消息出去都能让其他媒体抢着分摊，能让几名小记者不出席活动又有什么奇怪的？"

前方红灯，江漠远减速停车，目光落她脸上："至于对他有没有好处我就不得而知，不过暂时知道一点，你对他起了感激之心。"

庄暖晨心里一揪，喃喃道："我不知道这件事是不是跟他有关，我也无从查起，但感激又会怎么样？"

"当初正是因为你对我的感激，我们才走到一起。"江漠远伸手捏着她的下巴，似笑非笑。

指尖几乎陷入掌心，她将脸别到一边。

她以为他会动怒，谁知江漠远笑了，轻抚了一下她的后脑："我只是提醒你不要感激心泛滥。"

庄暖晨好不容易累积起来的火又熄了，低着头。待车子开动的时候，无奈叹了句："今天的事纯属偶然，你怎么就不相信呢？"

"我相信。"

她愕然。

江漠远勾唇淡笑："我相信你今天说的话。"

"真的？"庄暖晨迟疑。

"真的。"两个字很干脆。

他什么时候变得这么好说话？不是一向不相信她和顾墨吗？

两人一直没说话，等车子停下来庄暖晨才愕然发现竟已到了家。

"公司还有一大堆的事呢，再说，这个时间你不是应该回公司吗？"

江漠远没搭理她进了电梯，见状她也只好跟着。

"明天开那辆车去上班。"金属门即将关上的瞬间，江漠远指了指车库南角的一辆白色商务车。

"这车子开出去我怕被人抢劫。"

"你的车报废了。"

"我的二十多万就这么没了。"她叹。

江漠远似乎没料到她会这么说，有一瞬的愣怔，半晌后开口："所以你在开我车的时候尽量小心，再损坏就不止二十万了。"

"我不想……"她本想说不要，但见江漠远目光严苛地盯着她，改口，"开这么贵的车，以后再遇上大风大浪的我都不舍得弃车了。"

江漠远听她改了口风，抿紧的唇角微勾了一下："车在人在，车亡人亡。"

进门，她心不在焉地换鞋。江漠远没上楼，看着她换鞋，良久叹了句："在万宣不及在德玛，你外出见客户总要开辆差不多的车吧。"

关鞋柜的手一滞，她愕然地看着他。江漠远不再多说什么，伸手替她关上鞋柜的门，转身进了屋子。

她站在原地，心头窜过类似温暖的感觉。这种感觉，已经很久没有过了。

晚餐很丰富。

"谢谢你。"庄暖晨夹了一口米饭入口，慢慢嚼着，米粒自然的甘甜顺着津液滑入咽喉，有那么一点点的温暖。

江漠远停下筷子："为什么谢我？"

"因为你没再逼着我辞职。"

"可能的话我还是希望你待在家里。"

"那你还送我车？"她的心情略感轻松。

"当着我的面可能服服帖帖的，背地里不知又能做出什么事情来，所以倒不如由着你。"江漠远拿过纸巾优雅地擦了一下嘴角，话锋一转，"还有，谁说那辆车是送你的？"

"啊？"

"车子是要租金的。"他慢悠悠地补充了句。

庄暖晨脱口而出："你的如意算盘都打到自己老婆头上了？"

江漠远敛眼看着杯子里的水，唇角忍不住扯动了一下，"自己老婆"这几个字更像是暖流。

"无奸不商。"

庄暖晨也看出他唇角的松动，故意问："那租金怎么算？"

"目前还没想好，等想好了再告诉你吧。"

她看着他的笑，心又忍不住蹿跳。

接下来的时间里他没再说话，她亦没开口。等快吃完的时候，江漠远看着她轻声问了句："为什么要我相信你？"

正在喝水的庄暖晨差点呛到，放下杯子："啊？"

"我是问，"江漠远放下筷子，盯着她的脸，"你为什么那么怕我误会？"

"我、我才没怕呢。"她赶忙低下头吃菜。

餐桌对面没动静，可她还是能感觉到盘旋在头顶上的目光。半晌后轻叹，对上他的眼睛。

"你是我老公，我当然希望你不要误会我。"

江漠远心底蓦地窜过柔软，对她的质疑和不信任瞬间被一股强烈的情愫遮盖。

他心悸不已，冲着她一伸手："过来。"

她起身到他身边坐下。

"告诉我，你现在还爱不爱顾墨？"江漠远问出了这句话。

他逼得她又不得不去面对自己的内心，低下头半晌后才轻声说："不爱了。"

时间总会悄然改变些事情，不让你知道，等蓦然回头才发现物是人非。她对顾墨的感情也是如此，曾经以为是天崩地裂也不改变的情感到头来也成了沧海桑田。

说现在对他一点感情都没有也是假的，顾墨痛的时候她会跟着痛，顾墨春风得意的时候她也会跟着高兴，可她很清楚，这已然成了一种亲情上的挂念。

闻言江漠远有动容，再开口已是不动声色："不爱是最好，因为你爱不爱他我都不会同意离婚。"

江漠远拿过水杯攥住，表面风平浪静可内心掀起骇浪，那股子激动像是遏制不住的洪流席卷而来，她已经不爱顾墨了。

庄暖晨气结："你这个人真奇怪，我刚才提离婚的事了吗？"

江漠远盯着她，手指却在轻颤。

她起身，将碗碟简单收拾了一下拿进厨房，走到厨房门口的时候停住脚步，轻声说了句："其实嫁给你，我从来都没后悔过。"

这话令江漠远一僵，等反应过来时，她已经进了厨房。他一动不动地坐在椅子上，脊梁挺直，她的话轻轻浅浅的，却无孔不入直往他心上钻。

半晌后他起身，近乎僵直地走进厨房，盯着她的背影："你刚刚说的是真的?"

正在拿蛋糕的庄暖晨停住动作,双手搭在台子上一句话没说。江漠远慢慢上前,伸手轻轻搭她肩上:"真的没后悔嫁给我?"

她垂眼,呼吸急促。

江漠远贴近她,结实的手臂圈紧了她的腰,低头喃喃:"是吗?"

男人怀中的温存令她怀念,有那么一刻鼻头泛酸。深吸一口气:"把碗筷洗干净,就是真的。"

江漠远一愣,好半天哑然失笑。之后他还真就站在厨房洗了碗筷,保姆见了哇哇大叫,欲要上前,庄暖晨却拉住她:"让他洗吧。"

保姆愕然,突然觉着这两人的关系也不是那么坏。

庄暖晨带着团队在向高盛集团争取菲斯麦全年公关活动项目的时候,由于产品说明会得到了众多媒体的参与和传播,一时间倒有其他品牌主动上门要求合作了。归功于《华报》的力度:龙头买了账,小鬼们自然好说话。

万宣也加速了招聘员工的进程,在两单活动承接的合同签订时,相关人员也陆续备齐。活动方案策划又招了一名,活动策划两名,又聘了个有媒体资源和媒介经验的小姑娘来协助方小萍的工作。

刘经理对庄暖晨的工作能力很肯定,也希望她能够争取到高盛总部的同意,并且跟她透露很快高盛总裁会来北京开会,希望到时候她能够争取一下合作机会。

庄暖晨兴奋不已,又开始忙了起来。

几场大雨过后也没能缓解酷暑,这阵子庄暖晨带着新人跑完一家甲方后又带着旧部跑另一家甲方,被晒成了健康的肤色。

方程有阵子没来万宣了,承接下来的活动都由庄暖晨出面洽谈,就连签合同,方程也只是通过律师授权委托庄暖晨打理。

她理解,万宣对方程来说只能算是个兴趣,又或者是闲来无事用来打发时间的,方程的心思只在联美上。

虽说接手的单子都不大,而且还都是散单,但这对万宣的员工来讲已是莫大的鼓舞,而且庄暖晨也深信这只是开始,所有人都会越来越好,包括她。但艾念的一通电话,令一腔热血的庄暖晨打了个寒战。

艾念打来电话的时候是后半夜,在那头哇哇大哭:"我要跟陆军那个王八蛋离婚!"

庄暖晨心里一哆嗦,艾念不是个任性妄为的女人,除非真是遇上大事了,否则不会这么晚打电话打扰别人。

电话里艾念泣不成声，哭得稀里哗啦的。

"你是在家吗？陆军在你旁边吗？把电话给他！"

"我在崇文附近的酒店。"

艾念竟来了北京，这让庄暖晨意识到情况不妙，赶忙要来了酒店地址。简单洗漱出来后，却见江漠远也穿戴整齐。

"你干吗去？"她微愣，拿过衣服边穿边问。

"我开车送你。"江漠远戴好手表。

"不用了，我自己开车过去就行。"

"你自己看看都几点了？"

等庄暖晨赶过去后不想夏旅也在，她也是被艾念叫过去的，一脸惺忪睡意，见了庄暖晨后脸色变得不自然。

庄暖晨也没料到夏旅会在场，愣了愣后才走上前。

孟啸坐在沙发上，见他们来了后开了口："你们三个聊，我和漠远在起居室，随时听候三位的差遣。"说完递了江漠远一个眼神。

江漠远伸手拍了拍庄暖晨的肩头，跟着孟啸走出卧室。

大床上扔了一团团的纸巾，艾念在夏旅来的时候已经哭了一轮了，眼睛红得跟兔子似的，孩子在一旁熟睡，浑然不知大人之间发生了什么事情。

庄暖晨在床边坐下，轻唤艾念的名字，艾念抬眼瞅着她，瞅着瞅着眼眶又红了，伸手搂住她的脖子痛哭起来。

"你才生下宝宝没多久别哭了，这么哭会把眼睛哭坏的。"庄暖晨轻拍着她的后背，"你先告诉我究竟是怎么了。"

艾念还是泣不成声。

庄暖晨干着急，看向夏旅，夏旅摇摇头，她也是刚来，一来就见艾念在哭，好不容易停住了庄暖晨又来了。

艾念哭了好半天，接过纸巾用力擦了下鼻涕眼泪，抬眼看着她们两个，哽咽："其实结婚前陆军就背叛过我，但那时候我已经怀孕了，就想着结了婚有了孩子他就能安分守己，没想到婚后他禽兽不如的，我当初就不该结这个婚！"

庄暖晨和夏旅都惊呆了。

尤其是庄暖晨，在来的路上她想过种种可能性，唯独没料到陆军行为不检，甚至说都有前科，更要命的是，艾念在明知道那种状况下还跟他结了婚。

她以为他们之间的最大问题只是婆媳关系。

"你的意思是陆军背着你在外面玩女人？"庄暖晨又急又气。

"他何止是玩女人啊,他都把人家的肚子弄大了!"艾念双眼的怨恨近乎可以杀人,双手都在抖。

"那个不要脸的狐狸精竟然还挺着大肚子找上门,我恨不得杀了陆军那个王八蛋!这对奸夫淫妇,不要脸的婊子!"

庄暖晨彻底呆住了,没想到事情闹成了这步田地。

夏旅的脸色也很难看:"那女的你之前见过吗?"

"我就是个傻瓜!那女的是陆军单位一实习生,我之前在陆军单位见过她一面,还笑着跟她打招呼夸她漂亮,谁知道扭头就跟陆军勾搭上了。我是到了今天才知道,陆军通过朋友在老家给她弄了套房子。昨天晚上那个婊子找上门的时候挺着五个月大的肚子,陆军看见这一幕吓得跟孙子似的一声不敢吱,我这才知道,我怀孕期间,他竟然跟那个婊子厮混!我要跟他离婚!这种日子我一天都不想过,一想到他们两个我就觉得恶心!"

庄暖晨光是听着就气得全身直哆嗦。

"那个女人找上门的时候你婆婆也在吧?她怎么个意思?"她拉着艾念的手尽量压低语气。艾念在电话里连婆婆一并骂了,看来她婆婆当时是说了什么不好听的话。

"她当然向着她儿子了!我算是看出来了,她就是怎么看我都不顺眼,巴不得换个儿媳妇!"艾念牙齿都咬得咯咯直响,"表面骂了几句陆军,然后又跟我说什么现在的男人哪个在外面没有个事儿的,知道回家就行呗,还说什么她都怀了陆军的孩子你还能让她打了吗。她说的那叫人话吗?"

"太过分了。"庄暖晨听了心里一阵阵堵得慌。

"那你真要离婚吗?"夏旅开口问了句。

庄暖晨下意识看了一眼夏旅,她觉得夏旅的反应很奇怪,照她的性子,那是肯定去找陆军算账替艾念出气的,也许,她和她都变了。

现实喜欢给人磨难,因为它要将你的棱角磨平,庄暖晨不知道她身上的棱角是否被磨平了,但看夏旅眼角的疲倦不难察觉到,眼前的夏旅已不再是她熟悉的夏旅,大家都回不去了。

艾念一抹眼泪:"我已经决定离了,暖晨、夏旅,我在家也找不到人,爸妈那边我又不想惊动,你们帮我找找有没有合适的律师,这次我一定不会让陆军那个王八蛋好过!"说完又嘤嘤直哭。

庄暖晨心疼地看着她,心里像是压了块石头似的难受。

出卧室是凌晨三点多,江漠远和孟啸坐在沙发上抽烟,见她出来了纷纷掐了烟。

"夏旅还在里面劝呢,要不你们两个先各自回家吧,还不定折腾到几点。"庄暖晨坐下来，一脸疲惫地靠在沙发上。

"没事儿，我等她。"孟啸倒了杯水给她。

庄暖晨道了声谢，又迟疑："你和夏旅？"

"我们两个现在住在一起。"孟啸直截了当告知。

她微微失神，下意识看了一眼江漠远，江漠远一脸平静，看来早知道这件事了。

"艾念怎么样？"江漠远低声开口。

庄暖晨看了一眼卧室方向："铁了心要离。"她将发生的事情简单地讲述了一遍。

拿出手机看了看："陆军又打过来了，我现在对他真是恨得牙痒痒。"

"这件事不是说你和夏旅两个朋友陪着就能解决的，我建议还是把陆军叫过来。"江漠远难得一见地管了闲事。

"艾念现在杀了陆军的心思都有。"庄暖晨一想到那个场面头都大。

孟啸摇头："漠远说得对，人家毕竟是两口子，就算艾念真想离，陆军也得在场吧。再说，艾念也不能总住酒店，她还带个孩子。"

"我也在想这个问题，艾念现在肯定不想回老家，实在不行就让她和宝宝先住新房里，反正那套房子也空着。"庄暖晨抬眼看了一下江漠远。

江漠远喝了口水，见她盯着自己，点头："我没意见。"

天边刚泛鱼肚白的时候，陆军和艾念的婆婆赶到了北京。

艾念婆婆一进门还气势汹汹的，一见屋里坐着俩高大魁梧的男人就怂了。进卧室见着艾念好声好气地劝说："你说你都当妈了还这么不懂事，哪有说抱着孩子离家出走的？你让别人怎么看待我们老陆家呢？"

陆军也没想到会惊动江漠远和孟啸两个，一脸尴尬地打过招呼后灰头土脸地进了卧室，二话没说跪地上。

艾念的婆婆见了哇哇大叫，拼命拉扯着陆军："你这混小子道歉就道歉，下跪干什么？赶紧起来怪丢人的。"

陆军却不管不顾还是跪在地上，冲着艾念声泪俱下道歉。

"滚！都给我滚！我现在看见你们就恶心！"艾念咆哮。

"念念……"

"别叫老娘名字！陆军你个王八蛋你等着收律师信吧！我要跟你离婚，你去找你那个小狐狸精吧！现在我不过就是墙上的一抹蚊子血，那个小狐狸精才是你的床前明月光！你跟那个小狐狸精过日子去吧，我就等着看她什么时候变成衣服上的大米粒！"

庄暖晨在旁，耳朵一鼓一鼓地胀痛。

艾念的婆婆嚷嚷起来了："你提离婚？你凭什么提离婚？你自己说说看你为了这个家付出什么了？从跟陆军结婚到现在你连工作都没有，吃我家陆军的，喝我家陆军的，平时对陆军鼻子不是鼻子、眼睛不是眼睛的，你仗着自己怀孕对我儿子指使来指使去的。我就告诉你，就算你想离婚孩子也别想抱走。"

"良心？我的良心都被你们一家给吃了！陆军要是有良心他别在外面找女人啊，他不但找了女人还搞得对方找上门！陆军你个缩头乌龟王八蛋，你但凡有点能耐也不至于弄得家无宁日，你出轨搞外遇有本事别让我知道啊！我还真就告诉你们，这个婚我是离定了，这个孩子以后也跟我姓。你们老陆家不还有那个小狐狸精吗，让她给你生儿子去！"

"孩子是老陆家的，你凭什么说带走就带走？你把孩子给我！"艾念的婆婆一听急了，扑上去就抢孩子。

"松手，别碰我儿子！"艾念一把将孩子抱在怀里。

"这是我孙子！"

孩子被惊醒，哇哇大哭。

陆军一直跪在地上，反而像是个受害者似的耷拉着脑袋哭丧着脸。

庄暖晨和夏旅赶忙上前拉人，但又怕伤到小宝宝，一时间也急坏了。正在撕扯，一双男人的手横插一杠子夺走了孩子，紧跟着一声厉喝："闹够了没有？"

惊得几人停住了动作，连一直低着头的陆军也愕然抬头。

抢走孩子的是江漠远，强烈的不悦从眼角眉梢明显地散发出来。那小孩在他怀里也顿时不哭了，好奇地盯着他。

孟啸诧异地看着江漠远，没料到他会出手管闲事。

庄暖晨没见过他抱孩子是什么样子，今天第一次见，怎么说呢？他身材高大，那孩子在他怀里更显得小小的一团。

艾念的婆婆先反应过来，悄悄伸手碰了碰陆军，陆军明白她的意思，起身上前来抱孩子，就见江漠远眉头一皱，陆军打了个战，一时间竟不敢抱了。

江漠远这才走到艾念身边，将孩子递给她。艾念伸手接过，最后还心有余悸地看了江漠远一眼。她对他不是很了解，生气的样子是头一次见到。

"暖暖，把新房的钥匙给艾念。"江漠远下了命令，"你们是继续过还是离都去新房解决，关上门这是你们的家事，谈出结果了再来麻烦其他人。"

车子开出地下停车场的时候，万丈阳光从云层里穿出来，一天的炎热又开始了。

庄暖晨从上了车就没说话,双眼无神地盯着车窗外的风景。

"想什么呢?"

庄暖晨好半天说:"我想起陆军刚追艾念的时候,还是在大学,你知道陆军当时怎么追艾念的吗?"

"当时还有一个法学系的男生在追艾念,陆军聪明,他没像那个男生似的只顾着讨好艾念,而是从艾念身边人下手。他给夏旅买了她最喜欢的杂志,又给我买了大堆的零食,我和夏旅反复在艾念面前说陆军的好,就这样艾念和陆军在一起了。"

她沉重叹气:"现在想想,敢情是我和夏旅为了一本杂志和一堆零食就把艾念给卖了。"

江漠远盯着前方的路,黄灯亮了减缓了车速:"你也不能这么想,人都会变的。再烂漫的海誓山盟也抵不过时间和现实的打磨,人总要往前看往前走。"

他的话有些薄凉,使人背部发凉,却又令人深省。

庄暖晨转头盯着他的侧脸,他是在说艾念和陆军,还是在说她跟顾墨?很显然,在现实和时间的打压下,她和顾墨也是失败者。

"也许你说得对,这个年头,谁对谁还一定是海誓山盟呢?"轻叹了一声她转过头。

江漠远将她的神情收进眼睛里,趁着没变灯抬手轻抚了一下她的脑袋:"别乱想,我们在谈艾念和陆军的事。"

她敛下眼,不是她乱想,只是多愁善感了点。物欲横流的现世,人心也变得薄凉。

"想当初多好的一对情侣,现在却要分道扬镳。"车子又开了,庄暖晨一想到艾念说的话就心疼。

她问艾念,明知道陆军婚前就出过轨,怎么就敢继续嫁?为什么一定要搭上自己的余生?

艾念哭累了,嗓音听着挺苍凉的,跟她说,不是所有人都有勇气重新来过,不管现实多残酷,理想多美好,可她终究不敢迈出改变现状的那一步。

婚期定了,亲戚朋友都邀请了,也怀孕了,所有人都知道他们两个要结婚,一旦结不成,遭受流言蜚语最多的怕是艾念。

不喜欢变动,所以宁可付出所有委屈都要维持现状的安稳,这大抵是所有人的心态。但终究是现实打疼了艾念的脸,让她不得不撕毁安稳,重新考虑自己的人生。

庄暖晨压抑得够呛,凭什么?陆军凭什么这么欺负艾念?

"两人走到今天这步田地也并非一人的错。艾念的婆婆虽然刁钻,但她的话也不是完全没道理。也许艾念结婚以后,真的对陆军少了一份关心呢?"

"所以就出轨?"她接过来他的话,不悦,"他婚前出轨都被艾念抓住过,难道就没半点内疚?"

"我只是就事论事,当然,陆军的这种行为肯定不对,是他有错在先。其实艾念选择结婚也不过是赌一把,既然当初都决定原谅了,那为什么不想着把日子好好过下去?她心里有结,结婚是为了孩子为了家人的面子,那么这场婚姻肯定会出问题。与其说陆军可恨,倒不如说一个是操守有问题,另一个又经常用冷漠来逼得操守有问题的这个终于出了轨。"

"这是你们男人的诡辩吗?"她反问。

"我始终站在艾念这条战线上的。"

"你说的我都明白,他们两口子在一起究竟什么样其实我也不知道,但这个陆军实在是太可气了。"

她攥着拳头:"虽说现在小三盛行吧,但牛不喝水难道还能强按头?要我说就是现在的男人太经不住诱惑了,曾经的誓约统统变成了谎言,还说得有模有样让人分不清真伪。"

"别一竿子打翻一船人。"江漠远淡笑。

她偏头看着他,是想说自己是例外吗?

上次之后她就再没沙琳的消息,她不问他亦不说,他们现在是一点联系都没有了吗?

"我看还是帮艾念找个靠谱点的律师才是关键。"她跟艾念相处这么多年,最是了解她的性子,这次怕是死了心了。

江漠远握着方向盘,语气不疾不徐:"找律师没问题,但艾念要尽快找份稳定工作才行,没固定收入在争取抚养权上会吃亏。"

"你认识的律师各个都是牙尖嘴利不饶人的吧?"

江漠远笑了笑,没顺着她的话,轻柔说了句:"你先闭眼休息会儿吧。"

雨点砸落玻璃窗的时候,庄暖晨正和刘经理喝茶聊天。

"今年的天气真是不正常啊,说下雨就下雨,往年夏天哪这么多的雨?"刘经理轻呷了一口茶。

庄暖晨笑而不语,却想起上次的电闪雷鸣,看了一眼窗外,还好,雨很小。

"你们交上来的构思我昨儿就看了,非常好,庄总监是个在品牌传播和活动上都很有想法的人,但是……"

她的心提了一下,看着刘经理。

"这次啊,高盛投了巨资在菲斯麦身上,目的就是要抢滩一线市场。高宗盛董事长是白手起家,高盛是他的心血,所以他走的每一步都很谨慎,不容有失,对哪家公司能够独揽菲斯麦的品牌运营那是相当关注,筛选上也会很严格。高公子要来北京了,他会全权代理这件事,我呢,到时候虽说作用不太大但也能帮衬几句,就看你有没有机会了。"

庄暖晨一愣:"哪个高公子?"

"当然是高总的儿子高季了,高总也有老的那一天,总要放手让他儿子试试水,要不然以后偌大个高盛谁来继承呢?"刘经理一提到高公子,有些无奈。

庄暖晨见他神情有异,试探性问了句:"高公子这个人怎么样?"

"怎么说呢,泡妞的时间比去公司的时间还长,有一次还气得高总进了医院。高季这个人挺聪明的,他哪怕稍微用点心都能把事情做好,可惜啊。"刘经理摇了摇头。

"高总派高季来北京,就是想在招标期间考察一下各大公关公司的实力?"她心凉了大半,遇上一心做事的人她轻易拿下,最怕的就是遇上吊儿郎当的主儿。

刘经理点头:"当然,高总既然希望高季试水,那就不单单想把菲斯麦交给他,还有高盛的其他产业,过两天要举办一场全球总裁高峰论坛,我想高季来也是冲着这次的高峰论坛吧。"

她知道这次论坛,门槛很高,有一次在书房看到了一张请帖,江漠远是被主办方特别邀请的嘉宾,她咂舌。

"这次也有不少公关公司盯上了菲斯麦,其中就有你的老东家德玛传播,听说主要投标的负责人叫夏旅,你跟她熟吗?"

庄暖晨大吃一惊,她负责盯这个项目了?

"我和她在一组工作过。"

"那就好,知己知彼才能百战百胜。"刘经理笑逐颜开。

她尽量挤出一丝笑。

在离开德玛的那天起她就很清楚,自己早晚有一天会跟夏旅兵戎相见,只不过这一天来得太快太仓促,她反倒没做好心理准备。

这个夏季，她、夏旅和艾念，似乎都注定了无法平静。

艾念妈妈还是知道了，第二天就赶到了北京，听说差点把陆军骨头拆了。

陆军这两天总往北京跑，但艾念打定了离婚的主意，就这样一来二去地，两人拉扯了好几天。陆军见说服不了艾念便开始耍横，艾念一提离婚他便装死，后来干脆不露面了。

江漠远充当了雷锋，请了律师帮忙，事情顺风顺水了很多。见状，陆军也摆明车马要一战到底，但那律师也不是吃素的主儿，不知从哪弄来了大量有关陆军出轨的证据，原来小三只是陆军其中一个温柔乡，他利用职权玩弄了不少女性。

艾念气得恨不得杀了陆军，律师劝她最紧要的是找个稳定的工作。后来庄暖晨也跟着听了下事态，在物质保障上艾念的确是弱势，律师大手一挥决定打感情牌和时间牌。

男方出轨引发夫妻关系破裂，在一定程度上就决定了艾念是弱势群体，上了庭只要证据充足艾念会在财产分割上获得最大胜算。

陆军是个有体面工作单位的人，离婚官司只要一打他的形象就会大打折扣，再加上律师有故意拉长这起官司，艾念无所谓，可陆军耗不起这个时间。

在庄暖晨的劝说下，艾念终于下定决心到万宣来上班，万宣虽说是小公司，但有联美集团做靠山，目前又有向上发展的趋势，这足以在固定收入这一栏上为艾念保驾护航。

官司拉长战，艾念的个人问题却解决神速，如此一来陆军四面楚歌，这才意识到自己正在一步步走进对方精心设计的圈套。

难堪的照片和视频全都摆在陆军面前，最终他选了私下协商并且同意放弃孩子的抚养权，相比净身出户，前途的保住更为重要。

高季压着这件事的尾巴就来北京了，等刘经理通知庄暖晨之后，夏旅却捷足先登找到高季，庄暖晨几次围堵都失败。艾念最后还是知道了她俩之间发生的事，虽说气愤但后来平息之后也希望她们能够和好如初。

庄暖晨苦笑，覆水难收，她和夏旅彼此心中都藏着根刺，做朋友的，价值观不同就很难再走下去。

艾念经过了这场婚变后也想开了，谁强都不如自己强。她本来在德玛传播就做得很好，现在相当于重新走一回。

庄暖晨坚持让她住在新房里，小孩子以后花钱的地方多的是，再加上目前她还需要父母在身边照顾孩子，出去租房的花销也不小，倒不如把这笔钱攒下。

艾念心里挺不是滋味，但庄暖晨劝人劝在点子上，只要能跟她齐心协力拿下菲斯麦的案子，到时候就算是艾念不想出去住她都支使她出去。

那边高季跟庄暖晨玩捉迷藏，这边方程又是焦头烂额，庄暖晨看过财经新闻才知道，原来联美在这次的股市动荡中损失了不少，多条资金链都被锁住了。

顾墨的婚礼当天，难得一见的蔚蓝天空，几抹淡淡的云扯开，像是几道棉絮随意划在了天空之上。

婚礼现场谈不上嘉宾云集，一来顾墨不爱热闹，二来他只请了留京的大学同学和报社同事。

顾母的精神状态很好，被保姆推着接待来宾。许作荣请了不少当地的朋友，毕竟是个有身份的人，女儿出嫁总不能太寒酸，但顾墨即使是在婚礼现场都对他很是冷淡，许作荣尴尬，多番想跟顾墨套近乎但都无济于事。

庄暖晨跟江漠远进场的时候，有窃窃私语声。她心里跟明镜似的，只要是同学都很清楚她和顾墨的事，现如今一个已为人妻，一个即将娶妻。

这种场合下江漠远他从不吝啬自己的出色，穿着得体，举手投足尽是从容沉稳，她穿着合体的礼裙，与他的精神奕奕相得益彰。顾墨和许暮佳上前，四人打了个招呼。

草坪婚礼没那么多的繁琐程序，现场不少与江漠远认识的，相聊甚欢，庄暖晨独自到食物区拿东西吃了。

肩膀被人轻轻拍了一下，转头一看，曾经的同班同学，脑仁一疼。

"今天场上有很多咱们的老同学，怎么不过去一起玩呢？"女同学喋喋不休，上学的时候就有这个毛病。

"你们都在讨论孩子，我插不上话啊。"她夹了几块西瓜在托盘里，轻轻一笑。

"什么插不上话啊，我看你是嫁了豪门就瞧不起咱们同学了吧？"女同学脸上虽笑，可眼里有那么一丝不屑。

庄暖晨明白这种眼神，在她跟着江漠远一起出现的时候，这种眼神她已经不知道接收多少了。庄暖晨不难想象到她们私下八卦的话题，无非就是她贪慕虚荣，抛弃旧爱只为了攀龙附凤。

唇角轻轻泛起笑容："哪有瞧不起？你们的宝宝个个聪明伶俐，我羡慕还来不及呢。"

"暖晨啊，你说你怎么认识你老公的？"女同学拉着她喋喋不休，"我看新娘子的爸爸都主动过去跟你老公套近乎，听说你老公是出了名的金手指是吗？"

"许先生是尽地主之谊。"她暗自叫苦,脑筋又在一挑一挑地疼,目光落到江漠远的身上。

他在聊天,抿了口香槟不经意扫到她这边,目光相对时,嘴角微微上扬,迷人好看。

庄暖晨冲着他投出求救信号,女同学没看见两人之间的对视,只顾着看江漠远了。

"你老公对你笑呢。"

庄暖晨很想拿只苹果堵住她的嘴。

很快江漠远走上前,伸手搂住了庄暖晨的腰,低笑:"聊什么呢?仪式快开始了。"

女同学是近距离看江漠远,眼睛都直了,庄暖晨赶紧说了句:"我们先到宴会厅了,一会儿见。"

等离了同学范围,江漠远笑:"我有那么见不得人吗?连介绍我都省了。"

"拜托你收敛点,今天是顾墨的婚礼,别弄得你是主角似的。"

江漠远哑然失笑:"你说刚才的那些人?是他们上前搭话,我不过是应付了两句而已。"

"看来你又有得应付了。"庄暖晨盯着他身后无奈说了句。

他被她逗笑,低头在她耳畔温柔喃喃:"还是那句话,别跟顾墨靠得太近。"

身后是几声客套:"江总,久仰大名,今天见到您真是荣幸之至。"

江漠远抬手轻抚了一下她的头后转身,对上几人后笑容转为一贯的客套和应酬,庄暖晨逃窜,她是怕了这种应酬。

结婚仪式开始之前,庄暖晨去了趟洗手间。路过休息室的走廊,一抹白影站在那,是许暮佳。

她迟疑着要不要上前时,许作荣从休息室里走出来,手里拿着一个锦盒一脸不悦:"结婚对戒顾墨都能忘带,那小子也太离谱了吧?先用这对装饰戒顶上吧。"

"顾墨他不是忙嘛。"许暮佳拿过锦盒劝说了句。

庄暖晨看着不远处的许作荣,这张脸她不陌生,曾经她陪着顾墨一次次去求他,可他就是不松口不给条活路。

"佳佳,说实话爸爸真不看好你嫁给他,那个顾墨心里有人,他不会对你好的。"

"爸,您现在说这些干吗呀!我跟他都登记了。"

"我知道,但就是担心呐。"

"路是我自己要走,老公是我自己要选,真有分开那一天我也不会后悔。"许暮佳一脸的倔强。

许作荣皱了皱眉,突然扫了一眼四周。

庄暖晨马上闪身藏在墙角,心里却有了不好的预感。她听到许作荣道:"万一让他知道你假怀孕的事呢?"

"爸!"许暮佳紧张地看了一眼四周,确定没人后跺了跺脚,"没事你提它干什么?"

"这种事纸包不住火的,早晚有一天会露馅。"许作荣一脸担忧。

"这件事你不说我不说他怎么会知道?"许暮佳扯了扯婚纱,"医生那边都是您的世交更不会说出去,这件事会烂在肚子里的。"

"我这心总是放不下。"

许暮佳伸手搂住许作荣,轻声安慰:"我知道您担心我,放心吧。"

墙角这头,庄暖晨如同石化。

当初许暮佳找到她,用了一句"我已经怀了顾墨的孩子"彻底令她死心。可是,她和顾墨真是因为上天注定才走到今天这步的吗?

江漠远用尽手段得到了她,许暮佳也用假怀孕控制了顾墨。这件事江漠远知不知情?还是这也是他一手策划的?

头脑混沌的庄暖晨没意识到两人的动静,等反应过来正好与许作荣打了个照面,这两人也没料到会有人藏在墙角,双双愣住。

空气流动都静止了,像是黏成一团的胶水令人窒息。半晌后庄暖晨反应了过来,很快从许作荣眼睛里看出一丝阴狠。

"你们怎么可以这么做?"

"别多管闲事,否则我对你不客气。"许作荣威胁。

"你们做了什么可耻的事心知肚明。"庄暖晨目光严苛,转向许作荣身后的许暮佳,"你认识顾墨这么多年,难道还不了解他的脾气吗?"

"庄暖晨,今天不是看在江漠远的面子,我早就把你赶出去了。"许作荣皱眉说,"当作什么都没听见一切都好办,否则为了我女儿,我什么都能做得出来。"

许暮佳拉开许作荣:"让我跟她好好谈谈。"

"还有什么好谈的?"

"爸。"许暮佳脸色凝重。

许作荣只好妥协,临离开之前还给了庄暖晨一个警告的眼神。

"庄暖晨。"许暮佳声线干涩,"这件事你不能告诉顾墨。"

"否则呢？"庄暖晨冷笑。

"否则，我也不知道会出什么事。"许暮佳攥了攥手指。

"那我来猜猜会出什么事？顾墨不会要你，而你爸也会找我拼命是吗？"

许暮佳低着头，一句话不说。

"顾墨不是玩偶，他有知情权。"

"让他知道他会离开我，这辈子我都别想再跟他在一起了。"许暮佳盯着她幽幽道。

"你错了，如果你正大光明来爱他的话，我相信他会有感动的那一天。"庄暖晨一字一句，"许暮佳，你有足够的机会让他来接受你，为什么要用这种偏激手段？我跟顾墨虽说做不成夫妻，但这么多年我很了解他，别人只要对他一丁点好，他就能回报对方十分好，可一旦被他知道你骗了他，他永远都不会原谅你。"

"所以我不会让他知道。"

"人在做天在看，你真以为这世上没报应吗？"

许暮佳咬牙："我不信报应。"

庄暖晨气结，压低嗓音："说实话我一点都不喜欢你，甚至说厌恶你，但这件事牵扯了顾墨，我不希望他活在痛苦里。我劝你现在就去跟顾墨说实话，也许还有挽回的余地。"

许暮佳冷笑："你当演戏呢？这个时候我跟他坦白？"

庄暖晨无奈看着她，良久后道："其实顾墨很早以前就知道你父亲是许作荣。"

许暮佳一愣。

"上次顾墨送请帖的时候跟我说，你是到了他同意娶你的时候才跟他说了实情，告诉他你父亲就是许作荣。我问过他原谅了吗，他说许暮佳这阵子一直在照顾自己妈妈，辛苦你了。"

庄暖晨盯着她："他能说出这番话其实就代表已经原谅你了，你跟他其实是有希望的。"

许暮佳惊呆了："他不会说这句话的……"

"你觉得我有必要跟你撒谎吗？"庄暖晨叹了口气，"所以你敢不敢赌一把呢？就赌他还对你有那么一点恻隐之心。"

许暮佳迟疑，手颤得厉害。

四周再度安静下来，静得令人发慌。

良久后许暮佳舔了舔唇，刚要开口却看到了顾墨，一僵。

庄暖晨也跟着紧张起来，顾墨上前，笑了笑："你们两个在聊什么呢？"

庄暖晨看了许暮佳一眼，许暮佳赶忙将头低下来。

顾墨从怀兜里掏出一个锦盒递给许暮佳："戒指落办公室了，我让手底下的编辑取回来，对不起。"

许暮佳打开锦盒，眼波微漾。

"许暮佳。"庄暖晨唤了她的名字。

许暮佳抬头看着她，她则用眼神示意她说实话。

"到底怎么了？你们两个奇奇怪怪的。"顾墨一头雾水。

庄暖晨盯着许暮佳，顾墨也顺势看过去，眼神迟疑。许暮佳深吸了一口气，颤着嗓音道："顾墨，我有话要对你说。"

一边的庄暖晨暗自松了口气。

岂料许暮佳下一句是："顾墨，我真的很爱你。"

"许暮佳——"

"你们几个在这儿呢，仪式开始了。"男人的嗓音几乎与庄暖晨的同时扬起，三人循声一看，是江漠远。

他朝这边过来，伸手轻轻揽住庄暖晨的腰，温柔低语："别在这儿给新人添乱了，咱们先去宴会厅等着吧。"

庄暖晨看着他唇畔的笑，心里一哆嗦，这是典型的一目了然。

离开前许暮佳喊了她，当着江漠远和顾墨的面儿说："很感谢你今天能来参加婚礼。"说着她主动搂抱了庄暖晨，近乎耳语，"对不起，铤而走险的爱情不是我擅长的。"

婚礼顺利举行，等庄暖晨回到家已经全身无力，保姆出去备食材没在家。

江漠远没马上换衣服，在她身边坐下："你想对许暮佳说什么？"

庄暖晨一愣，反应过来："你知道我要跟她说什么，是吗？"

"她假孕骗了顾墨。"江漠远语气淡然。

"原来你知道这件事？"她不可思议。

"这一路上你不都在想着怎么问我吗？"他不悦地扯掉了领带，扔到了一边。

"你早就知道这件事？"

"我是后来无意知道的。"

庄暖晨一动不动盯着他。

"你认为我在骗你？"

"你已经没有骗我的必要了。"她苦笑,"只是我不明白,为什么你要阻止我?"

"为什么不能阻止?"他反问。

"是不是连你也认为许暮佳的做法没错?"

江漠远一皱眉:"我没觉得她有错。"

"她错得离谱。顾墨不是个委曲求全的人,今天他能接受结婚,根本不是因为内疚,在我看来他已经准备接受许暮佳了。许暮佳能跟他说实话,他俩还有可能,但她选择了隐瞒,选择了再次欺骗顾墨。"

"你在为许暮佳生气?还是在为没能阻断他们的婚礼而懊恼?别以为我不知道你在想什么,你巴不得他俩结不了婚吧?庄暖晨,你之前跟我说过什么?"

庄暖晨心如针扎,气得真想踹他一脚:"我说过跟顾墨不可能了就是不可能,我今天生气,不是因为顾墨,也不是因为许暮佳,而是因为你!你的想法实在令人讨厌。"

她懒得跟他多说,起身上了楼。

江漠远看着她渐行渐远,不知怎的竟有种她要走出他世界里的恐慌,起身厉喝:"你给我站住,我让你回房了吗?"

庄暖晨在二楼站住,手握扶手,居高临下看着楼下的他,半晌后说:"我不明白,明明错了的事为什么还要一错再错?明明是带给别人伤害了,为什么还能视若无睹?如果要我抛弃底线和道德伦常才能成功,那我宁可一辈子这么平凡无奇。"

江漠远脸色难看。

她的语气幽幽的,一脸疲累:"你始终将顾墨视为眼中钉,我能理解,因为你根本不相信我的话。为什么每次当我想去爱你的时候总会出岔子、出事端?要不然你来告诉我,我和你之间到底出了问题,我们怎样才能彻底放下防备来爱彼此?"

她的话像是一场倾盆大雨,将他胸腔中的怒火彻底熄灭。他僵在原地,一句话说不出来。

有骄傲的人,在爱情里面注定了就是输家,所以庄暖晨输了,所以,江漠远也输了。庄暖晨将心思全都扑在工作上,江漠远似乎比以前更忙,回家的次数越来越少,她和他都成了沉默的木偶。

联美毁在了股市上,这阵子只要开盘就连连传出失利的消息,幸运的是万宣没有受到太多影响,这也算是方程当初的明智之选吧。午后阳光正足的时候，方程来了万宣，第一件事就是把庄暖晨叫到了办公室。

"什么？你要卖了万宣？"庄暖晨惊愕地看着方程。

"我也是没有办法，如果股价一直这么半死不活我肯定要跳楼了，资金套得死死的。"方程抓了抓头发，一脸沮丧。

庄暖晨死命按了按太阳穴，这才压下想要咆哮骂人的欲望道："方总，你也看到公司正在发展，现在把它抵出去等于毁掉了所有人的心血。"

"我清楚你对万宣的感情，可我要从大局出发啊，不能丢了西瓜保芝麻吧？"

方程许是几天都没睡觉了，眼角眉梢尽是疲累："暖晨，希望你能明白我的心情，抵走万宣也是迫不得已的行为。"

"我知道高盛这次预备的品牌传播经费是个庞大的数目，是不是只要我们能够拿到这笔单，万宣就保得住？"她问。

方程若有所思："至少能解燃眉之急。"

"那就行了。"庄暖晨干脆利落，"我会把与高盛合作的合同放在你面前。"

方程看着她，好半晌说不出一句话来。

接到高季在中国大饭店大摆筵席的消息后，庄暖晨带着艾念、方小萍和王筝一路杀了过去。

岂料宴席已经结束，看着高季几人与夏旅有说有笑从饭店走出来，王筝恨得咬牙切齿："怎么又被德玛传播的人给抢先一步了？那个刘经理是不是两头通吃啊？"

艾念尴尬，毕竟在德玛待过，又是刚进万宣，一听王筝这么说心里肯定不舒服。

转头看了一眼庄暖晨，艾念压低了嗓音："要不然咱们上前跟夏旅打个招呼吧，她跟高季看上去挺熟的，实在不行就私下跟她谈两家公司合作呗。"

"你觉得德玛跟万宣要是一起做项目的话能是合作关系吗？万宣最后又会落回了承接和外包的命运。我不想这样，夏旅她也不想这样。"庄暖晨淡淡说道。

艾念抿了抿唇："那我们该怎么办？"

"先撤，夏旅不可能一整天都陪着他。"庄暖晨回到了车子，一开车门，"大家上车，晚上继续围堵。"

艾念看了一眼夏旅坐上的那辆车子，心头惆怅，为什么大家都变了？

盛夏的夜晚总会透着那么一点的暧昧。

这个地段消费甚高,对于登门的客人身份也有要求。庄暖晨不是这里的会员,借了一层关系进了这里,里面没有她所想象的喧闹,大厅的音乐也不嘈杂,再往里面走是装修豪华的包厢。

"奢侈啊。"方小萍啧啧作声,"几万块的酒像是喝水似的。"

庄暖晨环顾了一下四周,没理会方小萍的话。

一行人到了包厢门口,方小萍一把拉住庄暖晨:"咱们还真要进去啊?"

庄暖晨顺势看了一眼她的手,紧抓住她胳膊的手明显发颤。

方小萍赶忙松开手,一副战战兢兢的模样,王筝紧紧攥着包带,大气不敢出一声。

"你也紧张?"庄暖晨将目光移到王筝脸上。

王筝下意识点头又马上摇摇头。

庄暖晨一脸的无奈。

艾念伸手钩住方小萍和王筝的脖子,低声给她们打气:"你们呢也不要这么紧张,咱们是主动来见客户而已,又不是什么其他的'特殊角色'。"

庄暖晨挑眉看着艾念,她也真能够"鼓舞士气"的了。

"你、你不紧张吗?"方小萍看了一眼艾念。

"姐人生最灰暗的时刻都经历了,还有什么值得紧张和害怕的?"艾念轻描淡写地笑了笑,"再说了,你们庄总监是何许人也啊,当初她带着一号人跑去机场截人的事儿都干过,这点事算什么?知道她的师父是谁吗?"

方小萍和王筝头摇得跟拨浪鼓似的。

"传播界赫赫有名的穆梅,人称梅姐,知道梅姐最厉害的一次是什么吗?"艾念竟把梅姐给搬出来了。

方小萍和王筝双双好奇。

"一次一个客户拖着尾款迟迟不打,所有人都不知道怎么办的情况下梅姐接手了,去了客户公司直接冲进了男厕所,那个客户正要小解呢,见了梅姐冲进来吓得脸都白了。人家梅姐大大方方走到客户面前,合同扬了扬说,您是先小解呢还是先签合同呢?结果那个客户二话没说先签了合同。"

方小萍和王筝像是听故事似的瞪大了双眼:"那个客户为什么同意先签合同呀?"

艾念笑得快直不起腰来了:"因为他不签字,梅姐就一直站在他身边啊,就算那个人的心理再强大也没强大到让个美女盯着上厕所吧?"

方小萍和王筝也忍不住乐了。

"好了好了，艾念你也真行，要让梅姐知道你拿着她的事情给员工打气非扒了你的皮不可。"庄暖晨憋住笑，伸手拍了一下艾念。

"事实上是管用嘛，你们两个没刚才那么紧张了吧？"艾念笑看着方小萍和王筝她们。

两人深吸了一口气后用力点头。

"到时候你们就发挥所长，自然大方就行，别忘了你们头上还有庄总监。她可是梅姐最得意的门生，青出于蓝而胜于蓝。"艾念到了最后还不忘给庄暖晨戴顶高帽子。

"嗯。"方小萍和王筝看样子紧张已经消除了。

庄暖晨暗自碰了一下艾念："你可真能瞎掰，梅姐什么时候收我做徒弟了？你给封的啊？"

艾念吐了吐舌头。

包厢的门厚重，完全遮住了里面的欢声笑语，所以当庄暖晨用力推开包厢门的时候才被里面的场面吓了一跳。

光线昏暗，音乐声轻快明朗，空气中充塞着酒香，还有淡淡的烟草味道。包厢中间是几个高挑美女正随着音乐狂跳脱衣舞。主角是一个正在跳钢管舞的女人，像一条灵蛇似的风情万千。

"庄总监？怎么是你？"沙发上先蹿起来一个男人，热情洋溢地走向庄暖晨身边，正是陪着高公子吃喝玩乐的刘经理。

庄暖晨的目光原本是要落在他身上，却不经意看到沙发一角坐着的男人，脸色倏然苍白，精心设计好的台词和"走错房间的偶遇惊喜"被打得粉碎。

"刘经理？我、我们今晚有聚会，明明告诉我们是这间包厢，是我们走错了不好意思。"

刘经理何其聪明一下子反应了过来："既然都来了，就一起玩吧，反正都这么熟。"

沙发一角的男人倚靠在那，一手悠闲地晃着酒杯，庄暖晨就算没抬眼也能察觉到他犀利的目光。

"不用了，我看还是改天吧，打扰了。"她意外改了精心设计好的剧本。

艾念也看到了沙发角的男人，走上前轻轻赔笑："是啊，刘经理，还有朋友等着我们呢，改天吧。"

"你看你们这就不对了，高公子还在这呢。"刘经理故意将"高公子"三个字咬得格外清晰，又用眼神示意了一下庄暖晨。

她不是不明白刘经理的意思。

"她们几位是？"正在喝酒的高公子按捺不住问了句。

刘经理拉着庄暖晨上前，笑呵呵道："这位就是我经常在你面前提到的万宣总监，庄暖晨。她们几个正巧也来这边玩，我看相请不如偶遇，倒不如一起了。"

庄暖晨伸手，尽量从容大方："高公子你好。"

她不下百次在各大娱乐媒体和杂志上看过这位高公子的照片，说实话，本人比照片上的还要帅气。

少了被人偷拍时的油头粉面，多了一份正儿八经，可那双桃花眼依旧电人，魅惑众生。

高公子上下打量了她一番后起身，伸手与她相握："没想到万宣的总监这么年轻。"又看了一眼她的身后，"你同事吗？都是年轻漂亮的美女啊。"

庄暖晨费力地抽出手，轻笑："高公子过奖了。今天实在不好意思打扰了你的雅兴，我们几个真有事，改天我负荆请罪——"

"请什么罪呢？就今晚了，刘经理说得对，相请不如偶遇，独乐不如众乐。"高季将她一把拉了过来，又热情洋溢地招呼其他几位，"来来来，都坐都坐。"

庄暖晨没办法只好坐了下来。

方小萍和王筝暗自佩服，这一招欲擒故纵使得实在是高。

艾念挨着庄暖晨坐，暗自碰了碰她，见她没反应后也只能轻叹一声。

高季命侍应生多加了几个酒杯："庄总监，来来来，为你介绍一下我最重要的合作伙伴加朋友。"

庄暖晨心里堵了一下。

"这位就是标维国际的总裁江漠远先生，我的偶像。"高季很开心，给庄暖晨引荐了沙发角的男人。

庄暖晨想笑还笑不出来，不笑还不给高季的面子。

艾念忍不住："高公子，江——"

庄暖晨赶忙掐了她一下，堵住她接下来的话。

高季后知后觉："江总，菲斯麦的产品说明会就是她一手承办的，那场说明会我看了，真棒。"高季坐在了庄暖晨身边。

庄暖晨下意识看向江漠远。

他很平静，平静到漠然，等高季介绍完了后才慵懒挑眼，微微勾唇，没说一句话。

庄暖晨攥紧了手指，原来天天说忙就是来夜总会歌舞升平了。

高季觉出不对劲,但又不知道哪里不对劲,笑说:"庄总监,我要是早知道你是个大美女的话我第一个就见你。"

高季的热情令庄暖晨架不住,但幸好他不是个动手动脚的人。

轻声说了句:"高公子过奖了。"

今晚碰到江漠远出乎意料,精心设计的一切也早就被这份意外打破。

"我一直看好庄总监,她做事认真,菲斯麦说明会就足以证明她们还是很有实力的。"刘经理在旁说着好话。

庄暖晨见箭在弦上不得不发了,压着刘经理的话脚开口:"高公子,合作最重要的就是磨合,我们有过合作,对于高盛和菲斯麦的情况也做了大量的了解和分析,当然,对于菲斯麦品牌运营和活动包装这块我们也有足够的信心承接下来。"

"这样啊。"高季低头想了想。

"高公子,是谁说的今晚只谈风月?"一直沉默的江漠远意外开了口,慵懒。

高季马上反应过来:"对对对,今晚不谈公事不谈公事。"

庄暖晨抬眼盯着江漠远,江漠远冲着她举起酒杯示意一下。

"来来来,为了大家的相识干一杯。"高季举起杯子。

庄暖晨只好照做,在与江漠远碰杯子的时候故意用了下力,幸亏音乐声遮住了碰杯声,否则一定能听出些刀光剑影的意味来。

"你们还傻站着干什么?还不过来?"刘经理冲着站在包厢中间的几位妖艳美女喝了一嗓子。

花蝴蝶们扑了过来,惊得庄暖晨赶忙朝旁蹭了蹭。

再瞧这高季左拥右抱,乐得鼻涕泡都出来了。跳钢管舞的女人也走了过来,倒了一杯酒坐在江漠远身边,风情万种的嗓音像是化开的糖:"老板,这杯酒是敬您的,您一定要喝哦。"

最后一个"哦"字像是扯长了的棉花线,一圈圈绕着庄暖晨,害她起了一身的鸡皮疙瘩。她看向江漠远,他伸手压了杯子:"不喝。"

"那人家喂你喝。"女人娇滴滴的眼神勾人得厉害。

方小萍和王筝私下低语:"我说怎么看着那个男人眼熟呢,原来就是标维的总裁,他可真帅啊。"

"帅是帅,但出入这种场合跟吃家常便饭似的,谁嫁给他一天到晚不得担心死吗?"

"别瞎说了。"艾念听到两人的叽叽喳喳赶忙阻止。

庄暖晨不是没听到方小萍和王筝的话,手指抠得掌心生疼。

江漠远不动声色朝着这边看了一眼，她正低头小口抿着酒，看不清她的神情，只觉得隔了千山万水，无名火就在胸腔里盘升。

艾念拉了拉她："要不咱们还是走吧。"

庄暖晨刚要点头，包厢的门被推开了："你们还需要酒吗？我——"

她吃惊抬头，跟走进包厢的女人来了个照面。女人显然也看见了她，硬生生将后半句给咽了下去。

"哎呀，我说沙琳小姐，你一个电话接的时间太长了，赶紧坐。"

刘经理赶忙招呼，冲着江漠远身边的美女一瞪眼："还不让地儿？"

女人赶紧起身。高季笑道："来我这儿，我没有正牌女友吃醋。"

庄暖晨的心像是被踩疼了。

原来沙琳还一直在他身边，他真是好样的，所谓的解决就是左右逢源？哦不，他是暗度陈仓。今天要不是被她撞见，她压根就不知道他们两个还在一起。

刘经理又热心泛滥，先是向沙琳介绍了庄暖晨，转头介绍沙琳时说："别说，你们两位乍一看还挺像呢。"

说着将她拉到江漠远身边坐下。

沙琳浑身不自然，江漠远不语，自顾自地倒了杯酒。高季还是挺敏感，感觉气氛有点不对劲，拍了拍怀里的女人："去去去，跳舞，跳得好小费不含糊。"

几个女人马上又跑到中间跳舞了。

"高公子，我看我们改天单独约吧，今天太晚了，我们先走了。"庄暖晨起身。

高季一愣："这才几点啊就走？大家都没聊天呢。"

"下次我做东。"她真的无法面对江漠远和沙琳。

高季恋恋不舍："我在北京都没什么朋友……"

"我们认识了就是朋友。"虽说接触不长，但庄暖晨发现高季其实就是个长不大的孩子，"我们再联系。"

"庄总监。"男人的嗓音懒洋洋扬了起来。

庄暖晨脚步一顿。

"目的没达到就走，不觉得可惜吗？"江漠远的嗓音似乎透着笑。

庄暖晨紧紧攥着拎包带，转身盯着江漠远："你什么意思？"

江漠远品着酒："你来这儿不就是为了公事吗？这么快走了，回去怎么跟你老板交代？"

高季笑了："江总，庄总监今天是碰巧，咱们喝酒，她有事让人家先走吧。"他察觉出这两人不对付，赶忙打圆场。

江漠远却依旧看着庄暖晨："碰巧吗？"

他的态度让庄暖晨火冒三丈，艾念上前碰了她一下，示意退一步海阔天空。

奈何，庄暖晨的斗志完全被挑起来了，将拎包往沙发上一放，看向高季："江先生说得没错，今天不是什么偶遇，我就是要见高公子一面。"

沙琳大吃一惊，又看向江漠远。

高季愣了："你要见我？"

"是，高公子三番两次拒绝见面，一直在跟万宣玩捉迷藏，没办法我只能这么做。"庄暖晨干脆利落，"万宣有意要跟德玛传播竞争：这三位，一位是擅长品牌传播的艾念，她手中有大量做过的成功案例；另一位是媒介部经理方小萍，媒体资源丰富，其中关系往来最密切的当属《华报》；最后这位是活动部王筝，菲斯麦产品说明会的整体方案是她在运作，对菲斯麦的活动诉求十分明确。"

高季都听傻了，喃喃道："你说话好直接啊，不怕我生气吗？"

"你会生气吗？"她反问一句，"我想在高公子周围怕是没什么人敢说话这么直接吧？"

"啊？啊，那倒是。"

"如果高公子觉得万宣还有那么一点竞争力的话，就请你给一个可以用来了解万宣的机会。要是你觉得我的行为令你受惊或是令你不满，我可以带着我的团队走人，从此不再打扰高公子。"她决定釜底抽薪。

高季挠挠头，迟疑："其实吧，我对万宣也不是很了解，这个……"

刘经理在旁捏了把汗，但也不好说什么。

高季转头看向江漠远："不知道江总对万宣了不了解呢？"

庄暖晨心底一凉，很显然高季与江漠远目前是合作关系，他不可能为了一个公关公司得罪重要的合作伙伴。

她似乎回到了曾经，那个时候他的点头或是摇头都决定了她的命运。

江漠远的目光落在她身上没收回，将杯中酒饮尽，淡淡说了句："万宣，名不见经传的小公司啊。"

庄暖晨死盯着他，江漠远，你狠！

高季"哦"了一声，又有点不舍得："那么庄总监……"

"不过。"江漠远懒洋洋调整了坐姿，手臂撑在沙发背上，话锋一转，"相比大公司，小公司会更灵活。"

高季一听马上点头："对对对，我也是这么想的。"又抬头看着庄暖晨，迟疑，"但是，我都是要花钱，干吗不请个大公司来做呢？"

庄暖晨故意不看江漠远的眼神，冲着高季利落反问："是啊，都是要花钱，而德玛传播能做到的万宣也一样能做到，高公子觉得还有必要只坚持大公司吗？"

"可大公司有面子啊。"

"从高盛投下的第一款快消品来讲就是走超市，走的是亲民路线，事实证明目前很多产品的品牌形象都不是一天两天塑造起来的。举个例子，就拿高盛旗下最火的化妆品美倾面膜来说，只走超市，渐渐地随着黏性用户多了才开始投放广告。高宗盛董事长行事谨慎，他的习惯是先产品后广告，先累积口碑效应，这样的品牌才会做得长远。菲斯麦就是要先稳固口碑再深化品牌，大众接受的过程其实也是品牌真正深入人心的过程。菲斯麦的前期不需要铺天盖地轰炸式的宣传，适当做线上和线下活动，将品牌规划合理分成阶段进行，这才是最适合菲斯麦的途径。"庄暖晨逐字清晰地反驳高季的话，"从专业角度来看，菲斯麦前期需要的是大众基础。从成本上来看，假如高盛的预算是五千万，那么这笔钱用在大公司可能做到五，但万宣能做到十。因为万宣可以全力以赴盯这个案子，不会像其他大公司进行小项目外包，所以万宣足足可以为高盛省下中间扣费环节。"

高季听得两只眼睛闪闪发光。

刘经理暗自观察，见火候差不多了开口："我觉得庄总监的分析很透彻，一看就是下了不少功夫，您还是给个机会，至少要看一下她们对菲斯麦的品牌未来构架设想再决定选哪一家，这样对庄总监也很公平啊。"

高季觉得刘经理的话有道理，点点头，又看向江漠远："江总，你看……"

"我的意见不重要。"江漠远平静地笑，抿酒的时候眸光落在庄暖晨脸上，眸底一抹赞赏之意。

"江总这么说就太见外了，你刚跟高盛一起进行项目合作，是最大的投资商，意见当然重要了，而且你是我的偶像，我得多听听你的意见才对。"

庄暖晨这才明白，原来江漠远是高盛某项目最大的投资商，怪不得高季对他言听计从。

"江先生是做大生意大买卖的人，我想我说的这番话连最普通的职员都能想明白，像江先生这种大人物更会明白我的意思。"

江漠远笑而不语，真是好样的，就这么不动声色地给了他个反击。从什么时候起他再也看不到那副苦苦哀求他的神情？如今的庄暖晨，就算是受制于人也能这么孤傲不肯低头了。

想起曾经在机场的那一幕,她是那么小心翼翼,那么在乎他的神情变化。

刘经理一听庄暖晨的话吓得半死,赶忙打圆场:"江总您别见怪,庄总监的意思是——"

"我的意思是,江先生再是小心眼的人也不会拿合作伙伴的生意开玩笑,再说了,就算我有言语上的冲撞,江先生也一定会大人有大量,怎么会跟我这种小人物斤斤计较?"庄暖晨打断了刘经理的话。

沙琳看着他们两个,一时间脸色也很难看。

包厢里的音乐咚咚作响,几个美女跳得快累断气了还不见喊停,只能继续跳舞。

半晌后,江漠远才淡淡说了句:"高公子,庄总监做事做得辛苦,你倒不如给她个时间听听她的意见,综合比较下你再选择也不迟。"

高季一听这才放心,拍了一下手高兴道:"行,那就这么定了,庄总监,我会尽快让刘经理定时间,你也知道我还要看德玛的意见,但我能保证给你一个公平竞争的机会。"

"谢谢高公子。"庄暖晨拿起桌上的酒杯,"这杯我敬你。"

"有美女敬酒我一定得喝。"高季又开了玩笑,拿起酒杯碰了一下。

待庄暖晨一饮而尽,却听江漠远说了句:"庄总监,你是不是也应该敬我一杯?"

"对对对,你一定要给江总敬酒,毕竟江总也为你说了话。"刘经理起身倒酒。

"刘经理,这杯酒应该庄总监亲自倒,还轮不到你。"江漠远目光沉冷了一下。

刘经理脸色尴尬。

庄暖晨没犹豫,接过刘经理手里的分酒器走到江漠远身边,不看沙琳的神情,将空杯子斟满递给他。

"江先生,这杯我敬你,祝你生意越做越大。还有,身边美人越来越多。"

手中的酒杯跟他一撞,她饮尽,杯子一倒:"先干为敬。"

十一点之后的北京城静谧了很多,尾气的刺鼻少了些。

庄暖晨站在影讯屏幕前看了大半天,就在售票人员以为她快石化的时候慢慢走了上前:"十一点十五的那场。"

"小姐，那场已经开始十多分钟了。"

"没事。"

售票人员查看了一下："只有VIP的情侣包厢了。"

"可以。"

"一张？"

"一张。"

售票人员抬眼看了她一下没说什么。

选座位时她看到包厢里只售出了两张票，加她三个。庄暖晨苦笑，她是多出来的那一个。

这是一场爱情电影，刚上映那天她就很想看，一直到了今天总算赶上个末班，还多亏了江漠远和沙琳成双成对出现在夜总会。

敬完那杯酒后她就离开了，将车子扔给艾念送同事们回家，一个人像鬼似的在街上乱转，就这么走到了曾经跟江漠远一起看电影的地方。

走到门口，里面出来一对情侣。那两名观众走了，包厢里又只剩她一个。按照票面的座位号坐下才察觉，这个位置正好就是上次坐过的。

从夜总会出来的时候，艾念就在她耳边碎碎念："你和江漠远是不是有误会？"

鼻头酸酸的，抬手轻轻一抹却发现早已泪流满面，是影片太感人了吗？

泪水一擦，却被屏幕前的一道身影吓了一跳。

她第一个念头就是逃，但双脚动弹不得，眼睁睁看着那道身影一步步走近，近到她能清晰看见他的脸。身子一软跌坐在软座上，仰着头，惊愕地看着面前的男人。

他不是和沙琳在一起的吗？

他一声不吭坐在她身边。

庄暖晨的脊梁挺得很直，很僵，这个时候再想逃是不可能了。

"你坐这儿可以，但别影响我看电影。"

身边的男人慵懒地倚靠在后座上，她看不清他的神情，却能感觉到他在盯着她。

电影屏幕上的男女不知因为什么误会分开，女孩儿哭得稀里哗啦的，庄暖晨却没了泪意，注意力都集中在江漠远身上。

半晌后他开口："刚刚我也算是帮了你一把，直到现在你连半点感谢的意思都没有，不近人情似乎不是你的风格。"

"我说过不要耽误我看电影。"

腰被他搂住，她一僵，回头盯着他。

他却一把将她拉怀里，任她如何挣扎也不放手："你到底想干什么？"

"想问你句话。"他低低说了句。

庄暖晨微微一愣。

他的眼神变得轻柔："你想过要好好爱我吗？"

她在他怀里一颤，半晌后开口："是。"

江漠远将她微微拉开，看着她的眼。

"可这种念头被你掐断了。"庄暖晨与他平静对视，话锋一转。

他的眼眸倏然一沉。

"我不是没给过我们两人机会。"她忍着心疼一字一句道，"不管是顾墨还是沙琳，你每次都将我逼到了绝地。江漠远，这样的生活难道你不累吗？"

"你想说什么？"他的浓眉悄然染上一丝戾气。

庄暖晨没有声嘶力竭，微微敛下长睫淡淡说了句："也许，我们真的完了。"

"我说过，这辈子你都别想离婚。"江漠远蹙紧眉头，眸光转为严苛。

"你的商业地位需要一个美满的家室来衬托，所以我不会离婚。"庄暖晨盯着屏幕幽幽道，"我们一开始就错了，两个世界的人怎么可能捏合在一起？你累了，我也累了，虽然不能离婚，但我们至少可以做到彼此不再干涉吧。"

江漠远盯着她良久，情不自禁抬手轻抚她的发丝："我做不到。"

"那沙琳呢？"

"你在乎吗？"江漠远没解释却反问。

庄暖晨的呼吸有一瞬的窒碍，良久后费力开口："在乎。但现在我已经没力气去在乎了。"

"沙琳的事我会跟你解释，但不是现在，现在你只需要再试着相信我一次。"

"是你不想解释还是解释不了？其实你心里清楚得很，我们之间的信任早就在婚礼那天就分崩离析，而顾墨的再次介入也让你对我的信任降到了极低点。江漠远，从今以后我们就别再干预彼此的生活和自由了吧。"

"暖暖。"他伸手拉她。

"别碰我。"她心烦意乱。

江漠远却误会了她眉心的紧蹙，莫名的怒火将耐性燃烧殆尽，低低冷喝："你厌恶我碰你？"

"是啊，我很讨厌你碰我。"庄暖晨一把拨开他，拿起包起身。

江漠远伸手一把扯住她，她整个人重心不稳扑在他身上。他的气息落在她的颈部，语气生冷："我是你丈夫，怎么，还不配碰你吗？"

她大惊失色，没等出声，他的唇就压下来。

这是一个迫切而激烈的吻，她抗拒，却从交缠的舌间感受到难以明了的苦痛，还有等待了太久而几乎癫狂的情愫。

半晌后他才放开她，荧光下，她的眼有抗拒和抵触，像是只刺猬似的竖起全身的刺，令他一贯强大自傲的男性尊严受到了重创。

见她急于脱离，那种隐隐的失去感再度蔓延，将她箍住压在软椅背上："你在期待什么？在夜总会的时候你理直气壮拿着《华报》来做你的靠山，许暮佳的事又让你看到了希望是不是？曾经你为了顾墨可以跟自己不爱的人结婚，现在为了他也可以不在乎这段婚姻了是不是？就算真有离婚的那天，你也是我江漠远用过的东西。"

一记耳光狠狠扇在他脸上。

庄暖晨红着眼盯着他，掴他的右手火辣辣地疼，气得手指直抖："江漠远，当初我嫁给你，真是个错误！"

江漠远的脸铁青到了极点，一手攥拳："好，很好。"

她打了他两次耳光，两次全都为了顾墨。

"嫁给我是个错误是吗？那我来告诉你什么叫作错上加错。"他几乎是连拖带拽将她扯出了影院。

她死命推搡着他："你混蛋！"

"庄暖晨，我已经没了耐性，如果能让你用恨来记住我也可以，至少这辈子都不会忘了我。"

他眸底的暗黑是无边无尽的地狱，她被他活生生地拉了进去，再也不可能出来了。

晨光乍亮。

床榻上的女人昏昏而睡，柔软的碎发遮了她苍白的脸。

男人穿戴整齐，坐在床边静静地看着她，半晌后长指小心翼翼地覆上了她的脸。他还是又一次伤害了她，在盛怒之下。

庄暖晨从噩梦中醒来，瞧见江漠远后倏然从床上坐起，紧跟着皱了眉头。江漠远伸手要来扶她，她条件反射地推开他，眼里的警觉是把剑。

"江漠远，我恨你！"

他突然想笑，他没令她彻底爱上他，反而令她恨上他了。

捏起她的下巴，强迫她对上他的眼："那就这样耗一辈子吧，彼此折磨。"

全球金融危机，连德玛总部都未能幸免于难，股市连连传出不好的消息，而标维国际最终竞得了原本属于德玛的地皮后开始对德玛进行攻击。

餐厅里，程少浅若有所思地喝着红酒，发现庄暖晨也是半天不动筷子，笑了："不会这么快就吃饱了吧？"

"没胃口。"

"为了德玛的事？"

庄暖晨点头："你会不会觉得我太虚伪，一边跟德玛传播抢生意，一边又很担心德玛。"

"你跟德玛传播争项目是工作，担心德玛是情分。"程少浅由衷道。

庄暖晨轻叹："你跟他不是很要好的朋友吗？"

程少浅知道她口中的"他"指的是谁："你在担心他还是在担心我？"

"他轮不到我来担心。"庄暖晨淡笑，"他不是已经打了胜仗了吗？不择手段。"

"商场如战场。"程少浅不是没看见她眼角眉梢的悲凉，"要你选的话，你会希望自己的老公败得一塌糊涂？"

庄暖晨沉默。

"还是说一下你的朋友吧。"程少浅转了话题。"夏旅的确是个人才，现在过她手的项目很多，连安琪都不是她的对手了。"

"女人都是被逼出来的。"

"看样子，夏旅有挤走安琪的打算。"

"你是总经理，应该不会允许这种事情发生。"

"很快就不是了。"程少浅晃了晃酒杯，"江漠远这次出手太狠，已经逼得我不得不早点回总部了。"

"行程定下来了？"

"下个月中旬。"

还有不到一个月的时间。

"对不起。"她突然说了句。

"为什么跟我说对不起？"

"因为江漠远。"她放下杯子看着他，"虽然我不懂你们之间的商业纠结，但还是替他向你道歉。"

"我想江漠远听到一定会大为恼火。"

"所以不用让他知道。"

程少浅若有所思地看着她，良久后说："你有没有试想一下，如果当初你和我在一起……"

话说一半藏一半，但也是清晰明了的。庄暖晨浅笑："我觉得吉娜更适合你。"

"她只是爱捣乱，其实她知道我喜欢谁。"程少浅低笑。

庄暖晨看着他，却像是透过他看到另一人似的，曾经江漠远也像他一样温柔啊。

"暖晨，如果他对你不好，我……"

"你觉得我们能在一起吗？"她轻声打断。

程少浅看着她许久，忽然一笑："我知道了。"又似真似假地问她，"我挺想知道，为什么你爱不上我？"

她认真回答："你和江漠远是同一类人，我已经选了江漠远。"

这一次程少浅沉默的时间更久，再抬眼时嘴角的笑依旧温柔："谢谢你的答案。"

菲斯麦在公关公司的选择上没有进行公开招标，所以也没有竞标环节。

庄暖晨和夏旅虽说为了同一个项目都在接近高季，但彼此都没碰上面。

刘经理将几次见面的时间安排得很好，夏旅提完案再安排庄暖晨，要不就是庄暖晨上午来，下午夏旅来。磨了有段时日，高季还迟迟不能下决定，这边刘经理都看得着急了，庄暖晨更着急。

联美集团的情况一天比一天糟糕，方程每天都在催着她要结果。这天下午庄暖晨不请自来，高季正在办公室里玩室内高尔夫，见她闯了进来吓了一跳，手一松，球杆砸地上了。

"高公子，请原谅我的冒昧，但你这种拖延行为实在不符合规矩。"庄暖晨盯着他眉头蹙紧，"你这是窃取他人构想、欺诈他人血汗。"

高季从没见过庄暖晨发脾气，见她几次都是笑眯眯的。竟慌了，赶忙解释："庄总监，你别误会，真的。我没有欺骗你们的意思，你是觉得我打高尔夫不务正业吧？其实不是这样的，我在整体考虑万宣和德玛的建议呢。"

"那考虑得怎么样？"庄暖晨语气稍稍缓和了些。

他嘟囔了句："其实万宣和德玛都挺好……"

庄暖晨叹气，抬手阻断他的话，"行了，高公子你慢慢考虑吧。"

见她要走高季急了："你生气了？哎呀，我是最怕你们生气的了，所以都不想得罪啊。"

庄暖晨无奈："你是甲方我怎么可能生气？我只是要想其他的办法，

万宣总不能只做你们一个项目吧?"

"不行不行,万宣其他的人可以接手别的项目,但你要全权负责菲斯麦的项目,啊……"高季意识到自己脱了口。

庄暖晨一愣,反应了过来迟疑:"你的意思是说,菲斯麦的全年品牌运营让我们万宣负责?"

高季见说走了嘴只好摆摆手:"算了算了,反正都说出来了,我是想给你们万宣一个惊喜,谁知道你这么心急冲过来,害得我白准备了。"

"你准备什么了?"

"合作晚宴啊,我看我爸经常这么做。"

庄暖晨哭笑不得,一时间竟也不知道说什么了。

"庄暖晨。"高季叫了她的名字,"别看你平时文文弱弱的,一发脾气还挺吓人的,以后我是你的甲方,别老是这样吓我。"

这个高季真像个孩子似的。

"我能知道你为什么敲定了万宣吗?"

高季将球杆放好,正儿八经地看着庄暖晨:"你和夏小姐的方案都很好,对菲斯麦的未来活动规划也很完整,可是你提到了夏小姐没有提到的一点。"

"什么?"

"慈善。我爸一直很注重慈善事业,菲斯麦这个品牌他很重视,我想他也不希望菲斯麦只是个充满商业气味的快消品。夏小姐的方案做得很好,但偏重商业意味,你的却是充满了浓厚的人情味。"

他的话令庄暖晨大吃一惊,与此同时也对眼前这个细皮嫩肉的帅小伙子另眼相看,没料到他的心思也会这么细腻。

"你看着我眼睛都不眨一下啊?是不是看上我了?"高季嬉笑着上前,伸手在她眼前晃了晃,"你可千万别爱上我啊,我可没有姐弟恋的习惯。"

庄暖晨忍不住笑了:"你这人怎么这么逗啊?"

"我是对朋友才这样的,你和夏小姐都是我的朋友,她待我也很真诚,你那天在夜总会说的话也很真诚,我最喜欢跟真诚的人打交道。不过话又说回来,朋友归朋友,工作归工作,我分得清。"高季认真地看着她。

"谢谢你,之前对你有些误会,是我错了。"她由衷地说了句。

"你对我有误会呀?老天,我怎么一点都没看出来你对我有误会呢?"高季故作惊吓捂住了心脏,"能说说你对我有什么误会吗?误会不解除的话以后怎么合作呀?"

见他如此,庄暖晨倒也没什么忌讳了,浅浅笑意浮于唇边。

"之前我认为你就是个纨绔子弟，但今天你让我改了看法。你的观察很敏锐，不会好高骛远更没有好大喜功。"

高季的唇梢逸出笑意，可收敛入眸的还有一点点惆怅。庄暖晨敏感察觉出他的变化，"是我说的话太直接了吗……"

"我没生气，是有点感动。"高季的眼染了红，很快又压了下去，"其实我知道大家都是怎么想我的，就拿刘经理来说，别看他整天对我恭恭敬敬的，可我清楚他很瞧不起我，也许连我爸也瞧不起我。"

听了这番话，她挺心疼他的。比起同龄人，高季的确有着殷实的家世，很多人也许正是看到了他身上的光环而嗤之以鼻甚至冷言挖苦，认为他不过是投生了个好家庭，但殷实的家世总要持续下去吧，老子不能长生，重担自然会落在儿子身上。败家的不是没有，可高季不是个败家子，一个能看到父亲良苦用心的孩子怎么可能会是败家子？他要承受的远远要比世人想象的多。

可他毕竟年轻，只会用极端的方式来引起别人的关注，或叛逆或桀骜。

庄暖晨在他身边坐下，半响后轻声说："有时候太在乎别人的想法恰恰是对自己的不自信。没认识你的时候，我只知道高季是个花花公子，但是后来我知道，真正的高季有很多不为人知的一面。高季自小就不喜欢安分守己地在教室上课，却每次都能取得优异成绩；高季最喜欢手工课，十二岁那年获得了全国手工大赛的冠军；所有人都认为高季去国外读书是因为家里有钱，可那所大学是出了名的难考，对扎实的学识、高语言水平的要求，还要有运动成绩。高季不但进了那所大学，每一年都能拿到全额奖学金，是射击和皮艇运动的佼佼者。后来高季偷偷转到音乐系，父亲盛怒之下差点心脏病复发，所以他在主修音乐的同时还是为了父亲偷偷辅修了工商管理，拿到手的是音乐和工商管理的双学位。"

高季在听的过程中就瞪大了双眼，最后指着她竟然结巴了："你、你怎么知道得这么详细啊？太可怕了，像个间谍似的。"

她哭笑不得："你的资料在网上随便一搜就能搜到了。"

"网上的东西你还信啊？就不怕是我为了打造自己的光辉形象乱写的吗？"

庄暖晨盯着他一字一句："你不是这种人。"

他一愣。

"总之不论如何，我们一签合同就是正式的合作关系，就一起努力吧。"她被他的神情逗笑，在他肩头上用力拍了拍。

高季抿嘴乐了。

Chapter 9

野外骑场。

夜里的一场细雨多少驱散了白日的酷热,阳光干净透亮。

本到了骑场时,看到江漠远在骑马,一身骑士服完美剪裁了颀长伟岸的身影,胯下是匹棕色的烈马,疾驰起来鬃毛犹若燃烧的烈火。

细碎的光影中,江漠远手中的马鞭随着手臂落下闪过一道璀色影子。本清楚他手中的那个马鞭大有来头,跟那匹烈马一样名贵。

烈马名为"银河",曾在国际赛季上有傲人的成绩。据说银河是由王室亲自接生,出生那一刻便赐了一个只配它来使用的马鞭。马鞭材质罕见,鞭头镶有血石,与银河的毛色浑然一体。

江漠远不曾张扬过自己的骑术,更很少出入马场,却无声无息间入手名马。

银河冲着这边疾驰而来,本始料未及,眼睁睁看着这匹烈马越来越近。

江漠远猛地一拉缰绳,银河的前蹄倏然于高空悬起,仰头嘶叫,再落前蹄只及本有几厘米的距离。

"哎呦呦,你是想吓死我这个老头子吗?"本捂胸口,一副心有余悸的样子,"我这老骨头要是被你这匹银河踩那么一下子就彻底报废了。"

江漠远高高骑于马背之上,逆着光,脸上的笑若隐若现。勒住马,他翻身下马,利落举止不难看出是常常骑马的行家。

有工作人员走上前,江漠远将缰绳交给身后的人后摘下手套道:"银河性子烈,习惯就好了。"

贵宾休息室,茶香缭绕。

"性子再烈又如何?还不是一样被你驯服了?"本慢悠悠呷了一口茶。

江漠远坐在对面沙发上,换回了便装,悠闲地摆弄茶具,待一口清茶入喉,如千万柔情辗转。

"前阵子刚决定收了银河,驯服它还真是不容易。"

"可你就偏偏好这口。"本放下了茶杯笑呵呵的,"我刚看过我的哈莉,性子还跟以前一样温顺。温血马有温血马的好处,至少不会让你太费心神去征服。这就好比用人一样，要选择跟自己合得来的才最重要。"

江漠远何尝听不出话里的意思，不动声色地放下茶杯，故意偏了话题："哈莉是波兰的特雷克纳马，高雅温和是出了名的。"

而热血马是世上速度最快的马，行如疾风，但同时也不好驯服，正如他的银河，最适合用在赛马上。

温血马是热血马和冷血马的杂交，温和好驯服，目前国际上大多马术运动用的就是温血马，正如本的哈莉。

本沉声笑，话锋一转："漠远呐，你有点小心驶得万年船的味道了。"

"怎么讲？"江漠远的眉梢稍稍挑起，为本添了杯茶。

"穿着骑士服骑着一匹赛马级的银河，是不是过于小心了？"本有调侃之意。

江漠远爽朗一笑："没办法，银河的性子那么烈，万一把我摔下来怎么办？"

"原来你也有怕的时候啊。"

"只是怕一失足成千古恨罢了。"

"这也是你跟高盛合作的原因？"本忽然切了重点。"以你的本事只拿那么一点点的利润可惜了，不是我说你，国外的那些林地能有什么大作为呢？就算被你填平了顶多也就是多些房子罢了。"

"高季那小子是个典型的纨绔子弟，他想做点事来向他老爸证明自己没那么无能，那我就正好借着势头从中赚那么一笔。就算项目栽了，我也不过就是散了点钱，出了问题有那个傻小子担着。"

"你这样不行啊，安安心心在我身边帮我，标维的股份你不是没有，你要嫌少我可以加码。德玛现在已经被你打压得喘不过气，国际性质的大利润，你一点都不心动？"

江漠远始终沉静地听着，待他说完轻轻一笑。

"人有多大胆就能发多大财，可能是我这两年越来越没胆子了，情愿做些小来小去的项目当成消遣。虽说摊子不会太大，但也不用承担太多风险。"

"你是堂堂江峰之子，你父亲还没认老呢你怎么就开始厌了？"本点了点茶案，"不管怎样，我都乐意把成就跟你一起分享。"

江漠远却笑着摇头："你刚刚也看到了，我骑马还得全副武装，驯服个银河都差点累死我，这种大笔操作的项目对我来说不合适了。"

本无奈叹了口气："你现在可不及你老婆勇往直前了，我可听说她拿下高盛旗下的一个项目宣传，看看她的斗志，再看看你的。"他啧啧了两声,又试探性问了句,"你们两口子有意思,你有心拖垮高季,她反倒去帮那小子,这是唱的哪出戏?"

"她不清楚我的事。"江漠远喝了口茶又补上了句,"所以她做什么我也不干涉。"

本闻言若有所思,再开口状似语重心长。

"这阵子你跟沙琳走得太近了。"

江漠远朝后一倚,手拿茶杯,眼角眉梢的笑意温润:"老婆娶回家是要疼没错,但时间长了总会腻。"

"你这个小子。"本指着他大笑,"终于把你心里话说出来了,行,算我白操心,你是掉进艳福窝里了。"

江漠远喝着茶,笑而不语。

两人又闲聊了一番,从工作又重新聊回到马,本最后瞅了一眼哈莉后先行离开了。

江漠远没离开,出了休息室,刚刚在野外骑场的工作人员上前问:"您那套临时调用的骑士服还需要吗?"

"不需要了。"

"好,明白了。"

他是受雇照顾银河的员工,银河不好驯服,但奇迹般听从江漠远的驯化,这么久了,每次江漠远来都不穿骑士服骑银河,今天倒是奇了怪地穿起了骑士服。

江漠远看着工作人员将银河慢慢牵走,阳光下,银河的毛发闪烁着异常艳丽的光亮。

赛马始终是赛马,终要上场的。

庄暖晨拿到菲斯麦的签约合同后第一件事就是去找方程,方程在外地,从电话里就能听出焦头烂额来。听到菲斯麦签约的消息后,方程先是语气停顿了下,半晌后才要她在万宣等他。

一个下午庄暖晨都在会议室度过,菲斯麦的签约意味着万宣正式分羹传播市场。她详细进行分工,列出明确的时间规划,又在空闲之时拟好要招聘的人员职位,只等方程来公司后签个字后立刻执行。

一直等到晚上八点多还不见方程,艾念收拾好东西问了句:"方总今天能来吗?"

"说在路上呢。"庄暖晨停下敲键盘的动作,看了一眼时间,"你快回去吧,当妈的人了。"

艾念自然挂念儿子："那我先回去了，你别太晚了。"

又等了近半个小时，庄暖晨手头的工作都做完了才接到方程的电话。

"我在楼下的咖啡厅，你来找我吧。"

有什么样的老板会奇葩到宁可到楼下咖啡厅谈公事都不到楼上的自己公司？

等庄暖晨到了咖啡厅，打眼儿就能看见窗子旁那个顶着鸡窝般乱发的方程。他双臂交叉支在咖啡桌上，低着头，胳膊挡着看不见表情。乱糟糟的他，横看竖看都不像是个上市集团的老总。

这一幕挑得她脑筋蹿疼，真是巴不得不认识他啊。

在他对面坐下，一声不吭地看着他。方程听到动静后抬头："你自己看着点喝的吧。"

"我等你的时候都喝饱了。"庄暖晨将包放到一边，盯着他，"方程，你是被人打劫了还是去赌场输光了家当？怎么这副样子？"

"我现在恨不得被人抢劫，还能套点保险钱。"方程用力搓了下脸。

"啊？"

"哦，你在电话里说已经签下菲斯麦了？"

"对，这是合同，今天你的委托律师也在场。"

庄暖晨从包里拿出合同，又将另一份文件交给他："还有，这是我拟的人员招聘职位名单和说明，菲斯麦的项目一运作的话，咱们……"

"暖晨。"方程打断了她的话，抓了抓头发。

庄暖晨停住动作。

他没看合同，而是抬眼看着她，一字一句："菲斯麦这个单我们做不了。"

"什么叫我们做不了？"

"我已经跟一家公司谈好抵掉万宣。"方程艰难回答。

庄暖晨一听快疯了："你把万宣给卖了？"

"是。"

"方程，你明明答应我的，会给我时间。"

"联美目前的情况你也清楚，别说是万宣了，就连联美国内的产业我都不得不放手了。"方程苦恼摇头，"怨就怨当初我太急于求成，急着上市，现在倒好了，国际环境不好，加上德玛和标维斗得你死我活牵扯了不少小鱼小虾。我现在才明白，集团一上市就等于进了鳄鱼池，你认为自己是鳄鱼，岂会料到还有比你更大的鳄鱼在等着吃你呢。"

又是德玛和标维。

庄暖晨一个头两个大。

"万宣对于联美来说就是只麻雀，就算卖了也救不了联美。你可不可以再想想其他办法？万宣现在是上升期，一旦被打上抵押的烙印就彻底毁了。"

"跟你说实话吧，我正在做联美国内的清盘，万宣抵的这笔钱也不是用来填仓的，我是打算这笔钱到手后就出国了。这几年为了事业我把老婆孩子都扔在国外，他们一打电话就是埋怨，我也挺累的。"

庄暖晨叹了口气，方程说的她不是不明白。

不由想起江漠远对联美的评价：小来小去的公司。他是深谙货币市场和股票市场的金手指，想必早就看出联美的问题吧。

只是，打从她进了万宣就没松下心过，凡事亲力亲为。万宣走到今天是她辛苦付出的成绩，怎么忍心看着它被拿来换钱？

"我虽然不赞成你这么做，但也能理解，只是……"她不舍，"觉得太可惜了。"

方程喝了口咖啡，看着她若有所思，半晌后迟疑说："或许，你可以买下万宣。"

一个大逆转打得庄暖晨措手不及，好半天才道："我？"

"对，你。"方程一脸认真，"说实话，万宣从创办那天起我就没怎么尽心过，反倒是你来了才将万宣做得有模有样。今天你又成功签下了菲斯麦，说明你有足够能力带着万宣往前走。我虽说是万宣的老板，却在什么都没做的情况下要卖掉万宣，这种事想想也觉得挺对不起你的。"

"我不行……"

"其实万宣抵出去的价格并不是很高，你刚签了菲斯麦，如果能提前拿到活动的部分款项再凑凑应该就差不多了。暖晨，我知道你老公就是江漠远，你没钱，你老公帮你拿这笔钱总行吧？"

庄暖晨脸色尴尬："你是什么时候知道这件事的？"

"我招聘员工总要了解背景，更何况是那么重要的职位。"

庄暖晨笑得不自然。

"不过你别误会，我是真的肯定你的工作能力，这跟你是谁的太太一点关系都没有。"

见她神情有异他赶忙解释："我是没办法只能自保。万宣是你的心血，我卖给谁你都会心不甘情不愿，既然你有能力干吗不自己顶下来？虽说我的事业做得一塌糊涂，但我看人还是很准的，暖晨，你安静又懂得隐忍，在这个浮躁的社会，能够安静下来用心做事的人少之又少，万宣需要的就是你这种人。"

他的话说进了她的心里，沉默了好久后才喃喃："我真的行吗？"

"把'吗'去掉，你是真的行。"方程伸手拍了拍她，"如果是你顶下公司的话我就更放心了，当然，因为是你我也不会怕资金出问题，你可以先拿出一部分转让金给我，另一部分后期补上也不迟，我绝对相信你的为人。"

庄暖晨吓了一跳："你真就这么决定把万宣给我了？"

她和他就这么面对面坐着还不到半个小时，她就摇身一变成老板了？

方程轻轻一笑："不是给你了，卖，我要收钱的。既然你不舍得放掉菲斯麦，那就继续做，以后万宣由你全权做主，这不是更好？"

她竟开始向往那一天了。

"我给你考虑的时间，但不能太久，这个周末我所有手续都会办完，你有什么决定最好早点告诉我，我也好及时回复那个买家。当然，我不是强迫你，只是觉得你最合适。"方程语重心长。

"好，我会郑重考虑一下。"

"啊？！公司大地震啊？"会议室，郑妙玲和王筝异口同声，其他人也面面相觑。

庄暖晨目光平静地扫过每一位的脸："是。"

方程的话说活了她的心思，但毕竟自小到大她都没想过有一天会创业，所以这件事对她来说既是机会也是挑战。

思量来思量去她给程少浅打了电话，程少浅挺坚决，一定要接下万宣，能自己做老板干吗要给别人打工？并且主动提出，如果资金有问题的话他会帮忙。

庄暖晨从没想过要用程少浅的资金，德玛总部的情况不容乐观，她不想让程少浅雪上加霜。

她也没想过开口跟江漠远拿钱，这阵子他整夜整夜地不回家，她早就由开始的惶惶不安到如今的平静。也许他正在跟沙琳彻夜缠绵吧，窗户纸都能当着她的面戳破，她还有什么好期待的？

经过一夜未眠，第二天她就召集大家开了会，叫来的全都是万宣的老员工。前台郑妙玲、公关撰稿黄丹丹、活动策划经理王筝、媒介经理方小萍、活动执行施磊，连芳姐也叫了，加上艾念和自己，一共八个人。

人到齐了后，庄暖晨将方程的意思跟大家说了一下，公司毕竟面临着即将易主的命运，大家都是元老，有权知道即将发生什么事。

芳姐是个闲不住的人，闻言第一个开口，手里还拿个抹布，边说边擦着会议桌："我就觉得庄总监你顶下来得了，说实话，从我进公司到现在都没记住方程的长相。万宣要是没有你能走到今天吗？你做老板，我第一个支持！"

"我们也支持！"其他人都纷纷表示意见。

庄暖晨一时间感慨良多，突然想起金庸小说里丐帮帮主貌似都是被这么起哄架秧子当上的。

"艾念，你的意见呢？"见她没表态，庄暖晨问了句。

艾念眉间沉思："其实万宣交给你来做是最明智的选择，只是……"

庄暖晨耐心等她说下去，其他人也看向艾念。

艾念像是在下某项重大决定似的，半晌后才开口："只是，如果你需要搭档的话可以考虑我。"

庄暖晨一愣。

"我也想投钱进万宣，成为万宣的原始股东。当然，如果是你需要的话。"

"需要，我当然需要，可是买下万宣不是笔小数目。"

"暖晨，我想投钱进来的目的很简单，就是希望能赚钱，我不想做什么女强人，但现实的问题就摆在这儿，我总得赚钱养父母养儿子吧？我可以把婚房卖了，手头上还有离婚时候陆军给的钱，再加上我平时攒的，虽说不多吧，但至少能帮你分担一些。"

"不行，你怎么能卖婚房？"

"那个房子我这辈子都不会再回去住了，卖了还能有点价值。以前的我可以浑浑噩噩过日子，但现在绝对不行了，因为我有了儿子，有了牵挂，我要照顾父母，要去让他们颐养天年。没人能帮我承担这些，只能我自己扛起这份担子。到了现在我才明白，女人丢了什么都不能扔了独立，一旦扔了就意味着没了尊严，为了儿子和父母，我也要重拾我的独立和尊严。"

庄暖晨抓住她的手，喉头有点紧。

"我要跟你一起努力，一起把万宣办好，我就是要让曾经伤害过我的人好好看看我活得有多好。"艾念情绪激动。

庄暖晨重重点头，心里百感交集。

"庄总监，我虽然没太多钱，但平时的积蓄加一处也尚算可以，我想再从爸妈那借些钱出来投到万宣上，你看可以吗？"方小萍也被调动起了情绪，马上开口。

庄暖晨吃惊："你就这么相信我？"

"是，而且我还相信大家，只要大家劲往一起使就一定不会有问题，就算有困难也是暂时的。"方小萍用力点头，又看向其他人，"我不知道诸位是怎么个想法，我是决定要入股了，也要成为万宣的原始股东之一。"

庄暖晨都不知道该说什么好，除了踏实还有感动。

施磊在旁懒洋洋的："还有我，可我得说好啊，我顶大了天就能拿十万出来。"说到这儿叹了口气，"庄总监，我有资格入股吗？"

庄暖晨忍不住笑了，点头。

"我可不像你们这几个丫头，哥是打算做大的，以后娶老婆赚钱全靠万宣了。"施磊挺直了腰板。

王筝哭丧着脸："你至少还能拿出十万，我是月光族，别说十万，拿一万出来都困难，怎么办啊？我也想成为万宣的股东。"

"是啊，还有我。"黄丹丹嘟着嘴。

芳姐将抹布往桌上一放："庄总监，你说我能干点啥不？做万宣的股东我肯定是没资格，也没那资本，我就想着能帮你做点啥就行了。"

庄暖晨心里暖暖的，突然之间感觉身上的担子变得重起来，却是从未有过的充实。

"有资金的投资金，没资金的可以入技术股，大家离不开万宣，万宣也同样离不开大家，从今天起，我们八个人就同坐一条船，共同努力！"

手重重往桌上一拍，决心乍现，一句话敲定了万宣未来的发展方向，同时，还有八个人未来的发展方向。

艾念毅然决然地卖掉了老家的房子，庄暖晨也第一时间跟方程通了电话。方程在那边长长松了口气，她能接下万宣是最好的结局。

对于先放出一部分传播经费出来这件事，高季有些为难。他倒不是怕担风险，而是公司的财政大权不在他手上，高老爷子又是个一切按程序办事的人。

庄暖晨也明白这么做强人所难，就在想着要不要把新房抵押出去的时候，高季却依着要求的金额给了她一张支票。

详问之下才知道这笔钱是他私人的，高季说得很清楚，就当是一部分经费提前批给她了。

拿经费来抵，庄暖晨自然从容接受，因为这笔钱原本就是万宣应该拿的。末了高季苦哈哈地拉着她说，万宣无论如何也要撑下来，哪怕只能撑一年，别让高盛赔了钱就行。气得庄暖晨差点拿包砸他头上，太小瞧她了吧。

就算不是为了自己，也总要对得起高季对她的信任。还有艾念，她辛辛辛苦苦拿出这些钱不容易，相当于釜底抽薪，对此她的父母不能理解，陆军知道后还跑来北京干涉。

与方程谈完一些细节后已是大晚上，庄暖晨一路开着车往家赶，在途经绿化带的时候突然飞过一东西，她一惊赶忙踩了刹车。

气流形成了小小的旋涡，待那东西被气流带到挡风玻璃前，她这才松了口气，原来只是片叶子。

叶子周边微微泛黄，是片夭折的叶子。庄暖晨盯了好半天，渐渐地，心口泛起胀痛。好多事她似乎都忘了，只记得不久前的秋季她与顾墨重逢，在惶惶不安的时候，江漠远出现在她面前。

她苦笑，是不久前吗？看着这片微黄的叶子才倏然发现，原来已经是去年的事了。

曾几何时，她还一度梦见过那一幕。梦见他俯身拈起她的下巴，轻声问她怎么了，眼角眉梢是安抚的力量。只是再从梦里醒来时，床边的另一侧空空如也。

回到家九点半，庄暖晨开门进来的时候，一缕月光从玄关对面的纱幔中倾泻进来。打开玄关的灯，换了鞋，刚开大厅的灯就惊叫了一声。

大厅的突然刺亮令沙发上的男人不悦，抬手按住额头，没睁眼却微微皱起了眉头。

庄暖晨站在大厅中央，灯光下的她像是惊魂未定的鸟儿，呆呆地看着消失了好多天又突然出现在家里的江漠远，好半天这才缓过劲儿来。

她应该习惯这种生活才对，习惯了他好几天不回家又突然出现的状况，习惯了这种结了婚跟没结婚差不多的日子。可就是这样，见了他，她的心还是会悸动。

他像是几天没好好休息似的，靠在沙发上显得疲倦，庄暖晨下意识拿过遥控器将室内的光线调暗，却又忍不住暗骂了自己一声：真是手贱。

室内朦胧，他适应了光线，睁眼，半晌后将领带扯下来扔在一边。庄暖晨将拎包放到一边："许妈呢？"半天没见她的身影，没他在家的日子都是保姆陪着她。

"儿子发烧，我让她回家照顾了。"江漠远淡淡开口，揉着额角。

她不知道该如何接话，只能"哦"了声。江漠远也没再说话，看得出是挺累。

将德玛逼得无路可走的始作俑者，这段时间必然是连夜奋战，如此傲人成绩能不累吗？只是她不懂，为了争夺市场，他要不要对一向交好的程少浅也狠下杀手？

正准备上楼,他的嗓音扬起,平静温润:"还差多少钱?"

庄暖晨一愣,转头看他。

他没回头,依旧安静地靠在沙发上,却那么自信她一定会上前。她还真的走上前了,疑惑,"什么?"

江漠远抬手指了指沙发一边:"公事包拿过来。"

她照做,不知道他要干什么。

江漠远接过包后从里面拿出支票,又从旁拿过一支笔,在落尾处签了名。

"需要多少钱填金额就行了。"

"我没明白你的意思。"

江漠远双腿叠放搭在脚凳上:"你不是要接手万宣吗?"

庄暖晨这才明白过来,心口腾起一丝不知名的感觉,很微妙,来不及细细琢磨就迅速散开。

"是,我是准备接手万宣,但钱已经解决了。"

"解决了?"江漠远没料到,盯着她看了好半天才笑了笑,"庄暖晨,我到今天才知道你挺有钱的。"

她看懂了他的这副表情。

"高盛预付了部分经费,我又拿出一部分钱,加上艾念和公司几个元老共同凑钱也算是够了。"

江漠远盯着她,唇角的阴霾渐渐收敛,良久后淡淡说:"这年头,女人也要出来跟男人一争天下,真是妖孽升天。"

"你说谁是妖孽?"她皱眉瞪着他。

"你,还有艾念。"他毫不客气。

庄暖晨恨得差点将眼珠子瞪出来,经他这么一说室内的气氛倒是"融洽"了不少。

"我不出去做事,难道要天天待在家里被你这个混蛋欺负?"

江漠远许是没料到她会这么说,眉梢泛起愕然。

她懒得再开口,转身就走,手腕却被江漠远一把握住。他的掌心滚烫,烫进她心里。

"说谁是混蛋?"江漠远似笑非笑。

"说你。"这次轮到她直言不讳。

"道歉。"

庄暖晨误以为听错,道歉?

"向我道歉。"江漠远又重复了一遍。

"为什么要我向你道歉?是你先说我的。"庄暖晨攥着拳。

江漠远懒洋洋一笑："我是听明白了，死活不道歉是吧？"

"死也不道歉。"

"好。"江漠远浅笑，意外放开了她。

庄暖晨退开一步，见他像是没事人儿似的重新靠在沙发上，全身泛冷，赶忙上了楼。

简单冲了个澡，进入更衣室的庄暖晨又被江漠远吓了一跳，他换了家居服坐在那儿，手里正拿着她的吊带睡裙在玩。

"给我。"她裹着浴巾，上前一把夺过睡裙。

江漠远起身，毫无预警地将她打横抱起，吓得她瞪大双眼惊叫一声，下一刻她被扔在沙发上，高大身躯压了下来。

"你发什么神经？"她被吓到了，闪过的念头是：他又打算对她用强的了。

"别乱动。"他低沉开口。

他的暗示十分明显，她全身僵硬不再乱动，心中惊恐。

江漠远没打算强迫她做什么，一只胳膊支在她的脸侧，一手抚上了她的脸，唇角的笑不见了。瞳仁深处有寂寥，凝视着她。

她想避开他的长指，却不经意撞上他的视线，心竟跟着他的神情一蹿一蹿地疼。

半晌后江漠远才低低叹了句："从什么时候起，我在你眼里成混蛋了？"

像是在问她，又像是在问他自己。从什么时候起，他开始患得患失，变得疯狂了？她的害怕，令他心口生疼。

庄暖晨愕然，他的这种温柔能持续多久？会不会在下一刻又突然变了脸？

"也许你一开始就是，只不过掩藏太好了。"

江漠远闻言，静静看了她许久，意外地笑了，也意外地放开了她坐了起来。她不安地看着他，不知道他会又做出什么事来。

"庄暖晨。"他转头盯着她，这次的语气却听上去那么悲哀，"你是不是不再需要我了？"

这句话他从未说过，连同他的神情，她也从没见过。

他却看着她，在等着她的答案。

时间一分一秒过去，令人煎熬。她敛下长睫："不是的。"

女人心狠时会让任何人见了都恨，但女人心软的时候会让自己都跟着恨。

江漠远的手指微微一颤，连她都感觉到了。

"你还需要我吗？"他凑近她，再度低声问，竟有了一丝期待。

庄暖晨的心蹿得快，又控制不住地点头，她好恨这样的自己啊。

他低头，情不自禁亲吻她的额头。再抬头，他的眼已染上浅浅的笑。

她突然觉得丢脸，低低说了句："你别误会了，我是想让你帮着看看合同。我是第一次接触这些事，有你这个经验老到的人把关总会放心些。"

江漠远面色温柔，揉了揉她的头："去拿合同吧。"

她心口一松，起身。

"合同拿到卧室里。"

"啊？"

庄暖晨坐在床上，怀抱着粉红色的卡通抱枕，盯着江漠远手里的一页页合同，时不时打个哈欠。

江漠远倚靠床头，翻看速度挺快，庄暖晨小心谨慎弄了两天的合同放在他手里不到五分钟就看完了。

见他看完最后一页，她按捺不住问了句："你这就看完了？"

"嗯。"

"怎么看得这么快啊？"

"那还要看多长时间？"江漠远抬眼看着她。

庄暖晨没接话，伸手来拿合同，他翻开其中一页指了指："这条要修改一下才行。"

"哪条？"

她的主动靠近令他勾了勾唇，故意含糊不清回答："这条啊。"

"哪条啊？"她凑得更近。

江漠远低笑，顺势将她圈在怀里，指明其中一条："有关公司转让的原因一定要写清楚。"

"这个需要写得那么详细吗？"庄暖晨没意识到彼此很亲昵，"列明是资金周转不开不就行了？"

"不行，该是什么原因就一定要写清楚，防人之心不可无。"

"方程不是个背后捅刀的人。"

江漠远哑然失笑："商场之上，亲兄弟都要明算账，更何况是你的前任老板？在签订合同这件事上，先小人后君子没错的，我告诉你是让你避免以后走弯路。"

"知道了。"

这人的眼睛比刀子还毒，心比镜子还透亮，想来不是经过大风大浪的人不会精准找到问题所在。这份合同明明都是律师看过，他却又能找出问题来，她相信他的话，更相信他的专业。

"那其他的还有问题吗？"

江漠远摇头。

庄暖晨放心了，他说没问题就绝对没问题了。

他却伸手夺过合同："都没问题了还看？"将合同放到了床头柜上。

"我是想标注一下修改位置。"她伸手想要够却够不到。

"那你自己来拿。"

她想也没想探身来够，却不成想压在江漠远身上。刚一压上，他便伸手将她圈住。

"你别闹了。"她捶了他的胸膛。

他却顺势将她扣住，脸颊深埋："暖暖。"

她一僵。

背后，江漠远发出低低的笑声，她无法看见他的神情，只觉这笑声有了宠溺。

一阵急促的手机铃声响起，被他逗弄得脸通红的庄暖晨一下子推开了他去找手机，江漠远恨得咬牙切齿，一把扯住她："不准接。"

"这个时间能打来电话肯定有重要的事。"

果然，艾念打的。

这一次倒没放声大哭，但明显的一股子愤恨："我被陆军那个王八弄警局里来了！"

等庄暖晨匆忙穿衣的时候，江漠远铁青着脸一字一句："总有一天，你非逼得我杀了艾念不可。"

庄暖晨一愣，这才想起这一幕曾经也发生过，忍不住乐出声。

江漠远见她笑了，紧抿的唇角松动了很多，他已经太久没见她笑了。低叹了一口气，穿好衣服。

"你也要跟着去？"

"你说呢？万一你再出点什么事怎么办？"听着没好气，但明显是在关心，"哪个警局？"

庄暖晨赶忙说了警局的位置。

江漠远略微想了下点头，揉了揉她的脑袋："你先慢慢穿衣服，我给熟人打个电话问问是怎么回事。"

"嗯。"她的心又蹿得很快。

这样的江漠远，似乎又回到了从前，从前那个可以让她去依靠，可以带给她安全感的江漠远。

局里这个时间也很安静了。

来的路上，江漠远将了解到的情况告诉了庄暖晨。

原来是艾念带着孩子到前门附近选婴幼儿用品，顺便又推着孩子遛遛弯儿，谁知道陆军突然蹿出来抢孩子，艾念上前去夺，一来二去愈演愈烈，被路人报了警。

到了警局，江漠远先去叙旧外加办理相关手续，庄暖晨被一名女警带到走廊尽头的房间，推门一看，艾念和陆军都在，小宝宝安静地躺在婴儿车里睡得香甜。

见庄暖晨来了，艾念这才控制不住流眼泪了，上前抱住她，手都在颤。

"没事了，手续办完咱们就走。"庄暖晨轻声安慰。

抬眼看向耷拉着脑袋的陆军，心里那个气啊，真恨不得劈头盖脸地痛骂他一顿。

好半天艾念才平息了情绪，抽泣着，看着陆军："我跟你都离婚了，你总像个冤魂似的缠着我干什么？现在好了，咱俩都进来了，你满意了？"

陆军抬头："我要看我儿子有错吗？"

"你儿子？我怀他的时候你干什么了？"艾念气不打一处来，刚刚哭红的眼近乎迸出火星子来，"陆军我告诉你，孩子是判给我了。你也好，你们家老太太也罢，都给我死了这条心吧，怎么？你是看你的那只小狐狸精生不出儿子了才慌了神是不是？"

陆军被艾念说得哑口无言。

庄暖晨听得一头雾水，什么叫小狐狸精生不出儿子？

"我现在终于明白什么叫作恶有恶报，什么叫做天理循环，这个世界是公平的，老天爷也是公平的。那只狐狸精前阵子耐不住寂寞，跟别的男人鬼混，结果流产，推到医院的时候大出血差点丧命，这事闹得老家那边沸沸扬扬的——陆军，你单位是不是也知道这件事了？"艾念明面儿是讲给庄暖晨听，暗地里冷言冷语地暗讽陆军。

庄暖晨心口突突直跳，现世报也太快了，只不过这大人不懂事却害了一条无辜的生命。

陆军恶狠狠盯着艾念："你用不着在这儿幸灾乐祸，儿子我肯定要夺回来。"

"做你的春秋大梦去吧，在警车上那位特警同志也说了，孩子是法院判的,你抢孩子那是违反判决的,只要我不同意,你就没资格见孩子。"

庄暖晨拉住艾念:"怎么又冒出个特警?"

"今天他在抢孩子的时候多亏了特警同志帮忙,要不然孩子非被这个王八蛋抢走不可。"

"艾念你骂谁?你别血口喷人!"

"我骂你是王八蛋都是轻的了!陆军你自己摸摸良心,在你做出那些见不得人、不要脸的事情后我去你们单位闹了吗?我是给你留足了面子,是你那个小狐狸精耐不住寂寞出去偷人才弄没了你的孩子,是她弄得你名誉扫地,你有本事就冲她去嚷嚷,别一天到晚地在我们母子身上打主意,这孩子现在跟你一点关系也没有!"

陆军蹭地站起身,朝着艾念过来,恼羞成怒:"我不好过也绝对不会让你好过!"

"陆军你要干什么?"庄暖晨惊叫,下意识护住艾念。

陆军伸手要来扯艾念的头发,门被推开,一道身影大踏步挡在了庄暖晨面前。

她只觉眼前的光线被挡了一下,再看陆军的手被截在半空中迟迟未能落下,攥住他手腕的人是江漠远。

他的脸色难看,反手一使劲将陆军按墙上,冷喝:"敢伤了我老婆我把你腿打断。"

陆军呼吸不畅,脸憋得通红。跟在江漠远身后的两个人上前劝说拉架,江漠远这才放开手,陆军瘫在地上,大口呼吸空气。

孩子吓醒了,哇哇大哭,靠近婴儿车的男人将孩子抱在怀里,姿势生硬但有耐性,拍了拍孩子:"你们吓到孩子了。"

"对不起对不起,我来抱。"艾念赶忙上前,从男人怀里接过孩子。

庄暖晨这才仔细打量不远处的男人,身穿特警制服,笔挺得很,眼神严肃,看上去更显英气勃勃。

"刘局,我看这陆军有伤人倾向。"江漠远语气漠然。

庄暖晨在来的路上听江漠远提及过这个人,两人关系不错。

刘局看上去五十多岁,经历大风大浪的人就算不用多少话眼角眉梢都透着威严,冲着陆军冷喝了一嗓子:"你不知道孩子判给你前妻了吗?"

陆军一激灵,抬头看着刘局。

"就你刚刚的行为,你前妻都可以告你伤人知不知道?"刘局不怒自威。

陆军一句话不敢说。

刘局转头看向江漠远："小江，人你可以带走了，这个陆军就暂时留在警局观察一下。"

"辛苦了。"江漠远淡淡一笑。

"哪里的话，我也是防患于未然。"刘局呵呵一笑，伸手拍了拍他的肩膀，"你这小子，我是第一次见你发这么大的火。"

"他叫司然，司家和陆家是世交。"上了车，江漠远没急着开车，先为彼此介绍了一番。

庄暖晨恍然大悟："哦，艾念说的特警同志就是你啊。"

司然与艾念坐在车后座，他笑了笑："别叫特警同志了，叫我司然就行。"

"今天真是谢谢你了，太不好意思了，被我害得一起进了警局。"艾念抱着孩子，一脸愧疚地看着他。

司然坐得笔直："不用谢，当时我把你前夫当成是劫匪了。"

"司然这个人爱管闲事。"江漠远发动了车子，"不过我是真没想到在警局碰到的是你。"

司然爽朗一笑："这不马上国庆了吗。我也正巧在天安门附近，关键是一个大男人抢了孩子就跑，后面还跟个哭着喊着的女人，我总不能坐视不理吧？不过替人抢孩子这种事我还真是第一次做。"

庄暖晨笑了笑，看向司然："做这种事对你来说实在小儿科了，不过你怎么跟着上了警车？"

司然想了想，看了一眼艾念："我是怕那个男人中途再有伤害性行为，只好跟着了。"

车窗外的夜色璀璨，车子拐了个弯后，江漠远问："司然，你去哪儿，先送你。"

"先送艾念回去。"司然拒绝。

艾念一听连连摇头："不用，我打个车回去就行了，新房跟你们住的地方又不顺路。"

"你一个人？这怎么行？"司然一皱眉。

"怎么不行？我都习惯了。"

"这么晚你一个女人太不安全了。"司然看向江漠远，"不顺路就找个地儿停车吧，我送她回去。"

"不用不用。"艾念一听赶忙摇头。

江漠远刚要开口却被庄暖晨抢先："是啊，挺不顺路的。那就麻烦你了司然，请你务必将艾念安全送回家好吗？"

司然轻轻一笑："保护市民安全是我的责任。"

"暖晨……"艾念瞪着她。

"就在前面把他们两个撂下吧。"她示意江漠远。

江漠远也没说什么，方向盘一转到了辅路停车。目送两人上车离开后，他没立刻开车，坐在驾驶位上抬手抵住额头低笑。

"笑什么？"

他笑而不语。

待红灯亮时，他才说了句："别乱点鸳鸯谱。"

听他这么说后，庄暖晨知道他心里明镜儿似的，也不掩藏了。"我觉得这种事挺好的。"

"那也要当事人点头同意才行。"绿灯亮了，江漠远继续开车。

"艾念呢，人长得娇小玲珑，不说是倾国倾城也是中上等长相了，她心思细腻识大体，那个司然呢，高大俊逸，天生就有保护欲，我倒是觉得这两人挺搭。"

庄暖晨又转头看向江漠远："司然多大？他有女朋友了没有？结婚了吗？他是怎么个情况？"

江漠远略显无奈："他今年28岁，据我所知他没女朋友没结婚。司然这个人年轻有为，胆大心细，多次在重大案件中立功，前途无限好，是目前总队最看好的人选。"

"这么优秀的男人怎么会一次恋爱没谈过？是没有时间？"

"大学的时候谈过一次吧，但好像他入伍后就分手了。"

"看来司然就是给艾念留着的呢，你觉得他们两个有戏吗？"

"怕是艾念的自尊心过不去这关吧。"江漠远一语中的。

庄暖晨想了想："这倒是，她离异又带着个孩子，真遇上能够托付终身的人，对方也不敢接受吧。"

"所以这件事没戏。"江漠远手里的方向盘一转。

"可为什么离异的女人就不能寻找自己的幸福？难道女人就活该被抛弃？受到伤害后就活该找不到好男人来呵护？难道女人离了婚就不再有选择幸福的权利？不应该这样，艾念在面临破碎的婚姻后可以勇敢地走出来，自食其力自尊自强，这样的人应该配有幸福。"

江漠远轻叹："你误会了，我没有瞧不起艾念的意思，你的观点我很赞同，离异的女人没什么丢脸的。我只是在担心司然这边，你不了解他的家庭。"

庄暖晨一愣。

"司然是军人家庭出身,他父母甚至连外公外婆、爷爷奶奶都是军人。他是司家老爷子最疼爱的小孙子,司家的家教严,司家老爷子选孙媳妇更严,不是军人出身概不考虑。"

江漠远顿了顿,又说:"而且据我所知,司然定了娃娃亲。"

她震惊:"这年头还有人定娃娃亲?"

"老爷子嘛,老派作风,加上战友甚多,定娃娃亲也没什么大惊小怪。"

庄暖晨蹙眉想了想:"那如果是他们两个都有意思,司家老爷子也不可能棒打鸳鸯吧?"

"真有那么一天,那就看司然对艾念的爱到底有多深了。"

她下意识抬头看着他的侧脸,不经意想到在苏黎世的时候他挨打的情景,心忍不住哆嗦了一下。

菲斯麦的传播活动有板有眼进行,由于这阵子高盛总部不停放出其他项目进行公关公司招标,所以庄暖晨决定再拓出一个部门来完成投标竞标的工作,这样一来,公司上下又进入了没日没夜的加班加点环节。

这次投标的公关公司少不了德玛传播,庄暖晨知道这次夏旅会做好万全准备,她也不示弱,前期两个项目的争夺哪怕只能保住一个也要争到底。离程少浅回总部的日子越来越近,想必夏旅也在为上位而积极努力。

又是加班到十点多,散了会后庄暖晨总是最后一个离开公司。从跟方程签下合同后她就是这间公司的老总,相比从前她更尽心尽力。

电梯门缓缓关上,却意外伸进一只大手,吓得她后退了一步。等看清楚来人后愣住,顾墨?

他脸色冰冷极了,盯着她好半天说了句:"我有话要问你。"

又回了公司,打开办公室的灯,庄暖晨看着顾墨:"坐吧。"

顾墨没坐,站在那儿依旧冷冰冰的。她后背泛凉,有股子不祥的预感:"怎么了?"

顾墨走到办公桌前,盯着她问:"许暮佳假怀孕的事,你知不知道?"

庄暖晨心里一哆嗦下意识起身。

见状顾墨就明白了,眼犹若寒星:"原来你早就知道这件事。"

庄暖晨百口莫辩,一时间不知道该如何解释。她总觉得许暮佳假孕的事早晚会败露,只是没想过会这么快。

"我也是在你们结婚当天才知道这件事的。"

顾墨倏然攥紧了拳头,脸色铁青:"为什么不告诉我?"

"我……"她要怎么告诉他?

"是江漠远!"顾墨伸手箍住她的肩膀,情绪激动,"他不但处心积虑地抢走你,还跟许暮佳一起策划了假孕的事来牵扯我。我和你好端端的一对情侣,就被江漠远这个阴险小人给拆散了!"

"许暮佳假孕不是江漠远策划的,他也是后来才知道的。"

"他跟你说的?"顾墨冷笑,"你醒醒吧,他在骗你!"

庄暖晨轻轻摇头,江漠远连在她面前遮掩沙琳的事都懒得做了,他还可能会骗她吗?

"暖晨,今天你就实话告诉我,你是真爱他吗?"

她被他眼底的寂寥深深震撼,还有他的话。

"我以为你已经明白了我的心意。"

"你是爱江漠远还是……不得不去爱他?"

庄暖晨愕然看着他:"你这话什么意思?"

"你是一开始就爱上了他还是,"他顿了顿,深吸一口气继续,"在你心不甘情不愿嫁给他之后才对他产生了感情?"

他的话直接尖锐,戳了她的心口。她张了张嘴:"我嫁给他不是心不甘情不愿……"

下巴被顾墨抬起,被迫对上他的那双眼,她看得清楚,他的眼眶微红。

"到了现在你还骗我吗?当初你为什么会嫁给江漠远,我现在知道得一清二楚。"

庄暖晨耳朵里嗡的一下,心脏都跟着停跳了一拍,她盯着他一句话说不出来,萦绕在心口的不祥预感开始肆意蔓延。

"我知道了当初我背负巨额欠款不是偶然,也知道了许暮佳亲自找的你,骗你说她怀上了我的孩子,我知道江漠远在背地里做过的一切,还有婚礼上,他拿着新仪器做要挟!"顾墨一字一句,字字不虚。

她的脸色苍白。

"当初你是为了我才嫁给江漠远。"他嗓音颤抖,痛心地一把将她搂在怀里,"是我对不起你。"

被他拥在怀中,发蒙的大脑这才一点点转过劲儿来。半晌后她才找回声音:"你怎么知道这些的?"

不论是当初还是现在,她都情愿将过往埋藏至深,有些伤害已经结了疤没必要再去揭开,一旦揭了也只能是血淋淋的无法恢复。

"你以为我会一辈子都蒙在鼓里?许暮佳假怀孕一事就是条导火线,我查下去自然就会查到更多事。"顾墨低头盯着她的眼,"暖晨,你为我做了太多，我都恨不得杀了我自己。"

"顾墨，其实……"

"跟他离婚吧。"

庄暖晨惊了一下，"什么？"

"我要你跟我在一起，不需要再为我做什么，这辈子的时间都留给我，让我好好爱你。"顾墨疼惜地看着她，"离开他吧，我也会和许暮佳离婚，我们重新在一起。"

她努力压下这股漫无边际的慌乱："我不会跟他离婚。"

"你现在还怕什么？"顾墨满眼痛惜，"当初你骗我说你爱他，我相信了，出院那天你说你爱他，我也相信了。可现在真相摆在眼前了，你觉得我还会相信吗？"

"是，当初我对你说的都是借口，我想让你死心，想让你从此以后忘了我。可在你出院那天，我对你说过的话都是真的，我是真的爱上了江漠远。"

顾墨的脸部肌肉隐隐抽搐着，眼波激动："不可能，他做过这么多伤害你的事，你还能爱上他？"

"有一种爱，就是因为痛而刻骨铭心。"庄暖晨轻叹，"爱得很苦很累，但还是不愿放手，因为痛了太久，哪怕只是一点点的幸福和温暖都令人不舍啊。"

顾墨盯着她像是盯着个陌生人，眼底的痛渐渐成了怨怼。

庄暖晨的目光很平静："你有没有想过，其实是我和你的感情出了问题，就算没有江漠远，我们俩最终也会走到分手这一步。"

"你这是在向着他说话？"

"在江漠远出现之前，我和你的生活就是这样的。"她压着心疼轻声道，"我为你哭的次数真的比笑要多得多。"

顾墨眼圈红了，手指隐隐颤抖。

她于心不忍，深吸了一口气才缓解了鼻腔中的酸楚。

"你我在同一天背叛了彼此的感情，我想，其实在那一天我和你已经回不去了。"

顾墨蓦然心惊："同一天背叛？"

"有件事我始终没告诉过你，就在你与许暮佳上床那晚，我……我和他也发生了关系，那天你来我家找我，其实是他刚送我回到家……"

"够了！"顾墨打断她的话，不可置信地看着她，"庄暖晨，你不可能这么做。"

"顾墨,从我们第一次争吵到最后一次分手,每一次都是你头也不回地走掉,你从来都不知道每一次你转身离开我有多害怕。那晚我坐过了站,差点冻死,是江漠远一路开着车从北京到河北找到了我。"

她又想起了那晚,漫天雪的白,吸进肺里的凉,直到他出现,恐惧、孤独和害怕通通一扫而光。

"爱上江漠远是我从来没想到过的事,也许就是从那一晚吧,只不过我不想去正视自己的感情。"

顾墨心痛地看着她,这一刻终于意识到他的暖晨真正地离开了他。这种失去感可怕到令人心碎和绝望,他不想也不愿接受。

他走上前将她拉入怀里,抱得紧紧的,半晌后才哑着嗓子开口:"我一直是深深地爱着你。"

他的话挑得她的心一蹿一蹿地疼。

"可惜,"他抱着她的手臂隐隐颤抖,目光哀凉,"你从没相信过我,可以牵着你的手走到最后,哪怕在遇上困难的当口。"

他放开她,轻轻笑着,可那笑寂寥得可怕:"我真的很想知道,如果当初我跟江漠远的角色调换,你会不会也能那么做。"

庄暖晨愣住。

夜里下了雨,淅淅沥沥打在窗外的叶子上。落地窗前庄暖晨伫立,白裙被雨风吹得轻轻摆动。

腰身一暖,男人的手臂从她身后伸过来。窗子被他拉上,没了雨风,只有淡淡麝香气,缭绕在她左右,心渐渐温暖。

"想什么呢?"这个雨夜,男人的嗓音低沉好听。

庄暖晨没说话,目不转睛地看着窗子上男人的脸。

"怎么了?"江漠远微微收紧了手臂。

许是这样的雨夜,她想起了很多事,从初识顾墨到与江漠远的相遇,一桩桩一幕幕发如走马观花,她不由感叹,该怨造化弄人还是缘分左右?

江漠远将她扳过来。她抬头对上他的眸,良久后问:"你累了吧。"

他微微一怔。

庄暖晨目光柔和:"对我,你累了吧。"

江漠远薄唇轻抿,一句话没说。

"你有没有在质疑这段感情?"

"有。"他开口,"对于这段感情我真的累了,但我还是不能放手。"

庄暖晨眼圈微红。

"也许老天爷注定了让你我受尽折磨。"江漠远苦笑。

"就算是折磨，你也不放手？"

江漠远轻抚她的脸："我要娶的人一定就是我爱的女人，就算只剩下折磨，你也要跟我过一辈子。"

心头的痛化成淡淡的温暖，她低语："漠远，你抱紧我。"

江漠远有一瞬的愣怔，很快将她搂紧，幸福在胸口炸开，她的主动令他激动。

"我们会幸福，对吗？"谎言太多信任太少，她和他都在心伤，她怎会不清楚？

他微微松开手臂，低头凝视着她："你愿意把你一辈子的幸福交给我吗？"

庄暖晨没躲避他的眼神："那我可以相信你吗？"她始终不愿提沙琳这个名字。

江漠远温柔低语："可以。"

她敛睫道："我想从今以后，只要是你说的我就相信，我想将幸福交给你。"伤害太多却怎么也抵不过那份爱，如果注定了是场涅槃，她也认了。

江漠远情难自抑将她重新搂进怀里，低语："我们会幸福，我向你保证。"

高盛的两个项目对外进行公关公司招标，分别为高盛旗下的化妆品和政府公关维护，因为都在北京进行，高宗盛董事长亲自来京定公关公司，可见他对品牌的宣传和维护十分重视。

全国大大小小的公关公司都进行了投标，最后被高宗盛看中的只剩下三家，前两家是奥斯公关和德玛传播，最后一家就是万宣传播。

万宣能参与此次竞标完全归功于高季，如果高季没有将菲斯麦交给万宣全权打理的话，万宣也没有竞标角逐的机会。

当然，高季是一方面，万宣自从接下菲斯麦后的确运营甚好，将这个品牌循序渐进地在市场上占得一席之地，在短短时日内便在京城铺开。再者，高宗盛也清楚庄暖晨的背景，她曾是德玛传播的总监，有着较高的专业水准这毋庸置疑，再加上她在离开德玛传播后程少浅又亲笔写的推荐信，这使她在行业中的声望大增。

三家公关公司同时竞标，令庄暖晨又想起曾经竞标标维的时光，可惜斗转星移物是人非。

陆珊、夏旅和她，又要在一个竞技场上角逐，却代表了三家公司，感慨良多。只是接下来发生的事，令她始料未及。

奥斯公关所打理的化妆品品牌在"盛夏款"广告中出现了歧义，一时间陷入了广告门事件。在问题广告出现后的不久，最近高盛的一场彩妆秀活动中，有人出于愤恨向T台投掷了啤酒瓶，严重影响了活动的正常进行，媒体竞相报道，引发了前所未有的危机。

这个品牌的负责人就是陆珊。

危机发生在竞标期间，高宗盛二话没说取消了奥斯公关的竞标权。如此一来只剩下德玛和万宣，具体来讲，就剩下夏旅和庄暖晨两人。

庄暖晨知道这件事时还在做竞标方案的最后调整，是艾念告诉她这个消息，艾念的忧心忡忡她看在眼里，心里明镜儿似的。如果有奥斯在，万宣的主要目标还可以是奥斯，现在只能跟德玛争个鱼死网破了。

竞标这天很快就到了，又下起了雨，淅淅沥沥的腻着人。

往电梯走的时候，艾念手机响了一下。庄暖晨见她对着手机抿嘴笑，问："什么短信给你美成这样？"

"司然发了个笑话给我，挺逗的。"艾念说着将手机递给她。

庄暖晨伸头一看图文并茂，笑话具体说了什么她倒是不关心，眼睛只盯着最后几个字：别紧张，放松。

"你跟他已经好成这样了？"

"我们只是朋友。"艾念收好了手机，"他帮了我那么大的忙，前两天我请他吃了顿饭，也就这两天他总发短信而已。"

"他都知道你今天来竞标。"

"我也是无意说漏了嘴，没想到他会记心上。"艾念见她憋着笑，翻了下白眼。

"我跟他真的只是朋友，他不可能喜欢我的。"

庄暖晨揽过她的肩膀："这种事顺其自然吧。"

"我现在是一门心思为我儿子赚奶粉钱，其他的概不考虑。"艾念嘻嘻道，目光一转，表情稍稍起了变化。

庄暖晨顺势转头看过去，夏旅正停好了车往电梯这边来。

穿得职业得体，干练又多了妩媚，身后跟着两名同事，都是生面孔，庄暖晨不奇怪，毕竟传播这行换人比翻书还快，弱肉强食适者生存说的就是公关圈。

艾念主动跟夏旅打了招呼，进了电梯，气氛更是尴尬。

夏旅先开口，对着艾念说的："怎么不回德玛？"

艾念笑了笑："我是从德玛出去的，难道再回去啊？"

夏旅不再说话。电梯到了七层，艾念实在忍不住说了句："我说你们两个能别都这样吗？弄得我在中间很难做啊，大家都是……"

电梯到了，金属门打开。

夏旅先出来，转身看着庄暖晨，没在乎艾念的话："庄暖晨，我不会轻易让你的。"

"彼此彼此。"庄暖晨面无表情，心却像是被刀子割过似的难受。

夏旅带着手下离开后，艾念一把拉住庄暖晨："你们真没和好的可能了吗？"

庄暖晨叹了一口气，没说话。

王筝、方小萍她们几个早早就到了会议室，见庄暖晨来了凑上前，嘀咕了句："怎么又遇上夏旅了？"

艾念没多说别的，要求她们再熟悉一下竞标方案。

夏旅在跟手下交代注意事项，庄暖晨看在眼里不由感叹，如今的夏旅俨然成了厮杀层面的佼佼者，在她身上已找不到当初的感觉了。

十点一到，高宗盛董事长准时出现在会议室，精神矍铄，跟在他身后进来的还有高季和两名总部派来的高层。

高季坐定后冲着庄暖晨眨了眨眼睛，又朝着夏旅摆了摆手，面对她们两个大有一副好友多日不见的亲热。夏旅许被他的样子逗笑了，嘴角扬了扬。

高宗盛转头看了一眼高季，高季赶忙做出一本正经的模样。

庄暖晨也很想笑，却硬生生忍下了。因为菲斯麦，她与高季的接触会多了些，时间一长就发现高季真是小孩子脾气，聪明却爱贪玩。有时候让他签个文件得找上大半天，找到他的地点也五花八门，什么攀岩馆、赛车场，甚至差点闯进过桑拿房，但高季有一点好，从来不拖欠款项，批款时更是痛快。

"很高兴几位能够前来竞标高盛，我想大家都熟悉不用介绍了吧？"高宗盛开口，"尤其是夏总监和庄总监，你们都共事过，所以，就直接开始吧。"

气氛严肃起来，庄暖晨和夏旅也开始了正式的角逐。

高宗盛不喜欢浪费时间，这也是庄暖晨第一次看到能够将两个项目放在同一天竞标的决策人。

第一个竞标的项目就是日常的政府公关维护，这个素来是德玛传播的强项，德玛传播有着发达的政府关系，在处理这方面公关工作时有着无可替代的独一性，这点就连奥斯公关都比不了。

在来的路上庄暖晨也做了分析，这个项目万宣拿下来的可能性很小。果不其然，夏旅发起了攻击，庄暖晨从未见过她这么干练的一面，就连艾念都目瞪口呆。

说心里话，夏旅准备的方案的确出色，看得出她是真下了一番苦功夫。在这一环节中万宣不及德玛，正应了庄暖晨的担忧，高宗盛果然对德玛在政府关系的统一性和专业性上更感兴趣。

午餐由高季做东，他在公司附近的酒店预订了包厢，诚挚邀请万宣和德玛传播的同事们共进午餐。高季是个开心果，有他在，餐桌上的气氛倒是不显得尴尬。

庄暖晨去洗手间的时候撞见夏旅在接听电话，意外听到她说了句"是你技不如人，跟我有什么关系？"

第二轮的竞标定在下午两点。庄暖晨进午休室倒杯咖啡的时候正巧夏旅也在，两人就这样面对面相见了。

"恭喜你拿下上午的项目。"庄暖晨走到咖啡机前磨了杯咖啡。

坐在沙发上的夏旅起身，将喝剩的咖啡倒进了洗手池里，洗好了杯子放到一边："谢谢。"

"夏旅。"庄暖晨在身后叫住了她。

夏旅顿步，回首。

庄暖晨淡淡问了句："奥斯的这次公关危机是不是跟你有关？"

夏旅冷笑："我看你还是操心下自己吧，下午的项目你再拿不下来，你这个老总也枉做了。"

午后雨还在下，不过小了点。

高宗盛依旧准时出现在会议室，高季在他身边大气不敢出一声。

下午的化妆品竞标方案庄暖晨当仁不让，这次没给夏旅任何反击的机会。这套产品的主打款是含防晒功能的隔离粉底液，在包装概念上，夏旅和庄暖晨有了不同意见。

夏旅的竞标方案中主要推出防晒、清爽的概念，但庄暖晨只提了一个词：裸颜。

她给出的理由是，炎炎夏日女孩子们更希望"无妆胜有妆"，裸颜的概念更能引起消费者共鸣，"裸颜"二字会更受欢迎。相反，清爽、防晒等字样在市场上已经视觉疲劳，"裸颜"本身就涵盖了清爽和防晒的概念，在活动配合上她也主张将这种概念深化。

很显然，高宗盛对这个概念更感兴趣，在两家公司厮杀了三个多小时后，高宗盛终于将这款化妆品的传播运营交到了庄暖晨的手里。

两个项目，一个给了德玛，一个给了万宣，庄暖晨和夏旅平分秋色，势均力敌。

在与两家谈成了初步的合作意向后，高宗盛看向庄暖晨："庄总，这款化妆品将会在北上广一线城市推出，在抢滩市场上一定会遇到各类竞争对手的狙击，就像奥斯公关在处理品牌问题上出现的危机一样，你怎么看这件事？"

庄暖晨轻轻一笑："其实公关公司都会遇上这类问题，在面对危机的时候，有些错误可以遮掩，有些错误及早澄清会更好，不过正像公关专家奥古斯丁说的，'每一次危机的本身既包含导致失败的根源，也孕育着成功的种子。发现、培育以便收获这个潜在的成功机会就是危机公关的精髓'。不论是品牌还是公关公司，面对危机也是面临机遇，处理得好品牌会更加深入人心，处理不好便会毁于一旦。当然，奥斯公关的陆珊是经验十足的传播人了，我想她会处理好这次事件。"

无心也好有心也罢，对这种试探性的言语她还是四两拨千斤，对于外界公司的手段她素来不会给予太苛刻的评价。

高宗盛笑了笑："庄总的回答让我想起了一句话，叫作'事不关己高高挂起'。"

"各个公司在处理危机时所应用的手段我们都会看在眼里，也有专门的机制进行分析，但在背后评论人的话我的确不会说。"庄暖晨从容淡定，微笑自信。

"不错，我就是要这种心无旁骛的人来为我做事。"高宗盛放心了，"希望我们合作愉快。"

出了写字楼，王筝和方小萍共用一把伞走在庄暖晨身边，三人说笑着找了个空位等艾念，不远处一声车鸣。庄暖晨顺势一看，愣了。

是江漠远的车，他从车上下来，撑了把伞朝这边走过来。

方小萍和王筝见了差点就扯着脖子尖叫了，她们两个倒显得比庄暖晨还要紧张："他、他不是标维的总、总裁？"

庄暖晨不知道该怎么跟她俩说。

江漠远在她面前停住了脚步，薄薄的唇抿了性感的线条浅浅笑着："竞标顺利吗？"

"丢了一个。"庄暖晨轻轻笑着。

江漠远闻言唇畔笑容扩大："万宣的政府资源比不过德玛实属正常，以后加强就是了。"

庄暖晨靠近:"是不是什么都瞒不过你的眼睛?"

"你是我老婆,关心你很正常。"江漠远将她的笑尽纳眸底,心坎儿像是被暖流润泽过。

身边的方小萍和王筝早就惊讶成了木头人,好半天王筝才指着江漠远结结巴巴:"庄总,你、你们……"

"你们好。"相比上次在夜总会,他打招呼的语气随和不少。

庄暖晨看向她们两个:"他是我老公江漠远。"

王筝和方小萍着实惊了一下。

"可以走了吗?"江漠远轻声问。

"你真是来接我的?"她傻乎乎问了句。

江漠远抬腕看了一眼,唇边泛着笑:"已经等了你五十八分钟了。"

这时艾念正好开着车子来接她们,见着这幕笑呵呵道:"江总,你这个大忙人今天怎么现身了?"

"来接老婆。"江漠远毫不避讳,一句话落下弄得庄暖晨满脸红。

"那就不耽误你们二人世界了,方小萍王筝,上车,咱们打道回府了。"

待车子离开后江漠远冲她一伸手。她收好了伞后钻进了他的伞下,他顺势搂过她的肩膀,上下摩挲了一下:"冷不冷?"

"不冷。"庄暖晨贴近他,汲取他身上的气息,"今天的雨不大。"

江漠远收紧了手臂:"幸亏今天没打雷。"

她下意识抬头看他,心头倏然钻进暖意,原来他就是怕会打雷闪电吓到她才来的。

江漠远特意订了餐厅为她庆祝,一切又似乎回到了从前。庄暖晨知道,他们都在朝着过平静的日子努力,也许心里还有伤痕,也许还会有质疑,但时间是最好的良药。

晚餐是由知名大厨准备的,每一道都别具匠心,最后庄暖晨又吃到了熟悉的芝士蛋糕,浓郁的香甜令她想起曾经和江漠远的点点滴滴。

见她唇角沾上蛋糕屑,江漠远拿过纸巾替她轻拭唇角:"慢点吃,没人跟你抢。"

有淡淡的幸福在胸膛徜徉,她敛睫,尽情享受这种感觉。

静谧的气氛一直维持到两人用完了餐,她吃着餐后水果,他慢慢地喝着咖啡,直到尖锐的女人嗓音终于打破了这份宁静。

"庄暖晨!"

庄暖晨吓了一跳，刀叉掉在盘子里引起了刺耳的响声，抬头一看竟是许暮佳。

她一脸的怒气，高跟鞋踩得大理石地面上嗒嗒直响。冲上前没等庄暖晨开口，一个耳光掴下来。

举动太快太突然，连江漠远都没来得及阻止便发生了，紧跟着还要打第二下，手腕被江漠远猛地截住。

"你发什么疯？"许暮佳被甩到了一边。

庄暖晨的脸颊火辣辣地疼，脑袋都是蒙的。江漠远心疼，转头盯着许暮佳脸色铁青的。

许暮佳也豁出去了："你不知道你老婆干了什么吗？"

江漠远眉心蹙紧，冷喝了一嗓子："赶紧给我走。"

"我会走，但话要说清楚！"许暮佳眼睛里起了火，指着她，"我跟顾墨的事你插什么手？你安的是什么心啊？顾墨都跟我结婚了你还不死心是吗？"

江漠远没了耐性，正想叫人拎她出去，庄暖晨拉住了他的手臂。他隐了情绪，低低说了句："我们走。"

庄暖晨本也不想跟许暮佳有任何交集，点头拿起包。

"你老婆告诉了顾墨我假怀孕的事。"许暮佳恶狠狠说了句。

江漠远一愣。

"许暮佳你别血口喷人，这件事压根就不是我告诉顾墨的。"庄暖晨实在忍不住了，脱口而出。

"不是你告诉的还是谁？这件事只有我爸和你知道！"许暮佳攥紧了拳头，"你巴不得我跟顾墨分了，有这么个好机会你怎么可能不把握？"

"是顾墨自己查出来的。"庄暖晨冷淡说了句，"婚礼当天我就警告过你，有些事是纸包住不火，你偏不信我有什么办法？我要是真想破坏你跟顾墨，当天我就可以揭穿你。"

许暮佳怒喝："婚礼当天你当然不敢公然破坏了，我警告你庄暖晨，以后你少在我和顾墨之间说三道四，你跟他这辈子都不可能了！"说完便怒气冲冲地离开。

庄暖晨全身无力，看来这件事真是闹大了。

进了家门，江漠远上楼换衣服，庄暖晨坐在沙发上，心里七上八下的，这一路上江漠远一句话没说，沉默开车、进门、脸阴沉得可怕，她真怕他再误会。

很快江漠远下了楼，她下意识抬头看他。他手里多了个冰袋，在她身边坐了下来，敷在她还红着的脸上。

她"唔"了一声，他放轻了手劲，低问："弄疼你了？"

她摇头，抬手按住冰袋："我自己来。"

江漠远看了她一眼，她赶紧闭嘴。

就这样，她和他都没说话。换了新冰袋后她再也忍不住了，抬眼看了他，江漠远见她瞅着自己，目光与她对视，似乎在等着她开口。

"你是不是误会了？"

"怕我误会吗？"他淡淡的语息落在她的头顶。

"怕。"

江漠远的心口倏然被掀开，那轻轻浅浅的一个"怕"字又像是一枚水珠滴在他的心上。他温柔低叹："那你告诉我，是不是又见顾墨了？"

"是他来找的我。"庄暖晨解释，"他知道了许暮佳假孕一事很生气，过来质问我知不知道这件事。"

"他还知道什么了？"江漠远漫不经心问。

"知道了所有事，包括我嫁给你的真正原因。"

她以为江漠远会变脸，不想他意外地笑："那当初你骗他的借口是什么？"

庄暖晨怔了怔，好半天才憋出了句："我跟他说，我爱的是你。"

"我没听清楚，你跟他说什么？"江漠远故意将脸凑前。

"我爱的是你。"庄暖晨重复完才反应过来，脸更红了。

江漠远搂着她，低低的笑散落她的脖颈。她的爱语虽说是无心，又是被他诈出来的，但心头的愉悦总会像是萤火虫在萦绕，搂着她的感觉出奇地好。

半响后，庄暖晨淡淡道："我希望他能幸福。"她没敢说出顾墨的名字，但她想江漠远能够明白，或许他会不高兴，也或许下一刻勃然大怒，可这就是她心里想的。

他沉默了一阵，手指攀上她的脸，命她的眼里只有他，温柔的笑染上了瞳仁，宛若黑暗中的一盏明灯。

"你说得对，如果许暮佳在婚礼当天就能坦白，事情可能也不会闹到今天这步田地，只是你刚刚不该拉着我，平白无故挨了一巴掌我看着能不心疼吗？"

庄暖晨又想起顾墨那晚的神情，悲由心生。

江漠远多少也能揣摩出她的心思来，故意逗她："要真是气不过，我现在就去替你出气。"

他的有意的哄劝和安慰,令她红了眼眶:"你以后好好保护我就行了。"

她的话令江漠远眸光一颤,嗓音放得更低柔:"好。"

一个字,一诺千金。

夕阳染红了叶子,有几缕光线照在玻璃窗上。

顾墨回到家的时候,坐在沙发上的许暮佳赶忙起身上前。

"你回来了,今天怎么回来得这么早?"接过他的包,她轻声问了句。

顾墨没看她,换好了鞋进来。

许暮佳心里没底,跟在他的后面又补上了句:"饿了吧,我今天特意煲的……"

"你坐下。"顾墨打断她的话。

许暮佳最怕的就是他这副神情和语气,不祥的预感在头顶萦绕,坐在沙发上。他坐在了她对面,从公文包里拿出两份文件。

"你看一下,没问题的话就签一下字吧。"顾墨将两份文件全都放在了茶几上,语气淡然。

许暮佳狐疑地拿过文件,看了一眼大惊失色。

"离婚协议上我都签完字了,你如果想有什么财产上的补充也可以,哪怕我净身出户也无妨。"

许暮佳倏然站起身:"我不会跟你离婚的,不会!"

"那就耗着。"顾墨的神情波澜不惊,"分居满年限我和你也能解除婚姻关系。"

许暮佳的眼泪唰地下来了:"我骗你是因为太爱你了,怕失去你,我已经知道错了,难道你就不能原谅我一次?"

"你让我怎么原谅你?"顾墨漠然地看着她,"你和江漠远两个狼狈为奸,设了一个又一个陷阱让我往下跳。许暮佳,我以前只是觉得你是任性,现在才发现你是真的可怕。"

"顾墨。"许暮佳一下子扑到他跟前,痛哭流涕,"我知道错了,真的。就算你跟我离婚,庄暖晨也不会回到你身边啊。是,我是做过太多可耻的事,但我已经在努力补救了啊,你住院那段期间我尽心尽力地照顾妈,每天都陪在妈身边。《华报》的老总找过你多少次你都不去,最后也是我苦口婆心地劝说你才去的呀!现在我连爸的公司都不去,一心做好你的贤内助,你在外忙我就好好照顾家,照顾妈,让你不会有后顾之忧,难道我做了这么多还不能弥补吗?还不能让你有一点点的感动吗?庄暖晨只是帮你的身体站了起来,我才是让你精神上站立起来的那个人啊!"

"我不会原谅你,离婚是最好的方式。"顾墨冰冷地看着她,"我不能容忍一个满口谎言的女人在我身边。"

"我说过假怀孕的事……"

"当我知道你假孕的事,我已经对这段婚姻不抱希望了,你去找庄暖晨大吵大闹,我更是对你这个人厌恶到了极点。"顾墨打断了她的话。

许暮佳的脸瞬间惨白:"你怎么知道的?"

顾墨抬手捏住她的下巴,眸底迸射一股子恨意:"我是做什么的你不清楚吗?餐厅那么多双眼睛都看着呢。"

"顾墨,你想跟我离婚根本不是因为我骗了你。"许暮佳坐在地毯上,苍凉地看着他,"你只顾及庄暖晨,你是觉得我打扰了庄暖晨才跟我离婚的,是不是?"

顾墨眯了眯眼,起身:"我没把你和你爸告上法庭已经很留情面了,许暮佳你给我记住,如果你再去骚扰庄暖晨的话我非给你好看不可,别以为你爸是许作荣我就拿你没办法。"

许暮佳一下子扑到他身后搂住:"我不让你走,顾墨,你别走……"

"这段时间我住报社,你想好了签完字再联系我吧。"顾墨将她推开。

许暮佳像是发了疯似的缠着他:"我求求你,我向你保证我再也不去打扰庄暖晨了,以后你说怎样就怎样,哪怕你心里还有别人我都不在乎,顾墨,我不要跟你离婚……我在你身边这么长时间,哪怕只是你养的一只宠物也该有感情了吧?"

顾墨站在原地,眉梢隐隐蹙动,有恻隐之意闪过但很快压下来。

"为什么你从没想过要跟我坦白?你压根就不知道,我娶你,就是因为对你已经动容了。"

许暮佳整个人都呆在原地,耳边是砰的一声门响,顾墨离开了。

安琪离开了德玛传播,挤走她的人就是夏旅。

在拿到高盛项目传播合作合同的第三天夏旅便被提升到活动部总经理的位置,只待程少浅一卸职她便上任。

庄暖晨是在程少浅口中知道的这个消息,程少浅说这件事的时候,两人的晚餐也进行到了尾声。服务生撤走了主餐餐具,又端上了餐后水果、玫瑰茶与咖啡。

窗外是大片的夜色,车水马龙依旧热闹。

庄暖晨看着窗外夜色有一刻的恍惚,似乎回到了大学新生报到那天。

夏旅大包小包进了寝室,冲着她和艾念大大咧咧就是那么一嗓子:"我叫夏旅,未来四年要跟你们一个寝室,你们叫什么?自我介绍一下呗。"

如今的夏旅终于爬上了她想要的位置,砍掉了友谊,踢走了敌手。

"这次夏旅倒是做得挺正大光明的。"半晌后她才开口。

程少浅喝了口咖啡后点头:"夏旅抓了安琪回扣两头通吃的证据,看得出她为了查出这件事的真相下了不少功夫。不过更重要的是,夏旅指出安琪才是造成你离开德玛的罪魁祸首。"

庄暖晨沉思:"难道就是我当初怀疑的那样?"

"安琪一直跟灯具供应商有利益来往,所以一开始那个灯具就有问题,也怪不得当时怎么查都查不出人为的痕迹。这件事我已经上报到了总部,安琪在临走前也承认,的确是她买通供应商来害你的。"

"我是不是该谢谢夏旅帮我查出来了真凶?"庄暖晨苦笑。

她不用多问安琪为什么将矛头指向自己,说一千道一万不过就是残酷的竞争而已,只不过她很不幸做了他人的踏脚石。

程少浅淡笑:"世间无对错,人也无好坏,只能说我们为了生存,必要时会舍弃些东西,只不过夏旅砍掉的太多。不过我想她也未必好过,否则怎么可能再去把安琪揪出来,想来她是对安琪早就心存怀疑和怨怼,只是找对时机下手而已,安琪一除,一来为你出了气,二来她也可以平步青云,一箭双雕。"

"看样子你并不生气。"庄暖晨轻轻一笑。

"这个社会其实对女人不公平。"程少浅意外地说了这么句话。

"作为男人,为了利益步步为营那叫运筹帷幄;作为女人,为了利益尔虞我诈却是人所不齿。我承认我也有这个偏见,最起码对于夏旅我会敬而远之,可是作为上司,我看重的只是利益。换作是你,一个是常年两头通吃的下属,一个是将一份几千万合作单放在你面前的下属,这两人你会保哪一个?"

"我明白。"

"我是不是该庆祝你顺利出师了?"程少浅唇边泛着浅笑。

"你、梅姐甚至是夏旅都是我最好的老师。"庄暖晨苦笑。

程少浅看着她轻叹:"还记得你当初为友谊辩解,伶牙俐齿把我说得都哑口无言。"

庄暖晨喝了一口玫瑰茶:"其实,我也怀念。"少许,她轻声说,"你马上就要走了,说心里话还真是不舍得。"

程少浅敛下心头不舍:"早晚还是要回来的。"

"那祝你一路顺风。"

程少浅端起咖啡杯与她轻碰了一下:"借你吉言。"

天下无不散之筵席,也许历经得多了,心也倦了,再也看不得这般离别的场面。

江漠远一进家门就闻到满屋子的菜香,换好了鞋,瞧见厨房里的庄暖晨愣住。

她系着围裙忙活来忙活去,嘴里还轻轻哼着歌,身影被鹅黄色的灯光罩得柔和。他在原地站了好半天,生怕一个不小心打碎了这一幕的美好。最正常的夫妻生活,却成了他可望不可即的生活。

庄暖晨一个回头,惊叫一声:"你怎么神不知鬼不觉地就回来了?"

江漠远上前搂着她,收紧手臂:"哪有这么说自己老公的?"

"你吓了我一跳。"

"是你自己太投入了,我在你身后站了很久都没发现。"江漠远忍不住低头嗅香。

气息落在颈上痒痒的,使得她忍不住偏头躲避:"你快出去吧。"

"还怕我看?"江漠远轻笑。

"你连衣服都没换呢,沾上油烟味就不好了。"她擦了擦手,"快上楼换衣服吧。"

江漠远眸底温柔:"好。"临出厨房前又快速在她脸上啄了一下,弄得她满脸通红。

他简单地冲了个澡,换了衣服下来。庄暖晨正在用橄榄油做沙拉,见他一身清爽地进来后把他往外推:"都洗完澡了就别进来了,去餐厅等着,一会儿就能吃了。"

"晚上再洗一遍不就行了?"江漠远哪舍得离开,蹭在她身后又将她搂住,"今天怎么亲自下厨了?"

"今天我去送少浅的飞机来着,看时间太晚了就没回公司,上次做的菜太丢脸了,所以这次准备重做。"

江漠远听了心里暖暖的:"怕丢脸把许妈都支走了?"

"今天她休息啊,她要是在的话一准儿在旁指手画脚的。"庄暖晨轻笑着。

"我帮你。"

"不用,你插手算怎么回事啊?万一真做好吃了,都不知道是算你的还是算我的。"

江漠远被她的话逗笑，却黏在她身上不撒手："暖暖，真好……"

庄暖晨被他弄得脸又一红，轻推了他一下："别闹了，好像你的电话响了。"

待最后一道菜上桌，庄暖晨不经意看了一眼江漠远，他站在落地窗前接电话，虽说没听他开口说话，但他眉梢有蹙意，是遇上什么问题了吗？江漠远的余光也扫到了她，冲着她淡淡一笑，她别眼，又忙着将醒酒器放好。等江漠远结束通话，餐桌上色香味俱全了。

"从色相上看，九十八分。"江漠远笑着坐下来，目光扫了一圈。

"为什么扣了两分？"庄暖晨疑惑。

他宠溺："怕你骄傲。"

"讨厌！"

江漠远爽朗大笑。

气氛很融洽，还是江漠远先动筷子，庄暖晨盯着他："味道怎么样？"

"挺好。"

"不会太淡？"

"不会。"

"不会太咸？"

"不会。"

"真的好吃？"

江漠远浅笑："真的挺好吃。"

庄暖晨还是不大相信他的话，动了筷子，很快哭丧着脸吐了出来："这道菜油放少了，有点苦啊。"

"苦能败火，现在天干物燥的。"江漠远安慰，又夹了另一道菜，"吃菜要吃全，这道你做得就很不错。"

庄暖晨半信半疑尝了口，半响后才点头："这道还像点样，唉。"

"做得好怎么也叹气？"他好笑地看着她。

"咱家幸亏有许妈，要不然以我的手艺真是折腾你的胃，这辈子你都得受到我的毒害。"她一脸沮丧。

这番话听在江漠远耳朵里又是一番心情，一辈子，多美好的字眼。

"我娶你回来又不是让你做饭的。"

"我也得努力学才行，做人家老婆，总不能把饭做得一塌糊涂的吧。"庄暖晨没心没肺说了句。

江漠远听了，唇畔的笑容更深，温柔道："没事，一辈子很长，慢慢学。"

艾念回到家晚上八点多了，从电梯出来刚拐到家门口就见陆军鬼鬼祟祟的，大步冲上前蹙眉冷喝："你来这儿干什么？"

陆军吓了一跳，见是艾念回来了，语气不友善："你每天都这么晚回来吗？这么晚回来我儿子怎么办？"

"你儿子？奇了怪了，你那个狐狸精不是连孩子都没生下来吗？你哪来的儿子？"艾念嗤鼻冷笑。

"你少装蒜，艾念，我今天要见儿子。"陆军一挥手，一脸不耐烦。

艾念的态度更冷："这里没你儿子，赶紧给我滚。"

"你没资格剥夺我看儿子的权利！"

"陆军你痛快地赶紧走，我不想跟你在楼道里大吵大闹。"艾念不耐烦。

房门开了，是艾念妈妈听到动静出来开门，见陆军站在门口脸色一变："念念，你还跟这种人废什么话？赶紧进屋。"

陆军一把推开艾妈妈就要往里冲，艾妈妈惊得哇哇大叫，艾念也气得七窍生烟。

紧跟着从里面出来一人，拦住了陆军。陆军一惊脚步陡然止住，定睛一看："是你？"

司然身材魁梧高大，比陆军高出一个头来，又是军人出身，虽说今天穿得休闲但也令人无法忽视眉眼之间的凛然正气。

"你想干什么？"司然大喝一声。

陆军恍然大悟，冲着艾念劈头盖脸地冷喝："好哇，你现在就急不可耐地找野汉子了是吧？"

艾念也没料到司然会在家里，听到陆军的怒骂声后火气蹿上来了，"你管我？我跟你都离婚了你有什么资格在这儿说三道四？"

走到司然身边，往他胳膊上一挽："他就是比你好上千倍万倍，怎么样？"

"艾念，你这个——"

陆军怒火冲天，指着艾念，紧跟着被司然攥住手腕，司然浓眉一皱，低吼了一嗓子："你还想动手？"

"就算我动手又怎么样？她是我老婆，那个是我儿子，跟你有什么关系？"陆军被他攥得龇牙咧嘴。

"她已经跟你离婚了，在法律上你们已经没了婚姻关系，孩子也是判给艾念的。赶紧走，以后不要再来骚扰艾念和孩子，否则别怪我对你不客气！"司然一身正气，低沉的嗓音浑厚如雄狮。

陆军气不打一处来，死盯着他："你对我不客气？你有什么资格对我不客气？"

司然甩开他的手，当着他的面儿将艾念搂在怀里，目光炯炯道："艾念是我的女人，你说我有没有资格？"

陆军气得脸部肌肉都扭曲了，但碍于司然人高马大不敢做什么，转头怒视着艾念："你行，算你狠！艾念，咱俩走着瞧！"

艾念整个人都是蒙的，脑袋嗡嗡直响。

"唉，终于是走了，这个陆军就是个催债鬼，念念啊，也不知道你是不是上辈子欠他的，离了婚也不消停，今天幸亏有司然在这儿。"艾妈妈长松了一口气。

艾念这才推开司然，轻声道谢。司然低头看着艾念，见她又刻意保持距离后眸底滑过若有若无的怅然。

艾妈妈的眼睛尖："你可要好好感谢人家司然，暂不说刚刚为你顶下个麻烦，今天要是没他带墨墨去医院的话，我都不知道怎么办好了。"

"墨墨病了？"艾念心惊，赶忙跑到婴儿房，进门一看孩子正在婴儿床上酣甜入睡。

"孩子发烧了，你电话又打不通，其他人的我又不知道，只好麻烦司然了。"艾妈妈站在门口，轻声道，"司然一听孩子病了二话没说就来家里，带孩子去的医院，医生说了幸亏送来得早，再多烧一会儿小孩子准出毛病。"

艾念心里一阵阵蹿疼，转头对司然："今天真是谢谢你了。"

司然走了进来，浅笑道："举手之劳，再说了阿姨一个人带着孩子去医院的确麻烦。"说完，伸手摸了下孩子的额头，"已经退烧了，现在墨墨睡得很稳当。"

"谢谢。"

送司然下楼的时候，月光拉长了两人的影子。司然的车子停在小区外，艾念便送他出小区，艾念沉默，司然也没开口说话。

等到了车子旁，艾念才轻声开口："早点回去休息吧，今天很不好意思。"

"你已经跟我道谢和道歉很多次了。"司然无奈摇头。

艾念笑了："那你赶紧回去吧，路上慢点开车，注意安全。"

司然看着她点点头，她刚要转身，司然突然叫了她，她转头看着他。司然欲言又止，抿了抿唇走上前，她心跳莫名加快。

月光蔓延在司然的脸颊上，俊得令人移不开双眼，她看得痴迷，却不经意想起庄暖晨提到他的家庭背景，所有的遐想就此打住。

"怎么了？"配不上就是配不上，她不应该太过遐想。

司然在她面前站住，眼神认真："从今以后让我保护你和墨墨，好不好？"

艾念被他的话吓坏了，她明白他话中的意思，呼吸骤然加促。

"我喜欢你，艾念。"司然的话说得更清晰。

艾念连连摇头，后退了一步避开了他的气场："司然，刚刚我挺感谢你的，但都是演戏给陆军看不是吗？我们俩不可能的。"

"难道你一点都不喜欢我？"

"我、我只把你当成朋友。"艾念结结巴巴，"能跟你成为朋友我已经很高兴了，真的，依你的条件可以找到更好的，就这样吧，今天谢谢你带墨墨去医院。"

"艾念！"司然在身后大叫她的名字，奈何她越跑越远。

艾念刚进电梯，兜里的手机响了一下，拿出一看是司然的短信：这辈子，我要定你和墨墨了。

转眼到了最美的季节，秋高气爽。

这阵子万宣忙得不可开交，除了高盛的两个项目，庄暖晨和艾念又先后谈定了两家企业的品牌包装宣传。万宣也由最初只有活动部拓展到了品牌事业部、活动部和媒介部。

公司的老员工都升了职、加了薪，每天除了忙项目和即将到来的中秋节活动外，庄暖晨和几位老员工还商量着换办公场所的事。

因为公司的员工增多，搬新址刻不容缓。庄暖晨最看好的就是CBD银泰附近，理想的办公环境是公司的名片。施磊跑去察看，最后几人一合计找了个性价比最高的场所。

新址定下后便是忙着搬家，从决定迁址到最后落户CBD倒是没花太长时间，大家齐心干活也快。新址遥望中央电视台，也意味着离标维国际更近了。当晚大家庆祝了一番，有人还嬉笑着要庄暖晨把江漠远邀请过来，庄暖晨笑着婉拒，这阵子江漠远又不知在忙什么，就算回了家也是一身疲累。

司然开始了追求艾念的大计，除了送花，只要有空就跑去看墨墨。艾念忧心忡忡，因为她发现墨墨对司然亲得很，有时候只让司然抱，就连她这个亲妈一抱都哭。

"说不定司然能说服他爷爷呢。"午餐的时候，庄暖晨安慰了艾念。

艾念叹气："司然什么条件，我什么条件？我是离异的又带着个孩子，司然真要是娶了我，外人该怎么看他？再说了，结婚这种事我都看开了，这辈子带着儿子单过也挺好，没男人照样可以活啊。司然现在只是一时想不开，等遇上真正喜欢的了就明白了，我可不想再结婚再去离婚，你看顾墨就是个例子，跟许暮佳结婚才没多久就离婚了。"

庄暖晨沉默不语，顾墨离婚的事她也听说了，还听说许暮佳不甘心，天天去找顾墨。

"顾墨啊，始终忘不了你。"艾念把话题转她身上。

"没事说他干吗？我都结婚了。"

和艾念分开后，庄暖晨买了点食材回了家，一进门许妈就悄声悄气地说了句："先生回来了，在楼上卧室也不见出来，不知道是不是不舒服。"

庄暖晨心里咯噔一下，赶忙换鞋上了楼。

卧室的光线很暗，江漠远躺在沙发上，没换家居服，身上依旧西裤衬衫，领带还工整地系在脖子上，西服外套随意搭在了一边。

庄暖晨走上前轻轻坐下来，小心翼翼地松开他的领带，慢慢抽了出来，刚准备放好，手却被他的大手握住。

他睁眼，借着室内鹅黄色的光线，她的脸异常动人。

"是不是被我吵醒了？"

江漠远躺着没动，拉着她的手放到胸口："我没睡着。"

"这段时间你看着挺累的，出什么事了吗？"她问。

江漠远静静地看着她，眸底深邃沉静，像宽广的海域。庄暖晨不知道他是怎么了，但心底也隐隐泛起预感，像是什么事要发生了似的。

"我去给你放洗澡水吧。"

刚要起身，江漠远攥着她的手指微微用力，她愣住。半晌后他才松手，冲着她伸开双臂："过来。"

庄暖晨不知他是怎么了，俯身趴在他胸膛上。她听到他在头上低叹："暖暖，你会不会离开我？"

她不解，抬头看他，却发现他眸底的一抹担忧："说什么呢？"

江漠远轻抚她的发丝，若有所思："如果有一天我一无所有了，你还会不会留在我身边？"

"一无所有？"

"如果我破产了，无法让你住豪宅开名车，你会不会跟我离婚？""如果真有那么一天的话……"庄暖晨想了想，"那我就养你呗。"

江漠远一愣："你养我？"

"是啊。"庄暖晨又重新趴在他身上,"我这个人很记仇的,你之前做了那么多伤害我的事难道就这么算了?你一无所有更好,那我就能每天把你关在家里折磨你、虐待你,干吗要跟你离婚?"

江漠远闻言哭笑不得,抬起她的脸:"我这款还未必是你能养得起的。"

"试试看了。"她知道他绝对不会无缘无故说这番话,一定是出了什么问题。

"你这个人这么小心眼,车子给我开还要收我租金,等你真没钱那天我也这么做,让你打欠条给我。"

江漠远低笑,情不自禁将她搂得更紧。

高盛旗下的化妆品第一阶段推出的活动效果不错,庄暖晨可以说是亲力亲为,每一个环节都盯紧盯死。在第一场活动过后,她制订了更详尽的传播计划,除此之外一点点推进广告宣传力度。

可在紧抓"金九银十"的关键时期时,菲斯麦却出了问题。

在一次奶制品抽样调查中菲斯麦因有一项数据不符合标准而被媒体大肆渲染,一时间负面消息满天飞。品牌维护期间,出现危机公关在所难免的,这种事对于庄暖晨来说虽不想看到,但也有信心处理,但高季就不同了,顿时慌了手脚,数据刚拿到手就亲自去了万宣。

庄暖晨处理冷静,要求总部出具奶源的各类数据和标准资料,并命人亲自到奶源地将附近的土壤、水源等环境进行探测出具探测报告,最后她又和高季亲自谒见调查委员会,进一步了解这项数据不合规的原因,最后才发现这项数据是稍稍高出了正常奶制品的标准。

总部和万宣的外查人员办事效率都很高,很快将能够证明奶源有品质保证的数据资料传真了过来,并附有大量当地环境、土壤和水源的检测报告。

庄暖晨和高季又重新折回调查单位做进一步说明:菲斯麦的奶源属于水牛奶,内含的营养成分原本就比一般牛奶要高,所以调查组不能采用牛奶的标准来对菲斯麦进行抽样调查。

另外,菲斯麦的奶源均在野外,所饲养的水牛均为放养,环境优质,食用的水源和青草又毫无污染,所取出的奶汁自然就要比正常牛奶从色泽上和口感上更醇厚些。

误会倒是解除了,这也归功于庄暖晨在面对危机时第一时间便采用澄清的态度,避免了负面新闻的增多、扩散。但有家网络媒体依旧紧抓着不放，甚至开始了有关水牛奶的各项专题调查，这下高季怒了。

庄暖晨在了解了整件事情后见了高季，第一句问的就是，在这家媒体的广告投放上预计要多少钱？

高季愣了愣，说了句："这家媒体都敢明着跟菲斯麦作对，我凭什么还要在他们那做广告投放？"

对于他的孩子气庄暖晨早就见怪不怪了，轻叹："打理好媒体关系也是品牌推广的关键。"

"可是我气不过！"高季还是年轻气盛。

"你总不能因为置气就把菲斯麦给毁了吧？现在已经不再是酒香不怕巷子深的年代了，漫天广告和媒体的狂轰滥炸，再烂的东西也能被夸得天上有地上无的，菲斯麦是好产品，我们锦上添花有什么错？"庄暖晨苦口婆心，"有的媒体说白了就是要你的广告费，你是地方经济闯入一线城市，有些情况不得不低头才能站住脚。"

"我真想拿几个雷管把媒体给炸了。"

"你也别这么说，大多数的媒体还是很客观的，有那么一两个乘人之危也实属正常。"庄暖晨被他逗笑了，但也知道他妥协了。

就这样菲斯麦的危机一点点被化解了，庄暖晨正准备松口气的时候，又给了她一个噩耗，这次不是公事，是顾墨的母亲离世了。

庄暖晨听到这个消息后着实呆愣了很久，像是一股巨大的力量在撕扯着她，疼痛倏然而生。

顾母最终还是生理衰竭，走的时候很安详，没受太多苦。是许暮佳陪着顾墨去的医院，顾妈妈还不知道两人已经离婚的消息，临走看到的还是两人亲热恩爱的样子。

她同江漠远一起参加了葬礼，一来是送顾母最后一程，二来是不希望顾墨误会。

艾念来的时候司然跟在后面，既然都来了便一起进来拜祭。夏旅也来了，身边是孟啸。

艾念去跟夏旅聊天的时候庄暖晨没上前，孟啸走过来同她和江漠远打了声招呼，看得出这段时间他和夏旅顺风顺水。

顾墨整个人颓废了很多，许暮佳一直在旁协助，招待答谢亲朋好友，仍是顾家媳妇的姿态。

葬礼结束后，庄暖晨和江漠远打算离开时，顾墨叫住了他们，但他叫的是："江漠远，你千万别被我抓住什么把柄，否则我不会让你好过。"顾墨的话很不客气。

在场的人面面相觑。庄暖晨听着更是奇怪,江漠远却揽过她的腰低低说了句:"我们走。"

旁边的许暮佳脸色很难看。

庄暖晨临出门又回头看了一眼顾墨,他站在那儿,周身都散着从未有过的冷。

庄暖晨做了一晚上的噩梦,醒来的时候床边没了人。问过许妈才知道,江漠远很早就出了门,连早餐都没吃。闻言,心口莫名的惶惶不安。

上了班依旧忙碌,庄暖晨却没了心思。看着艾念一如既往地将司然送来的鲜花放在垃圾桶旁边时,心里又突突直跳。

正打算给江漠远打电话时,手机铃响了,吓了她一跳。

一看号码,眉心蹙了蹙。手机铃声一遍遍响,对方很执着,她只好接通。

"你跟顾墨已经离婚了,你也不需要再为顾墨的事找我了吧?"

"今天给你打电话不是为了顾墨的事,而是因为你老公江漠远。"

"他怎么了?"

"具体怎么回事我不清楚,我只是觉得顾墨不对劲。前阵子我发现他在关注江漠远和标维国际的消息,还跟一个证监会委员通过电话,葬礼上的话你记得吧,说不准他真就是在查江漠远。"

"证监会?"

"江漠远是金手指,他如果出事的话八成是跟投资、交易有关。"

庄暖晨压了压紧张:"为什么告诉我这些?"

对方叹了口气:"顾墨已不再是从前的顾墨了,他现在的位置决定了他具备重要的发言权和言论权威,如果是他要查的事就一定会查个水落石出。庄暖晨,其实也不怕告诉你实情,他对你念念不忘,而我又不甘心跟他离婚,只要你没离婚他就没辙,所以帮你也是为了帮我。"

庄暖晨的头嗡嗡作响,跟许暮佳通完话,马上打了江漠远手机,竟然关机,这么一来她坐不住了。

标维依旧繁忙,但江漠远不在公司。

"知道他去了哪儿吗?他关机了。"

总裁秘书神色慌乱,支支吾吾地不肯说出实情。

庄暖晨急了,拉住她:"他到底出什么事了,你赶紧告诉我,还有,周年怎么也不在这儿?"

"他们一早就离开了,江总临走的时候特意吩咐不让消息外透……"总裁秘书挺为难,见庄暖晨态度坚决只好吞吞吐吐道,"今早来了两名证监会的人,说要对江总进行调查,江总关机八成还在接受调查呢,周年也跟去了。"

"他做了什么?"庄暖晨一听双腿瘫软,手死撑着墙壁才站得稳。

总裁秘书摇头:"我只是负责安排江总日常行程,有关业务上的事周年知道得一清二楚,我只是隐约听到证监会的人说江总利用上市公司并购重组进行什么内幕交易,应该是非法操纵股票市场,所以……"

庄暖晨耳朵里嗡嗡作响,怎么走出的公司都不清楚。

浑浑噩噩回了家,江漠远的手机仍旧关机,再打周年的也是一样。想了想又打了孟啸的电话,是助理接的,说孟啸有台手术正在做。

一小时后,孟啸回了电话给她,听到她问及江漠远十分意外,不由讶异道:"今天?漠远今天没找过我啊,怎么了?"

"没什么,漠远今早把手机落家里了,他又不在公司,我怕会耽误公事所以问问你见没见着他呢。"

孟啸看不见她的神情,轻笑:"我和他好几天没联系了,这家伙每天都忙得神龙见首不见尾,放心吧,还是没什么可耽误的,要不然他早就回家拿了。"

庄暖晨寒暄了几句结束了通话,她不好对孟啸说明实情,原本想人情搭着人情看看能不能找到关系套套情况,但又一想江漠远的人际网络比她要强出不知多少倍,怕是她也打探不出来什么消息。

这种惶惶不安的感觉糟透了,也令庄暖晨想起了太多人,比如,她也可以打电话给江峰,但在没见到江漠远之前她不敢轻举妄动,生怕会坏了他的事。

盯着时针一格一格地动,第一次她感觉每过一秒都是煎熬。放了许妈几天假回家陪儿子,这件事可大可小,知道的人越少越好。

后半夜的时候,庄暖晨躺在客厅沙发上,迷迷糊糊中听到玄关有动静,一个激灵清醒了。

江漠远正好换好了鞋进来,没料到她还没睡,怔了一下,低低斥责:"这么晚了怎么没到楼上睡?小心着凉了。"

看到他回家的这一刻她心里的那块巨石才落下,将公事包接过来放到一边后轻声问了句:"怎么才回来?"

江漠远的眉梢有疲倦,没回答反问了句:"今天到公司找我了?"

"嗯。"

江漠远站在沙发旁,抬手松开了领带,眼睛一直盯着她瞧。她上前,将他的领带和外套接过放好,好半天才轻叹道:"你一直关机。"

"怕了吗？"江漠远低问。

庄暖晨是很怕，可与他对望时心窝疼了一下，摇头："不怕。"

江漠远搂过她的头，低脸吻了一下她，又将她搂紧怀里。他的心跳声，一声声撞进她的耳朵里。"你会不会有麻烦？"庄暖晨抱紧他。

江漠远若有所思："这段时间会有麻烦，就算不是我去找麻烦，只怕麻烦也会主动找上门。"

庄暖晨着实打了个寒战。

万宣做得顺风顺水，菲斯麦在经过危机公关处理后重新走上正轨。

庄暖晨采用了积极应对和利用可靠的数据澄清的方式打赢了这一仗，如此一来，之前的负面消息反倒成了免费宣传，很多不知道菲斯麦的消费者们开始关注起了这款奶制品。

高季向总部提交营业额的时候也是美滋滋的，他听取了庄暖晨的意见，说服了高宗盛将部分款项投放到媒体的广告宣传中，这样一来倒是有些乘胜追击的意味了。

庄暖晨却心知肚明，菲斯麦能够打赢这一仗，公关公司采取的方式方法固然重要，但产品的质量过硬才是最根本的。她进一步扩大了菲斯麦的品牌传播力度，小到超市的堆头工作、线上的主题参与活动，大到线下场地的秀展活动都开始逐一展开。

庄暖晨做得有声有色，江漠远却不那么顺利。他经常早出晚归，似乎还在接受调查，标维国际的股价出现动荡，媒体开始了捕风捉影。

江漠远回到家也会先钻书房，周年来别墅的次数也频繁了，两人不知道在书房里商量什么。这些庄暖晨都看在眼里，却爱莫能助。

秋味渐渐浓了，再要不了多久就红叶漫天。

站在办公室的落地窗前，庄暖晨想起去年的这个时候，与艾念和夏旅三人还悠闲地坐在德玛楼下的星巴克喝着咖啡，那时候艾念要嫁人，夏旅要离职，只是短短一年的时间，物是人非了。

艾念敲门进来，见她站在那，好奇问："想什么呢？大家都在会议室等你呢。"

是啊，生命不息奋斗不已，开会吧。

会议是重点讨论中秋节各项传播活动，各个供应商给出的材料和场地布置情况，公关稿件的敲定和媒体邀约等事宜。大家就手头上的工作逐一做汇报，会议开了四个多小时，快结束的时候窗外已是晚霞满天。

"总之一句话就是，活动当天大家要打起十二分的精神，还有丹丹，活动的预热稿会后赶紧给到方小萍手里。"

庄暖晨说罢,手机响了,她再次叮嘱了大家一声后拿起了手机,看了一眼后示意大家可以散会了。

手机接通。

"今晚要加班吗?"

庄暖晨轻轻一笑:"不用。"

"有家新开的餐厅不错,我已经订位了。"

她的语气转轻:"就不怕我真的加班?"

"再忙总要吃饭吧。"

"这句话应该是我对你说。"她有了怨怼。

男人低低笑着。

"你来接我吗?"她又问。

"你的车今天限号,我处理完手头上的事就去接你。"

"好,不急。"

庄暖晨从办公室里出来的时候,江漠远还在路上,这个时间路上有点堵。

她倒是无所谓,坐在花坛旁看着一片片凋零的落叶,夕阳洒下将枯黄的落叶映得红彤彤的。

难得这么悠闲了,拾起片叶子,在手中慢慢把玩。是片杨树叶,不知是从哪儿刮过来的,如今的北京城很少种杨树了。

摘了叶片,只剩叶柄,不经意想起小时候经常玩的"拔根儿",唇角微微翘起。

"拔根儿"又被北方地区的小孩子称为"勒宝"或"拉大宝",是将杨树的叶柄保留,与对方的叶柄互相用力往自己方向使劲,看谁找到的叶柄最结实最不容易被拔断,能够拔断许多叶柄的就是"大宝"。

她会玩是源于父亲,本是男孩子喜欢玩的"拉大宝",她自小也玩得津津有味。这个游戏后来她又教给了另一个人,这个人就是顾墨。

秋天,果然是个多愁善感的季节啊。

正想着,一只男人的手伸到她眼前,掌心之中摊放着一片杨树叶子,叶脉宽大厚实。她一愣,抬眼惊讶道:"顾墨?"

顾墨轻笑,摘去杨树的叶子,只留下一根叶脉:"从前每次跟你玩'勒宝'时我都输,你说你有绝招,但每次都不告诉我,现在可以告诉我了吗?"

她沉默,良久拿过他掌心的叶脉,捏在手里来回揉了揉,待坚硬的叶脉变软后才递给他:"这样就行了。"

顾墨凝视着她:"原来这么简单。"

"也许很多事就是这样,原本就很简单,只是被我们想复杂了。"

"曾经我问过你很多次你都不告诉我,说让我猜一辈子,这样你我就能一辈子不分开;如今你告诉了我,是不想再让我猜下去了。"顾墨慢慢放下手。

"对不起。"脑海中是儿时的画面,再抬眼,她和他早已不是青葱少年。

顾墨的神情黯淡:"暖晨,我最怕你说这句话。"

"你是来找我的还是经过?"江漠远正往这边赶,这一幕被他看到万一再误会了怎么办?庄暖晨不由开始担忧起来。

她眼底的焦虑被他尽收了眼底,凝视着她半天才开了口:"我想让你回到我身边。"

"我已经跟你说过——"

"如果江漠远一无所有了呢?"他骤然打断她的话。

像是突如其来的冷风,她被呛了一下,看着他半响:"我也不会离开他。"

顾墨的脸色陡然一变,突然成了伤痛。

"我不明白。"

"原因我已经说过了。"

"借口!"顾墨一挥手,很快又变得后悔,语气又变得恳求,"回到我身边吧,我可以给你想要的,这世上不是只有江漠远,他能给你的我也能给你。"

"你觉得我在他身边是为了什么?豪宅?名车?漂亮的鞋子和不重样的美丽衣服?"

"是我说错话了。"顾墨道歉,"我知道荣华富贵入不了你的眼。"

"所以不要再为难彼此了好吗?我希望你能幸福。"

漫无边际的痛在他胸口炸开,目光却在瞄过路边缓缓停下的车子后倏然转冷。

"暖晨,我也希望你能够幸福。"他语气转为低柔,"我可以再抱你最后一次吗?"

庄暖晨眼角酸涩,没点头亦没拒绝。顾墨上前将她搂在怀中,心口裂开的疼蔓延在了眉心。

她在他怀中,竟悲哀发现已然没了心动,剩下的只有对过往的疼痛,那是对彼此青春年华的祭奠啊!

秋风扫过,树叶落在路面上沙沙作响。

身后扬起一道不高不低的嗓音："顾先生，可以将老婆还给我了吧。"

庄暖晨吓了一跳，条件反射地推开了顾墨，转头。

大片夕阳落在江漠远的肩头，他的脸陷入半明半暗的光线中，薄唇轻轻抿成了线，沉静淡然。

她骤然不安了，一时间不知如何解释的好。

江漠远上前，将外套脱下来裹住了她："怎么穿这么少就下楼了？"

她抬眼看着他，眸底泛着一簇惶恐。

江漠远却冲着她笑了，再看向顾墨时浅笑如故："有家餐厅不错，我和暖暖正想去试菜，顾先生要不要一起去尝尝？"

庄暖晨愕然看着江漠远，他疯了？

顾墨也没料到他会这么说，皱了皱眉冷冷回了句："不必了。"

"那好，告辞。"

"江漠远。"

他停步，回头看着他："顾先生还有事？"

"证监会都介入调查了，你觉得你还能辉煌多久？"顾墨冷笑。

"没想到我的事让你这么操心。"

"暖晨跟你在一起只会担惊受怕。"顾墨眯着双眼。

"你想说什么？"江漠远不见动怒，风轻云淡问了句。

"你根本就不配拥有她。"

"顾墨，"庄暖晨出声，情绪有些激动，"你要我说多少遍才——"

"顾先生。"江漠远打断了她的话，目光落在顾墨脸上，"她是我老婆，照顾好她是我做丈夫的责任。"

顾墨攥紧了拳头，冷冰冰地："你现在说得轻巧，等你自顾不暇的时候还怎么照顾她？"

"这是我们夫妻间的事，就不劳顾先生费心了。"江漠远收紧了手臂，低头对她道，"走了。"

新开的餐厅装修环境不错，避开熙攘的闹市，于一家典雅别致的四合院中，不远处还有大片的白莲，菜品不错，官府菜。

可庄暖晨失去了胃口，与江漠远倚栏而坐，外面的莲花早就不能令她静心，悄悄打量他的神情。他对刚刚的事闭口不谈，弄得她心里没了底。

曾经雪地之上也上演过这样的一幕，如今顾墨和江漠远调换了角色，她不敢确定江漠远会对她怎么样。

江漠远夹了一口菜放到她跟前，揶揄了句："你是看景看呆了还是看我看呆了？"

庄暖晨这才察觉到自己举着筷子半天了。

江漠远喝了口柠檬水:"虽说你老公我长得是比一般人帅点吧,但你也不至于看我看到发呆吧?"

一句话打破了她心头的惶惶不安,忍不住笑了:"臭美啊,比你帅的大有人在。"

"笑了就好,从上车到坐下来吃东西你就像个木头人似的。"

她动容,境况艰难如他,这个时候还顾着她的心情。

"我担心你会生气,又不知道怎么跟你解释。"

"我为什么会生气?"

"因为顾墨啊,你也曾经因为他跟我发过脾气。"

"之前跟你发脾气,是因为你从来不向我解释。"

"我跟你解释过了。"

江漠远轻轻摇头:"我在乎的只是你对他的心思,当你亲口告诉我你不再爱他的时候,从那一刻起我就相信你了,所以今天没必要生气。不过……"

庄暖晨心头一紧。

见状他忍不住又笑了,拉过她的手:"别紧张,我只是想问你一句话,你能相信我吗?"

她不解。

"相信我就算真破产那天也能让你幸福。"他的语气变得郑重。

庄暖晨情不自禁点头。

江漠远动容,拉过她的手送至唇边轻轻一吻:"你这辈子的幸福,我绝对不辜负。"

她鼻头泛酸想哭,却是一种难以言喻的幸福感所致。

"快吃吧,凉了对胃不好。"

她一扫担心,拿起筷子为他夹了块蒸鱼道:"我觉得这道菜做得最好。"

"喜欢的话以后经常带你来吃。"

庄暖晨逗他:"那以后要不要我来买单呢?"

江漠远故作沉思:"那你得想个两全其美的办法。"

"好办啊,我把钱放你钱包里,这样既保住了你的面子又是我来买单。不过事先说明,利息要从你租给我车子的租金里扣。"

"不愧是江太太啊,精打细算。"江漠远眼角眉梢尽是笑意,"就这么办了。"

程少浅从总部开会回到家的时候，吉娜又是一如既往地热情现身，笑得甜甜的，他的脸冷了冷。

"别那么小心眼嘛，你看我把你的房间打扫得多干净，这样同居生活才会有个好心情。"

程少浅盯着她："我拜托你别总拿着同居来说事，吉娜，我和你虽然是同屋但不同房。"

算是甩不掉了，他离开中国，顺带地把只鼻涕虫也带回来了。

"那也算同居啊。"吉娜四两拨千斤，笑得没心没肺的，"再说了，是你要做柳下惠，我都为爱献身了你都不要。"

程少浅无奈地看着她，半晌后叹了口气："吉娜你过来。"

吉娜眼睛倏然一亮，赶忙走到他身边，毫不客气地坐在他怀里搂着他："想通了？"

程少浅将她从怀里拉开，语重心长道："你知道我们不可能的，不是吗？"

"天底下哪有那么多不可能的事呀。"见他眼神认真，她嘟囔了句。

"你应该很清楚，我并不喜欢你。"一直以来他对她都很容忍，只是念她是小孩子性子不斤斤计较，但有些话还是趁早说清楚比较好。

吉娜低头玩着手指，嘟着嘴不说话。

"吉娜？"

"我知道你喜欢暖晨。"半晌后她才开口，闷闷不乐，"但她都嫁人了，你干吗还那么死心眼？"

程少浅淡淡一笑："爱一个人不一定要得到，她幸福就好。"

"你这又是何苦呢？要不然你就彻底把她给忘了，要不然就像我大哥似的抢到手。"吉娜看着他一脸的不快。

忘是忘不掉的，至于抢？

程少浅轻笑摇头："如果暖晨不是对你哥动了情，你认为你哥能抢得走她吗？就算抢了人也抢不了心。"

"你不是也为她做了很多事？万宣是怎么回事我知道得一清二楚。"

程少浅惊讶："你知道什么？"

"当时联美集团的确受到股票市场的影响，但那么大的公司难道整条资金链都断了？联美的方程是你学长，庄暖晨离开德玛之后，是你要方程主动找庄暖晨的，因为你早就知道方程有意提前退休，也知道他手底下有家传播公司，暖晨到了万宣待脚跟立稳后你便提出将万宣转让的建议，万宣的价码哪会那么便宜？是你额外给了方程大笔钱，暖晨这才顺利接下万宣的，不是吗？"

闻言程少浅震惊了。

"连我哥都是后来才知道的这件事，所以说你隐瞒工作做得挺好啊。"吉娜瞪了他一眼，"我也是无意偷听了你跟我哥的通话才知道的。"

"这件事你知道就行了，千万别告诉暖晨。"

"我真是不能理解你啊。"吉娜抓了抓头发。

"爱一个人，默默为她保驾护航，这比什么都重要。"程少浅轻声说。

吉娜耸耸肩膀："爱情本来就是自私的嘛。"

"所以爱情有时候是昙花一现，倒不如蓝颜知己万年长青。再说了，我只是给了暖晨一个支点，如果她真的没那个本事我倒是不敢帮她了，事实上她的确做得挺好，也的确有本事。"

很显然，吉娜并不能理解。

"总之，这件事绝对不能告诉暖晨，你向我保证。"程少浅目光严肃。

吉娜鼓着腮帮子看着他。

"发誓。"

"好了好了，我保证不告诉她就是了。"吉娜又兴高采烈了起来，伸手搂着他黏住，"再说了，少她一份感激我也多份希望嘛。"

"你……"

"在下一个令你动心女人出现之前，你可以拿我做人形抱枕聊以慰藉啊。"她说着又钻进他的怀里。

程少浅气得差点脑充血。

临近中秋，各个品牌摩拳擦掌，跃跃欲试。

就在庄暖晨忙得焦头烂额的时候，有媒体爆出江漠远的负面消息，先是在网络，然后是其他媒体转载。

除了猜测江漠远正在接受证监会的调查外还有内部消息传出，他有利用公路建设敛财行贿、非法集资等行为，一时间增加了好几条罪状。

庄暖晨看过之后心顿时凉了大半截，怎么又出来政府项目了？大脑嗡嗡作响，却不经意想起一幕来。

她记得那次江漠远带她参加晚宴，酒桌上似乎有个什么齐行长，还有地产大亨王总的，谈的就是公路建设，难道指这件事？

撂下公事，她开车去了标维。这次江漠远在公司，见了她还挺惊讶。

"今天怎么想着来找我了？"她很少主动来他办公室。

"网上的新闻你看了吗？"

"你就是看了新闻才来的？"他眉梢带柔。

她点头道："麻烦会不会越来越多？"

"会。"他意外回答。

她愕然："那我能帮上忙吗？"

江漠远略做思考："你可以帮着搬家。"

"搬家？"

"也许，"江漠远伸手轻抚她的发丝，意味深长，"再要不了多久，我们就要搬家了。"

晚餐，她就连最爱吃的芝士蛋糕都食之无味，江漠远的话让她想了好久都没明白，问他，他只是笑而不语，也许还不到时候？

在江漠远脸上没看到太多焦躁，他只是在吃饭的时候会时不时陷入思考，不过很快又跟她谈笑风生，网络上的消息对他而言像是没太大影响。

晚餐快吃完，身侧一道嗓音扬起："这么巧。"熟悉，却冰冷。

灯影下，顾墨的脸陷入半明半暗之中，眼里是令人不寒而栗的漠然。庄暖晨抬眼与他对视的那么一刻，不经意打了个寒战。

"是很巧。"江漠远没有太多表情变化，目光平静。

顾墨身后还跟着七八个人，回头叮嘱了几句，几人先行离开了。

"不介意我打扰了你们用餐吧？"服务生从旁拿过一把座椅，他悠闲坐了下来。

庄暖晨不知道他想做什么，敏感察觉四周浮荡着紧张气氛。

江漠远淡淡一笑："顾先生来晚了，我和暖暖已经吃完了。"

"江漠远。"顾墨叫出了他的名字，"在这个非常时期我们是不是要好好谈谈了？"

原本想走的江漠远闻言笑了笑，重新坐下："你想谈什么？"

庄暖晨在旁惶惶不安。

"我在想，我会不会是压倒骆驼的最后一根稻草。"

庄暖晨的手指一颤，江漠远却风轻云淡："你想怎么样？"

"这句话，我曾经也问过你。"顾墨笑了，可那笑冰冷得吓人，"世上的事真是峰回路转。虽说证监会目前还没找到你的切实证据，但利用公路项目非法集资这件事是板上钉钉的，不凑巧，这段时间齐行长也在接受调查，我手底下的记者还真是查出了些七零八碎的信息。江漠远，这些消息我准备以专题的形式发出，你觉得怎么样？"

"你不能这么做。"庄暖晨一听急了，脱口而出。

江漠远示意她少安毋躁。

她的焦急落在顾墨眼底，手攥紧又放开。

"媒体舆论可不像你的生意场那么有弹性，黑就是黑，白就是白，没有所谓的灰色地带。我很想知道，一旦不利舆论形成你还怎么脱身？标维国际的股价会因为你而大跌，到时候你就会一无所有。"

他的话字字骇人，庄暖晨听着像是刀子从耳边拉过似的疼，她是做传播的，又是学传媒的，深知舆论的可怕。

江漠远的调查结果没出来，这对媒体来说，可猜度的空间就会很大，顾墨掌管着《华报》，《华报》的经济板块又是最权威的发言地，哪怕只起了个头也会引来其他媒体的竞相传播。顾墨没有说错，一旦《华报》开始了报道，那么等待江漠远的将会是场无妄之灾。

"你想要什么？"

顾墨低低笑着，目光却落在庄暖晨身上，她的心咯噔一下，似曾相识的场景。

"我清楚记得一年前也是在这里，我的境遇跟江先生现在的是一模一样。"顾墨看向江漠远，"当时我被你逼得无路可走时，你还记得你提了什么要求吗？"

江漠远唇畔笑容加深："当然。"

顾墨的目光又落回庄暖晨身上，这一次时间较长，眸光复杂而深邃，她有一瞬的窒息。

"如果我说今晚要带走暖晨呢？"半晌后他开口，嗓音冰凉。

她倏然盯着顾墨的眼。

"还真是风水轮流转。"江漠远轻笑，将视线落在庄暖晨的脸上，"你是打算让她陪你一晚上？"

她的心突突地跳得厉害，江漠远的态度也令她惶惶不安。

顾墨冷冰冰看着他："一年后我提出这个要求也不过分吧？"

江漠远平静地看着他，一字一句道："曾经如同蝼蚁的你都没有拿女人换前途的龌龊想法，你认为我会同意？"

"所以我提出的要求不可能这么龌龊。"顾墨倚在椅背上，修长手指悠闲地敲着桌面，"当初你是硬生生将我和暖晨拆散，如今，你该将她还给我了。"

她抬眼看着顾墨，他却没有与她对视，他的脸冰冷，眼里是显而易见的恨。

"顾墨，我以往还真是小瞧了你，你果然够狠。"江漠远淡淡道。

"狠？"冷笑浮于顾墨的唇畔,"我这都是跟你江漠远学的。"

江漠远平静地看了他一眼,朝着庄暖晨一伸手:"我们该回家了。"

她下意识伸手,他拉着她起身。

顾墨的瞳仁蓦地一缩,微微眯眼。

周遭空气薄凉,庄暖晨只觉得这股子凉从心底蹿到了头皮上。同样的一幕发生过两次,前一次令她惊惧,这一次则令她心寒,相比前者,后者更让她难以接受。

顾墨没起身,始终坐在那儿。

"暖晨。"

庄暖晨倏然停步。

"一年前你为了我嫁给他,我很想知道,一年后你会不会为了他回到我身边。"

她回首对上顾墨的眼,寒若冰霜,是遮不住的严苛犀利。曾经的白衣少年不见了,她却无法怨他,因为她清楚是江漠远杀了曾经的少年。

"对不起……"半晌后她喃喃,"很抱歉一年后我还是这个回答。"

顾墨盯着她的脸,攥紧的拳头上血管凸起,他在压制,眸底却是莫大的痛楚。

庄暖晨何尝看不出这般神情,顾墨素来不是个落井下石的人啊,因为桀骜如他,一向不屑于这么做,她的心痛,他又何尝知道?

江漠远伸手揽过她的肩膀,低低说了句:"走吧。"

顾墨冷喝:"江漠远,一旦你带着暖晨走出这个门口就什么都没有了,你会一无所有。"

庄暖晨的后脑像是被人狠狠打了一榔头似的,这句话一年前江漠远也说过,顾墨虽然重复了这句话,但他说的也是真的。

"你错了。"江漠远意外笑了,"有了暖暖我就有了一切。"

夜色中的霓虹地飞速被甩在了身后,大片的光透过车窗映在庄暖晨的脸上,她目光空洞,光却将她的瞳仁照得格外明亮,也脸色如白纸。

下了三环,江漠远将车子驶向辅路,找了个方便的地方停了车,熄了火,转头看着她:"暖暖?"

"啊?"庄暖晨好半天才反应过来,环视四周,"还没到家怎么停车了?"

江漠远拉过她的手:"手怎么这么凉,还在抖?"

"一年前我坐在顾墨的车子里,手也在抖也很凉。"

江漠远伸手将她揽在怀里，于她头顶低叹："放心，我们不会分开。"

"一年前顾墨也说过这句话……"剩下的话没必要再说下去了。

江漠远微微拉开她，低头凝视着她的脸："我向你保证。"

翌日，风平浪静，庄暖晨在担忧中过了一整天。

第三日，江漠远照常去了公司，庄暖晨也去了万宣，上午开了个会，跟艾念吃了午餐，听着艾念说着司然的事竟也没了精神，大概入耳的也是说司然一有空就去家里逗墨墨玩。

下午突然爆出了对江漠远不利的消息，由《华报》刊登，而后大大小小的媒体便开始一窝蜂地转载爆料。

齐行长被查处，公路项目成了非法操作，在调查中齐行长将与公路项目有关的人员一一抖了出来，继而《华报》将矛头指向江漠远，暗指他才是幕后的总策划人。除此之外，附加消息又有前几日证监会亲自调查江漠远一事，内容甚少却给了大众更多的遐想空间。

短短一个下午，江漠远的负面消息传遍了整个网络，又有专家跳出来分析标维国际的股票将会在开盘之时大跌到谷底，一时间人心惶惶。

庄暖晨知道网络只是部分传播，《华报》还会有重头专题。

万宣上下都小心翼翼的，艾念叮嘱大家专心完成手头工作。庄暖晨没了心思，就连审公关稿都集中不了精力，最后让艾念把关。

当晚江漠远没回家，一直等到午夜，她忍不住打了个电话过去，办公室没人，又打了手机，响了良久后对方才接通。

江漠远听上去很倦怠，周围不算太安静，有人说话的声音，问他在哪儿，他也只是说在忙，要她早点休息不要等他。

近乎一夜无眠，偶尔睡着也是噩梦连连，再醒来周遭依旧黑夜，他始终没回来。这一夜长得吓人。

第四日，《华报》果不其然出击了，以一则深度专题的形式将江漠远事件推到了高峰，一时间沸沸扬扬，舆论的强度堪比昨日。"江漠远"这三个字成了热点搜索话题，大多网友惊呼所谓高富帅原来是骗钱的主儿。

庄暖晨是在上班的路上得知这件事，车子刚到华茂附近，艾念打来了电话，语气焦急："暖晨，地上停车场和地下车库全都有记者守着呢，你来的时候走公司后门，千万别从正门进来，我刚刚差点被那群记者剥了皮，太吓人了！"

"我知道了。"庄暖晨方向盘一转，果然发现公司正门口守了不少记者。

别说是记者了，八卦的网友们都人肉搜索出江漠远的周边关系，她是他的妻子排在首位。

不过也有漏网的，例如江漠远的父母。江漠远是江峰的儿子这件事在国内鲜有人知，所以公婆尚未被抬出来讨论。

进了公司，艾念刚跟着她进了办公室手机便响了，是江漠远。

"害怕了吧。"他的嗓音很低柔。

"没有，你在哪儿？"听得出他很累。

"在公司处理一些事，我知道那些记者找上你了。"

"没事，我躲开了，他们没见到我。"庄暖晨坐在办公椅上，"对不起，我不知道顾墨这次真的会出手，他……"

"傻瓜，跟我说对不起干什么？报道新闻是他的责任跟你也没有关系，放心吧我没事。"

"可现在对你很不利。"

"听话，不用担心我会处理，还有，今晚上别回别墅了，去奶奶那儿，她已经知道这件事了。"

"啊？那她该多着急啊。"

"她比你淡定，这种日子她早就习惯了，今晚你去了还不定谁安慰谁。"江漠远难得轻松开句玩笑。

"那你呢？晚上去四合院吗？"电话那头默了一下，庄暖晨察觉，轻声开口，"没事，你有事就先忙，我陪着奶奶也一样。"

"晚上我尽量赶过去。"

通话结束后，艾念说："我真是佩服江漠远，出这么大的事还能风轻云淡跟你贫呢。"

"其实我挺害怕的。"

艾念拉她的手，发现她的手指冰凉。

"漠远他什么都不说，我都不知道如何帮他。"

"他不告诉你，要么他是早有准备，事态发展还在他的控制之内；要么他是在硬撑，不想让你担心而已。再者，司法机关都在查他，他更不会跟你说太多，你知道得越少对你越有利。还有啊暖晨……"

她抬头看着她。

"你有没有想过以后？"

"以后？"庄暖晨愣了一下。

"你是我最好的朋友，也许我的想法很自私，但真是担心你。"艾念轻叹一声，"江漠远这次肯定是栽了，一旦他一无所有了你怎么办？"

"钱没了可以再赚，我只希望他平安无事。"

艾念无奈笑笑："你啊，一条道走到黑。"

"我结婚那天就没打算离婚，所以，他真是一无所有也没关系，不还有我呢吗？"

"你不会想着要养江漠远吧？"艾念怪叫。

"养就养呗，也没什么。"她抿唇笑笑。

"你可要想好了，之前顾墨失意的时候是怎么折磨你的，江漠远什么人？他事业做得那么大，突然从最高点落地，心理不定怎么变化呢，天天吵架的日子可不好过。"

"吵就吵呗，当生活调剂了。"庄暖晨无所谓，"现在万宣发展得这么好，我又不是养不起他，他平时也不是个喜欢挥霍的人，我赚的足够我们日常花销了。"

艾念被她说得哭笑不得："算了，我还不了解你吗？就是想给你提个醒。你这个人平时看着好说话，倔起来十头牛都拉不回来。既然你都想好了，那我肯定会全力支持。"

"谢谢你艾念。"庄暖晨由衷道。

这个时期，幸好还有她。

窗外的霓虹朦胧，孟啸半倚在床上，点了支烟。夏旅看着他，心头疑惑，他很少当着她的面儿抽烟，不禁发问："刚出差回来就心事重重的，怎么了？"前两日他去外地做了台手术，今天刚到家。

孟啸吸了口烟，轻轻吐出："今天的新闻你看了吗？"

夏旅敛睫，心不在焉说了句："新闻有什么好看的。"

"漠远出事了，我打过电话才知道他正在接受调查。"孟啸将抽剩的烟头摁灭在烟灰缸里，吐出个烟圈。

"他会有麻烦吗？"她皱了皱眉。

"我看悬了。"孟啸实话实说，"先不说舆论，标维这关他就未必能过得了，说不准就身败名裂了。"

夏旅眼底思索。

"你不担心暖晨吗？"孟啸问了句。

"我跟她朋友关系都断了，用得着我担心吗？"夏旅躺在床上，淡淡说了句。

孟啸看着她，半晌没说什么。

"睡吧。"见他一直地盯着自己瞧，夏旅浑身不自在，又补了句，"庄暖晨过得好不好跟我有什么关系，没她的话，我还能多个合作项目。"

孟啸始终没吱声，夏旅扯高了被子，闷闷说了句："我真的很累了。"

孟啸躺了下来，熄了灯。

夜色更重，偶尔有不知名的响声，像是遥远天际传来动静。

身旁的男人已沉沉睡去，呼吸平稳有序，夏旅却失了眠，翻来覆去了好久。借着月光看向身边的孟啸，确定真是熟睡后悄悄起了身。

出了卧室，拿了手机进书房，犹豫了半天后拨通了艾念的手机。

那头响了好久才接通，是艾念懒洋洋的声音："等你以后有了孩子，看你还敢这么晚打电话。"

夏旅压低嗓音："要不是有事找你我才懒得这么晚打电话。"

"怎么了？"

"暖晨她有没有受牵连？"夏旅憋了半天才问出口。

"你亲自打给她不就知道了吗？"

夏旅有些不耐烦："看来还是没什么事，要真有事你还能这么没心没肺地睡觉？"

"你有心有肺怎么不亲自看她？"艾念无奈，"明明关心她，干吗还要拐个弯呢？夏旅，你和暖晨和好吧，真的，我夹在你们中间真累啊。"

"行了，我随口问问而已，别跟她提这件事。"

结束通话，夏旅窝在沙发上，心口一揪一揪地疼。书房外，是孟啸被灯影拉长的影子，他看着她，眼里渗着心疼。

另一边，对于江漠远的负面消息，奶奶很是镇定，就是江漠远后来也去了四合院她也没多问什么，只是给他讲了当初江家是如何一点点打拼到现在的辉煌历史。

庄暖晨很佩服奶奶的镇定自若，江漠远始终听着，最后告诉了奶奶一句：四合院目前转到她的名下。

奶奶没吃惊，庄暖晨也没往心里去，只当是江漠远孝敬奶奶。

又是天明，让人心惶惶的舆论再次铺天盖地，这一次围攻的记者更多，不论是江漠远还是周年，又或者是庄暖晨、艾念，但凡跟江漠远有点关系的人都没放过。

也有记者闻风到了四合院，但姜还是老的辣，奶奶每次出门都花样百出，记者们硬是没抓住她的影子。

这次舆论是由标维国际亲自"掀"起来的，具体说是本。在接受媒体采访时他表示，江漠远利用职位之便牟利，为公司造成了不可挽回的损失，所以他代表全体股东，辞退江漠远，还要向他追讨赔偿。

本的声明一出，整个商界都炸了锅，紧跟着本以公司名义收回江漠远所住的豪宅。

就在标维打算利用司法程序勒令江漠远赔偿巨款时，公安部门因江漠远公路项目进行非法集资一事迅速展开调查，相关部门第一时间冻结了江漠远的所有个人财产，包括各大银行的存款和名下的几辆豪车。

庄暖晨这才想起江漠远的话，他提醒过她会搬家，没成想是这个原因，另外她也终于明白江漠远将四合院转到奶奶名下的目的，他一早就做好了准备。

看着本在接受媒体采访时一副受害者的嘴脸，庄暖晨恨不得往他头上砸鸡蛋，典型的落井下石。江漠远为标维国际创造了多少价值她就算是外行人都心知肚明，这个时候他出事了，本不帮忙也就算了，为什么还要这么狠，非得逼得江漠远无路可走？

即使江漠远那边受到了社会舆论的打压，但庄暖晨这边万宣的工作还是得继续。今天是和甲方开会的日子。

会议散了后，高季走上前对庄暖晨道："方便聊一下吗？"

庄暖晨点头，让艾念她们几个先回公司。

高季直接坐在了会议桌上打量着庄暖晨，她被他看得一头雾水："不是有话要说吗？"

"你也太不够意思了，你老公是谁我还是通过媒体才知道的，像话吗？"

"你又没问我。"

"我也没脸问你了，早知道你和江漠远是两口子，那时候在夜总会我也不能信口开河……"高季又不好意思，拉了拉她的胳膊，"你大人有大量，不会怪我的吧。"

"我没怪过你。"她轻轻一笑，沙琳的事虽说是她的心结，但在这个节骨眼上她只担心江漠远的情况。

"暖晨，你是不是过得不开心啊？要不然你老公出事也不见你紧张。"

庄暖晨看着他："你想聊的就是这件事啊？"

"是啊，这对我来说是大事。"高季一脸认真，"你是我朋友，我希望你每天快快乐乐的。"

庄暖晨听了窝心："高季，我现在挺快乐的，真的。"

"你现在快乐？"他瞪大了双眼。

"是啊。"庄暖晨目光坚定，"我不是不担心漠远，其实我比谁都怕，我怕他会被判刑会崩溃，但我知道，这个时候我再慌张只会给他添堵，我能做的就是成为他的精神支柱。"

她起身，简单收拾了下资料："至于我的工作，在这个时候更要做好，保住你们这些客户就是保住我的饭碗，再说了，漠远现在已经一无所有了，我可是做好养他的准备了。"

人生就是这样，你没权利要求别人来分担你的悲伤，而别人也没义务纵容你的一蹶不振。庄暖晨已过了任性的年龄，她想要的是涓涓细流般的长久温情，想要长久就要耐得住寂寞。

高季惊愕："你要养江漠远？你能养得起他吗？"

"山珍海味才能养得起他吗？粗茶淡饭也可以啊！"庄暖晨笑得很开心。

高季无奈翻眼，好吧，她准备把江漠远当孩子养了。

对于高季，庄暖晨一直心存感激，她以为他找她聊的会是江漠远与高盛之前的合作。

江漠远出了事怕是那片林地的开发运营也受到了影响，因为江漠远是投资方。高季没说不代表没事，只是他的不说让她感动。

从高盛出来，庄暖晨接到了周年的电话，问她是否方便来一趟标维。

"江先生还有些东西没收拾，标维这边……"

庄暖晨听明白了，冷笑，本这个人做事还真绝，巴不得马上将江漠远扫地出门。

"漠远他知道这件事吗？"

"江先生知道，他原本命我收拾，但东西太多了，标维这边的警卫又一个劲在催。"听得出周年也在压着火。

庄暖晨越听越不对劲："那漠远人呢？"

"江先生他……"周年迟疑了一下。

"怎么了？"

"江先生被审查机关扣留不能回公司，不过您别着急，只是暂时扣留，江先生的意思是先将东西整理走。"周年怕她多想赶忙解释。

像是块巨石紧紧压在庄暖晨的头上，冷静，越是这个时候就越要冷静。

到了标维，果然见警卫们跟门神似的守在总裁室门口。周年见她来了刚要出门迎接，一名警卫拦住他："周先生，您要出总裁室的门首先要让我们查一下才行。"

周年一脸愤怒："查什么查？我还能藏东西在身上？"

她快步上前，刚要进也被拦截："对不起，要搜身。"

"搜身？好啊，能把公安部门允许你们搜身的证件拿出来给我看，我就让你们搜身。"庄暖晨冷冷地看着门口的警卫。

警卫们一愣。

"没证件是吗？没证件就给我让开，你们标维有什么值得我去拿的？"

警卫们一脸尴尬。

"不好意思。"周年一脸的抱歉。

"他们也是听命行事，算了。办公室里的东西都要收拾走吗？"

"江先生的私人东西可以收走，有些就不需要了，会客厅那边我在收拾，您帮着收拾一下办公桌吧。"

公司的重要文件自然不能带走，江漠远的私人东西又不算太多，庄暖晨拿过个盒子放在办公桌上，将他的东西装了进去。包括桌上的相框，她看了良久放在了盒子里。

打开抽屉，里面文件很多，打开最后一个抽屉时愣住了，怎么是个玩偶？拿出来瞅了半天，看着这么眼熟？

周年抱着个盒子上前："这个玩偶是江先生从苏黎世带回来的，就是上次你们一起去苏黎世的时候。可能是给您买的吧，江先生工作累的时候总看它。"

她恍然大悟，又拿起盒子里的相框，跟照片里的玩偶对比了一下，难怪眼熟，就是照片中她手里的那一只。莫名的感觉从心头掠过，想哭，还感动。

"您别怪我多嘴，江先生他真的是很爱您，怕是这个玩偶他不知道怎么送出去吧。"周年由衷地说了句。

庄暖晨红了眼眶，默默地将玩偶放到了盒子里。

江漠远被扣留了两日，以配合调查的名义。两日后，庄暖晨也将别墅的私人物件统统搬到了新房。

又到周五，她没去公司，特意腾出一天好好收拾下房间，等从集装盒里拿出那把尤克里里时心中百感交集，轻抚琴弦一时恍惚，脑海中又映着白衣少年的模样。

这把尤克里里应该还给顾墨的，可如今的顾墨，还屑于再拿起它吗？正准备将其放回到盒子里时，尤克里里的最下方引起了她的注意，仔细一看，倏然激动。

原本刻着"顾墨"的位置已换新颜，刻着龙飞凤舞的几个大字——我的挚爱：庄暖晨，是江漠远的字迹。

泪顺着眼眶就滑了下来，跌跌撞撞浸湿了衣襟。她抬手轻抚字迹，抚过每一笔的弧度和力量，心是窝着的痛。

这把尤克里里始终挂在别墅的墙角，下楼她都能看到，却不曾发现已经被江漠远换了一把，她是怎么了？竟错过了这么多的事。

那一定是个温暖的午后吧，他怀抱尤克里里，一丝不苟地在上面刻着这几个字。而她呢，也许没家，也许在午睡，也许那日的阳光很灿烂，有几缕落在他的衬衫上，他眼角眉梢会透着笑，轻轻的、淡淡的，温润迷人。

庄暖晨这样想着，泪水流得更凶，将尤克里里紧紧压在心口，一遍又一遍地念着他的名字。

夜色绚烂，城市的夜令人迷失。多少次，庄暖晨也在这座城里一次次迷失，但总会有这么一个人适时地出现在身边，令她的心不再如浮萍般漂泊不定。

当门铃被按响时她迫不及待起身，打开房门的那么一瞬，那颗心终于落地。

江漠远的身影遮了走廊的光，他消瘦了，五官更显棱角，半明半暗地陷在光影之中。没料到她会这么快开门，愣怔了一下。

房间里很暖，灯光暖气息暖，她穿着暖色的家居服，头发也慵懒地暖人。他没说话，她亦没说话，伸手轻轻将他搂住。

江漠远的手愣在半空，半响才反应过来将她搂紧，这一刻连同他的心也终于暖了。

"累了吧，晚饭做好了，你先去洗个澡换身衣服再吃饭。"

他不承想一回到这里会是如此暖心，喉头竟发紧了，眼眶泛红，在她额上轻吻一下，低低应答："好。"

她伸手将他拉了进来，关上门："怎么样？这个家我收拾得不错吧？"

新房的东西多了，是别墅的私人物件，放在新房里虽说品位有差别却也十分和谐。

江漠远动容，房间里的每一处都被她精心布置，这里是家的感觉。

"暖暖，辛苦你了。"

这一餐她做得仔细，每一种调料都放得精准再精准，当然得归功于那本厚厚的《家庭菜肴精讲》。

江漠远吃得津津有味，她在旁看得提心吊胆。

"味道怎么样？"没等他开口赶忙抬手挡住，"我忘了，你别回答，我亲自尝。"前两次那么难吃的菜他都吃得津津有味，误导她真以为自己是厨神附体了。

江漠远明白她的意图，忍俊不禁。见她拿过筷子小心翼翼夹了一口，抿唇轻笑："怎么样，味道还不错吧？"

庄暖晨激动得快要落泪了，真好吃。

"我老婆是上得了厅堂下得了厨房。"

庄暖晨美得鼻涕泡都要出来了。

晚餐过后，一切都收拾好，江漠远坐在沙发上冲着她一伸手："暖暖，过来。"

她看出他有话要说，将切好的水果放在茶几上，在他身边坐下。

他靠在沙发背上，手指与她的相交缠。半晌后才开口："你没什么话想问我吗？"

从他出事到现在，从舆论漫天飞到他被收回行政总裁一职，从别墅到新房，他不相信她一点都不在乎。

庄暖晨低着头，把他的手指轻轻缠绕、把玩着，淡淡道："不管发生什么事，我只希望你能平平安安的，今天你不就平平安安地回来了吗，所以我不用再担心了，是不是？"

她的话十分窝心，他从不知道这世上会有这样柔情似水的女人，体贴得烫了他的心；他也从不知道这世上会有这样坚强的女人，令他毫无压力。

他知道，他从来都没选错人，他的妻。

"这段时间我虽不用再去接受调查，但也是观察期。"

庄暖晨笑了："那很好呀，你可以在家好好休息。"

"傻丫头……"见她目光清澄得毫无避讳，他嗓音变得微微沙哑，"现在的我已经一无所有了。"

"那你会不会后悔？"

"后悔？"

她与他对视："如果当初我答应顾墨……"

"不许胡说。"

庄暖晨鼻头发酸："你不是一无所有啊，这句话还是你自己说过的，你忘了？"

"没忘。"江漠远抚上她的发，"我只怕委屈你，让你跟着我担惊受怕。"

"是啊，你什么都不告诉我，我当然委屈。"

江漠远低头看着她，眼底闪过愧疚。

她却笑了，话锋一转："不过，你瞒着我的事还少吗？这段时间待在家里倒好了，让你为我做牛做马都便宜你了。"

这话说得江漠远一头雾水,他瞒她?

"看证据吧。"庄暖晨起身去了卧室,再出来时手里多了个玩偶,冲着他摇了摇。

江漠远秒变尴尬。

"这个玩偶你是买给谁的?"她一下子蹲到了沙发旁坐下,笑眯眯盯着他。

"我,这个,也没什么,瞎买的。"他竟不好意思了。

"呀,脸怎么红了?你要送给谁呀,给我说一下呗。"

"明明知道还问我。"他爱她不假,但他是个大男人,有大男人的好面子,当街去买个玩偶也是丢人。

庄暖晨憋着笑,故作恍然大悟:"原来你是买给我的呀?江漠远,你当时买玩偶的时候是什么样子的,你……"

不待她说完,江漠远已经吻了上去。

她满脸通红地撑开他的胸膛,抗议道:"你不能耍赖。"

他的眸变得深情,在她唇边低语:"你知道在苏黎世的街头,你有多美吗。"

她红了脸,他也从不知道,在苏黎世的那天午后,他的样子是多么深刻她心。

"那你还瞒着我做什么了?"

江漠远又愣住了。

"想想看还有什么事儿是你没告诉我的?"她微微一笑。

"没告诉你的事情多着呢,你说的哪件?"他故意反问。

"装蒜。"庄暖晨用力揉了下他的脸,"自己反思去。"

那把尤克里里上镌刻的几个字,她每每想起,心头还在轻颤不已。

秋风过红叶落,小区的梧桐也泛着黄,轻飘地面,小路两旁种满了银杏,正值满地金黄的时节。

中秋节将至,万宣筹备的活动也开始紧锣密鼓推进了起来,周六日也不得不加班。

庄暖晨懒洋洋地起了床后发现早餐已经备好了,江漠远一大早出去跑了步后回来冲个澡,见她醒了后笑道:"早饭吃完我送你。"

庄暖晨脱口道:"车子都不能用了,你怎么送我?"说到这儿住口,一脸尴尬,"对不起。"

江漠远不怒反笑,轻敲了一下她的额头:"坐计程车送你。"

"啊?"

"我顺便去趟超市。"他在餐桌旁坐下,为她盛了碗白粥,"快吃吧,一会儿凉了。"

庄暖晨迟疑坐下,观察着他神情:"我今天会早点下班,超市我去就行了。"说实在的,她挺不舍得他这么个大男人跑去超市跟一群妇女抢菜。

"没事,你忙你的,我呢,就心甘情愿地为你做牛做马。"

"我开玩笑的……"

"我现在闲着也是闲着,这也是我的家,做这些事怎么了?"他将筷子放到她跟前,"总之,我是很乐意伺候老婆大人的,要不然以后再多加两项也行。"

"哪两项?"

江漠远坏坏一笑:"沐浴和更衣。"

"想得美!"

两人正有说有笑,门铃响了。

开门的时候,一室的晨光将来者的脸勾勒得俊朗明晰,一身工整服装衬得人更是精神。

"司然?"庄暖晨没料到会是他,愣了一下。

司然也没料到会是她开门,手还抬在半空中:"暖晨?"

"快进来。"庄暖晨马上反应过来,热情招呼,转头冲着客厅喊,"漠远,司然来了。"

江漠远走到玄关,笑着招呼他进门。司然进来,坐下后环视了一圈:"艾念她……"

原来是来找艾念的。

"她搬走一个多星期了,你不知道吗?"庄暖晨奇怪。

司然摇头:"我在外地执行任务,今天凌晨才回的北京,到家简单收拾了下后就直接过来了。"

庄暖晨点头,这个艾念现在就躲着司然呢。

"艾念搬到哪儿去了?"司然看着她问。

庄暖晨迟疑,下意识看向江漠远。

江漠远淡笑:"告诉他吧,你要是不告诉他,还不定他能做出什么事呢。"

庄暖晨告诉了司然艾念的新址后,司然听完起身就要走。

"你现在去也找不到她,今天万宣加班,这样吧,漠远今天正好在家,你们叙叙旧,等晚上艾念下了班你再去也不迟啊。"庄暖晨生怕江漠远一个人胡思乱想,赶忙安排了个差事。

江漠远何尝看不出她的心思来,唇角噙笑:"人都来了,就尝尝我前阵子买的新茶吧,别重色轻友,艾念又跑不了。"

司然挠了挠头,不好意思笑了笑,解释了句:"其实我是想墨墨了,你们都不知道,我执行任务之前,临走的时候墨墨一个劲在我怀里哭,心都跟着拧劲儿疼。"

庄暖晨抿唇一笑,心中却异常感动。

寒暄了两句后她便准备出门,走到玄关穿好鞋想了想,掏出钱包,将里面的钱尽数塞进江漠远的钱包里,心里七上八下的。

江漠远拿了把伞过来,见她鬼鬼祟祟的模样后笑了笑:"干什么呢?"

"没什么啊。"

江漠远将伞塞进她的挎包里:"天气预报说了今天会有雨,万一中午下了你也好有个遮挡,晚上下雨的话就在公司等我。"

"嗯。"她收好伞,又轻声叮嘱了句,"中午你和司然去外面吃吧,人家执行任务刚回来,你为人家洗尘也是应该的。"

"好。"

"我走啦。"见司然站在玄关入口憋笑她更觉不好意思,满脸通红赶忙出了门。

房门关上后,江漠远掏出钱包,见里面塞满了钞票,一时间哭笑不得。

司然倚在旁边,笑了:"生平第一次接女人的钱吧?你一向是往外掏的主儿。"

"她这是打算养我了,还弄得她挺不好意思。"

司然说得对,他这是头一次遇上有女人往他钱包里塞钱的事。她是如此体贴,偷着放钱许是怕他尴尬吧,这种感觉很奇怪,这是一种从未有过的感动。

江漠远还真真儿成了全职老公,庄暖晨每天起床都有他亲自做的早餐,晚餐也尽是可口美味。庄暖晨上班的时候,他没事儿就到古董市场或老官园转悠转悠,要不就是跟小区的老头儿下下象棋,再者照顾一下家里的花花草草。庄暖晨加班晚了他一准儿去接,同事们无一不羡慕的,堪称模范老公。

刚开始庄暖晨挺担心的,生怕他再落下什么心理隐疾,毕竟从那么高的位置上摔下来是吧。

但时间一长,见他一副乐在其中的样子倒也松了口气,许是之前他经历了太多,面对起起伏伏早就能做到心平气和了吧。

转眼又是一个周六，庄暖晨没加班，吃过午饭后没事，她和江漠远在小区里溜达。银杏叶子愈发金黄了，秋风轻轻一吹，散落满地。树下有白色木椅，色泽搭配漂亮温暖。这是庄暖晨第一次在新房过秋天，感觉挺好。

她与江漠远十指相扣，抬头道："中秋节爸妈们都来，真好，你说到时候我们是去四合院还是在这儿呢？"

迎着叶隙间的一缕光亮看着他，这个角度看着他真是视觉上的享受，斑驳的光影落在他的脸颊，棱角增添多情。

两家老人都听说了他的事，她父母这段时间近乎是天天通电话，尤其是她爸，生怕江漠远想不开，总在电话里给予安慰。她的公公，虽说没打电话过来，但借着中秋节和婆婆一起跑来北京，嘴上不说，但庄暖晨心里明白，毕竟亲生儿子，血浓于水。

对于庄暖晨来说，两家老人都能来北京最好不过，再者，她的公公又不服气上次被她爸赢了一盘棋，大有卷土重来算账的架势。

江漠远轻轻一笑："去四合院，那边的房间多。"

"嗯！"

又有银杏叶轻飘落下，他微微用力将她拉住，她转头不解地看着他。因为准备一路散步到离家最近的超市，所以今天的江漠远穿得轻松，烟灰色长裤配简约的白色衬衫，一件鸡心领菱形羊绒背心，整个人清爽极了。

江漠远抬手，在她发丝上摘下一片叶子。她指了指他的头顶："你也有。"伸手将他头上的银杏叶拿了下来。

将手里的叶子举高，细细的叶脉透过阳光看得一清二楚，像是纤细的血管，她不由赞叹自然的鬼斧神工。他牵着她的手没说话，含笑看着她如孩子般的模样。

中秋节的各项活动做得都很顺利，大家备战了多日总算能在中秋节晚上睡个好觉了。

因为庄暖晨要盯着活动，所以江漠远承担起了到机场接双方父母的任务，江峰夫妇是上午先到北京，江漠远送二人去了四合院后，下午又转回去接岳父岳母。

活动刚结束，庄暖晨就接到了姑妈的电话。她心如明镜，接通后先是问了声好后然后听着姑妈絮叨，问及了她的父母，然后话题转到江漠远。

语气又是熟悉的高傲，也实属正常，颜明拿回酒店的运营权在姑妈眼里又成了有钱人。江漠远的事闹得满城风雨，这个时候她挺直了腰板也算是给她儿子出了口气了。

只不过颜明表哥的态度与姑妈截然相反，后来庄暖晨给了个合理解释，说不准就是表哥经过了这次的事后长了教训，做人低调些比较好。

"你爸妈没催着你离婚吗？"

"他们没有。"

"江漠远都是个穷光蛋了，他们还让你跟着他？还有心思过节呢？"姑妈的嗓音又拔高了一个调，"贫贱夫妻百事哀，你现在不觉得什么，等时间一长什么都觉出来了。"

庄暖晨听着烦躁，见高季冲着她招手，开口打断："姑妈，我这边还忙着呢，以后再说啊。"

"哎，暖晨……"

她赶忙挂断，耳边顿时清净了不少。

高季走上前，看着她直笑："谁把你得罪了？"

她笑笑："没什么。"

"今天活动的效果不错，我的采访时间都排满了，暖晨啊，今天受邀媒体记者大多数都是年轻的小姑娘，看得我心花怒放。"高季一改刚刚在台上致词时严谨沉稳的模样，笑嘻嘻看着她。

庄暖晨无奈挑了挑眉，她了解高季，私下场合就没正形，言归正传："我觉得高盛可以考虑慈善活动了。"

"哦？"

"你父亲一向热衷于慈善事业，在你这儿也不能断了，慈善事业是提升品牌和个人形象的最好方式。"

高季点头："我也有这个打算，只不过不知道该从哪下手，以什么形式展开，如果你有好的提议我们可以好好计划一下。"

"好，我会配合传播阶段来策划慈善活动。"

庄暖晨很喜欢来四合院，每次来看奶奶的时候，她就能想到爸爸讲过的老北京胡同的故事，岁月荏苒，北京许多的老建筑都被城铁、高楼大厦所取代，但也总有几条胡同还保留着原汁原味的老北京气息。

拐进胡同，远远便能看到红漆门，江漠远站在台阶打电话，一手夹烟，距离较远，庄暖晨听不见他在说什么，只能看见他吐出的烟圈。

江漠远也看见了她，淡笑着，对着手机不知说了什么便结束了通话，站在台阶上等她。

庄暖晨走上前，与他牵着手："是不是就差我了？对不起啊，今天活动结束得比较晚。"

"没事，还没到开饭时间。"

老北京四合院规整，大门朝向东南角，抬头可见嵌于门簪、门头上的吉祥话语。房屋设计为中线对称。院落宽绰疏朗，房屋各自独立，有游廊对接，院落有叠石迭景，水池中养有金鱼，游廊左右尽是花花草草。

第一进院子后为大堂，庄暖晨看到爸爸与公公正在下棋，旁设有茶案，空气中隐隐浮动着茶香。

她打完招呼到第二进院子，书房、两侧厢房、走廊也均在第二进之后，远远就能听到欢声笑语。

有奶奶的声音，还有婆婆和妈妈的声音。进了房，奶奶一声欢呼："这人还真是不禁念叨，这不回来了吗？"

庄暖晨将手里的东西放下上前搂住了她。

婆婆这次没吝啬笑容，她跟庄妈相处甚好，庄妈还打趣说，多跟亲家在一起，口语练得挺顺溜的了。保姆正准备饭菜，餐厅菜香四溢。

突然，远远听到庄爸的一声大嗓门。

庄暖晨吓了一跳，跟着江漠远到大堂一看，棋盘上已分输赢，江父在气呼呼地喝茶，手里拿着枚棋子在敲棋盘："你刚刚是在诈棋明白吗？"

"正所谓兵不厌诈，甭管我是不是诈棋，我是不是赢了？"庄爸一回到胡同又找回当年感觉，攥了只手把手壶，时不时吸溜一口。

"漠远你来得正好，赶紧替父报仇吧。"

"你过来，替我好好杀杀你岳父的锐气，太气人了。"江父让出位置，坐在一边成了总指挥。

江漠远笑而不语，坐下来，庄暖晨也在旁坐着，虽说她不会玩。

"漠远，每次都是你赢我，今天过节我可不让着你。"庄爸得意扬扬，"本人是运气正来呀……"说到兴头上还唱了两句京腔。

"好。"

庄暖晨纳闷，这些老人真听说了江漠远的事吗？怎么一个个都风轻云淡呢？

厮杀开始，庄爸走了一个车："好小子，你还真是来势汹汹啊。"

"是您说的要我替父报仇。"江漠远又走了一步棋，大有兵来将挡水来土掩的从容淡定。

江父在旁按捺不住："吃它、吃它！"

"哎，观棋不语真君子啊。"庄爸大手一摆。

"这叫上阵父子兵。"江父不依不饶。

庄暖晨靠着江漠远忍不住笑了，这两个老人，什么跟什么啊。

庄爸再次输给了江漠远，五局一胜，杀得庄爸咬牙切齿，还打算一雪前耻的时候庄母宣布开饭，最后落得江父一脸的得意扬扬。

窗外一轮圆月，圆月之下秋风吹起，片片银杏叶飞落。

奶奶最是开心，挨着庄暖晨坐，一个劲地拉着她的手。

江父言归正传了，简单谈了下江漠远的事情后问了句："你需要我的帮忙吗？"

庄暖晨在旁私心想着江漠远点头同意，公公能够出手帮忙的话她就没那么担心了，一旁的婆婆默不作声，不过庄暖晨敏感看出她也在留意听着。

"你爸都开口了，有什么困难跟他说。"奶奶自然心疼江漠远。

江漠远淡笑："谢谢爸，不过我想我能挨得过去。"

"你这孩子，一家人还有什么张不开嘴的。"庄妈是精打细算的人，暖晨是她女儿，天底下哪有做妈的不心疼自己女儿的？

庄暖晨明白妈的心思，江漠远更明白，转头看向庄妈笑了笑："妈，您放心吧。"多余的话没说，却更像是句承诺。

江父沉默了半响："既然你这么说了我也不勉强，但是你要记住，现在你有家室了，做任何决定都要顾及暖晨的感受。"

"我明白。"江漠远点头。

庄妈在旁干着急，刚要开口却被庄爸打断，举高酒杯："来来来，儿孙自有儿孙福，我相信以漠远的能力东山再起不是问题，所以我们就放开手脚让孩子们去闯吧！今天中秋节，我先提一杯，祝愿什么呢，就祝愿一句，'但愿人长久，千里共婵娟'，干杯！"

所有人在四合院里过夜，江父、庄爸和江漠远三人又打算厮杀几盘棋，庄妈在整理床榻的时候当着庄暖晨的面儿发了几句牢骚。

"你公公也真是的，自己儿子有困难那还用问吗？直接帮忙不就行了。"

"漠远做事有分寸，这是他的事，本来就应该自己处理。"

"那江家的一切以后还不都是漠远的？一家人还讲究那么多干什么。"

"江家的一切是公公辛苦打拼回来的，漠远如果只是个坐享其成的主儿您以为我还能跟他吗？漠远的事跟江家以后的财产归属是两码事，现在很多有钱人都把财产捐给慈善机构，这叫什么？这叫做授之以鱼不如授之以渔，人还是要靠自己的双手打拼才好，不能老是依赖别人。"

"道理我都明白，我这不是担心你吗，傻闺女。"庄妈叹了口气。

庄暖晨走上前轻轻抱住庄妈："您不用担心我，我现在很幸福。"

"亲家，来聊天啊，还有暖晨，奶奶找你呢！"婆婆操着蹩脚的汉语在门口喊。

"来啦。"庄妈应了声，又伸手戳了下庄暖晨的额头。

中秋节过后的第一个爆炸性新闻不是江漠远的，而是标维国际当家人本。

在周末的记者招待会上他宣布与孟氏酒店业的合作，这就给标维颓废的股市打了针强心剂。

孟氏主营酒店业，老总孟振齐，孟啸的亲生父亲。

"这次标维国际能够稳住股价归功于孟氏伸出橄榄枝，众所周知，因为标维北京分部的行政总裁江漠远……"电视屏幕关上，孟啸啪地将遥控器扔在茶几上。

"年纪轻轻火气那么大，喝点茶压压。"江漠远在旁摆弄着功夫茶，倒好一杯放到他面前。

孟啸哪还有心情喝茶？起身来回溜达，怒不可遏："我真不明白我爸，这不是跟你对着干吗？孟江两家的关系一向很好，他这么做太不应该了。"

"在商言商，没什么应该不应该。"江漠远挑眼看了看他，"跟你爸吵架了？"

"我一听这消息就去找他了，结果他还把我骂了一顿，说我不务正业，一天到晚就知道在医院里混。"孟啸气得手直哆嗦，坐下来拿起茶一口闷了。

江漠远淡笑，又给他添了杯茶。

"我知道他是怎么想的，他现在还耿耿于怀我妈再嫁，嫁了个医生，连带地连我的职业也瞧不上。"孟啸咬咬牙，"不行，我还得说说我爸去，他愿意跟谁合作我都不管，可是本就是不行。"

"算了。"江漠远伸手拉住他，"你爸早就有跟本合作的意思。"

孟啸一愣："你的意思不会是……你的事跟我爸有关吧？"

"这是你自己瞎想的我可没说，来吧，喝茶。"

标维国际与孟氏的合作如同催化剂，在争取股市稳定后，标维开始运作新国际项目，这个项目就是早先江漠远亲从德玛传播争到手的，据说孟氏也参了股份进去。

对此江漠远没任何反应，每天还是安乐过日子，庄暖晨依旧忙碌，万宣的发展没受江漠远的事件影响，这也多亏了高季，他不是人云亦云的人。

程少浅也打过电话来，只是简单的问候，她笑着回答一切都很好。

打破这段时间平静的是奶奶。

庄暖晨接到电话时正在开会，闻言双腿差点软了，让艾念继续会议，她打了个车赶往医院。

抢救室外,公公一脸焦急,婆婆坐在椅子上眼眶泛红,江漠远双手撑在窗台上盯着窗外不知在想什么。

庄暖晨赶来后,在婆婆身边坐下来,努力压下颤音:"妈,奶奶她好端端的怎么会被车撞到?"

这话一出,婆婆的眼泪就下来了,攥着庄暖晨的手,颤抖。

"奶奶今天想吃豌豆黄和栗子,我就出门给她买。今天路上塞车,奶奶等不及就出了门,谁知道……"

中秋过后,江家二老没急着回国,送走庄暖晨爸妈就一直跟奶奶住在四合院。

"都怪我,我不应该把奶奶一人留在家里。"婆婆哭得很厉害。

庄暖晨眼眶也红了,心七上八下的,起身走向江漠远,这才发现他撑在窗台上的手也在微微颤抖。

"医生怎么说?"

"奶奶推进去的时候挺严重,到现在一直没动静,孟啸也在里面。"

像是被人狠狠打了下后脑似的,庄暖晨的脑袋嗡的一声,心一下子提到了嗓子眼。孟啸是神经外科的专家,他一直没出来就意味着情况不乐观。

抢救进行了四个多小时,这段时间他们四人谁都没离开。江漠远始终站在那儿,一句话不说。

庄暖晨看着心疼,攥着他的手:"奶奶一定会没事的,她的人那么好,一定没事。"

江漠远的手冰凉,良久后喃喃了句:"当年,我把漠深送上救护车的时候也是这么想。"

她心一揪,他衣服上还沾着血。

就这样又过了一个多小时,抢救室的灯终于灭了,几名医生走出来的时候,四人全都上前。

"怎么样?"江漠远开口。

孟啸摘下口罩,一脸疲累:"奶奶伤势太严重,虽说目前的情况暂时稳定住,但随时会有生命危险,护士会送奶奶到重症监护室,我们要时刻观察她的情况。"

其他医生也是频频摇头。

江漠远没站稳后退了一步,庄暖晨赶忙扶住他。公公的脸色惨白,婆婆哭着上前,一把拉住孟啸:"你一定要让奶奶平安无事啊,我求求你。"

"伯母,除了我,这几位都是各科室的权威专家,您放心,我们都会拼尽全力来救奶奶的。"

江父好不容易压下心头的悲伤:"照你的经验,奶奶需要多久才能度过危险期?"

"奶奶伤势重,年龄也大了,生理机能和恢复能力不及年轻人。如果伤口感染,奶奶随时会有危险,每一次的抢救对她来说都是生死考验。"

"孟啸。"江漠远听着钻心地疼,盯着他,"拜托你。"

孟啸点头:"你放心,只要还有一丝希望我们都不会放弃。"

奶奶的入院,令整个家都蒙上了阴霾。接下来的日子江漠远每天都守在医院,回家也不过是洗个澡换洗下衣服。公婆也轮流守候,庄暖晨下了班也会往医院跑。

奶奶一直昏迷未醒,前后又经过了几次抢救,每次医生将她从死亡线上拉回的时候,庄暖晨都像是历经一场噩梦,看着奶奶全身插了管子,心都揪得疼。回家的时候看见那只缘分天使,泪水就能流出来。

逃逸的肇事司机很快找到,酒驾,江漠远找了律师全权处理这件事,江父恨得牙根痒痒,势必要将这件事追究到底。再后来,肇事司机的家属希望私了,江漠远一口回绝。

很快庄家二老也知道这个消息,匆忙赶到北京,江漠远将老两口安排住进四合院,二位老人虽说帮不上太多的忙,但平日往医院送了饭替换一下人手倒是可以。

"唉,老太太中秋节的时候还健健康康的,这转眼……"煲好了汤,庄妈叹了口气。

庄暖晨没说话,把保温瓶递过去后鼻头发酸,眼眶泛红。

"要不就说呢,耳听为虚、眼见为实,老太太这么一住院,你婆婆比谁都伤心,这两天我看她哭得眼睛都没法儿消肿,外界都说她们婆媳之间的关系不好,我是看得真亮儿的,她们哪是不好啊,是好得很呐。"庄妈也哽了声音。

庄暖晨使劲抽了抽鼻子。

"你要对你婆婆好,我看得出啊,她是典型的刀子嘴豆腐心。还有,你再难过也要压压,多劝劝漠远,给他点力量,不要反倒让他来安慰你。一家人有什么事儿都要相互帮衬,你要是难过就到爸妈这来哭,别让漠远看了更伤心。"

"知道了,妈。"

高季很快通过了万宣的慈善活动的意向,庄暖晨将目标定为孤寡老人,原本她想主攻教育，那些偏远地区的儿童的确需要帮助，但从奶奶住院后她便改了主意。

繁忙的都市，年轻人为了前途不停打拼，每天忙得跟陀螺一样，却忘了，家里还有父母每天在期盼着一通电话。有时候即使打了电话，父母也只会报平安，电话这头的儿女压根不知道父母是不是不舒服。

因为她真怕子欲养而亲不待的痛苦，所以才劝说高季要将慈善的目光落在孤寡老人身上。

方案由艾念操刀，庄暖晨来提关键点。

这天走出万宣的时候，庄暖晨忍不住打了个寒战，今年的秋天似乎特别短。

正准备打车，一辆私家车停在她跟前。定睛一看她脸色变了，脚跟一旋就要掉头走。

"暖晨。"

庄暖晨没停步，继续往前走，没走几步，胳膊一下子被人拉住。

大片夕阳被走上前的男人身影遮住，她抬头盯着他："顾大主编，有事吗？"

顾墨叹了口气："有时间吗，我们谈谈吧。"

她语气平静回复："以你资深媒体人的能力，应该知道漠远的奶奶被撞住进医院了，我还要去医院。"

"我知道这件事。"

"要谈就在这里谈，我的时间不多。"

"你能不能别对我这么冷淡？"顾墨急了。

"那还要我怎么对待你？"她皱着眉，"顾墨，你如愿以偿了，如今的江漠远也像你当年一样一无所有，只不过，他没像你一样歇斯底里，你是不是很失望？"

"我让你回到我身边有错吗？"顾墨陡然提高了声调，"你不是不知道我一直在等你，就等着你能主动来找我！"

"你等着我主动去找你，为了什么？"她看他像是看着个陌生人，"顾墨，你扪心自问一下，你是真爱我还是只为了出口恶气？"

顾墨微微一眯眼："你就是这么看我的？为什么你一点都不公平？为什么？"

"你要清楚，当初是你硬生生将我推出去的。"

庄暖晨的话像是个重锤狠狠砸在他脑袋上，顾墨摇头看着她，喃喃着："不，我没推走你，我知道你说的是什么，但是，在我跟许暮佳在一起的那个晚上，你跟江漠远也在一起！"

刺耳的话像是刀子在心尖划过。

她闻言没有歇斯底里，轻轻点头："我承认，在你背叛我的时候我也背叛了你，但是顾墨，曾经的我的确是做了你的出气筒。"

顾墨的脸部肌肉抽搐，胸膛起伏。

"还是那句话，我希望你能够幸福，所以顾墨，别逼我让我恨上你了。"

顾墨站在原地，看着她的背影越来越远，眼眶倏然红了。这一次是她主动离开，他知道，她真的离开了他的世界。

晚八点多，庄暖晨正准备给江漠远送些换洗衣服，玄关有了动静，是江漠远回来了。

她赶忙询问奶奶的情况，江漠远一身疲倦地坐在沙发上，告知说奶奶醒了说了一会话，晚上又昏迷不醒。

她的心又跌落谷底。

"孟啸说奶奶的脑神经损伤严重，反复昏迷也会发生。"

"奶奶跟你说什么了？"她在他身边坐下。

江漠远睁开眼，眸底席卷莫大的悲哀来，嗓音低哑："她说，她有死亡的权利。"

她一惊。

"奶奶说她身体每一处都在疼，也知道自己过不了这关……"他有些哽咽。

庄暖晨从没见过江漠远这样过，心像是漏了底似的没着没落，死命压下这种恐惧感，伸手抚上他的脸轻轻道："只要有一丝希望我们都不会放弃。"

江漠远握住她的手，轻轻点头。

"爸妈都在医院吗？"

他点头。

"我现在去医院换他们去……"

江漠远拉住她："我回来换一下衣服，一会儿去医院。"

"干净的衣服我都准备好了，你先泡个澡，我收拾一下咱俩一起去医院。"

江漠远许是也累了，点头："辛苦你了。"

等庄暖晨收拾好是二十分钟后了，路过浴室的时候里面很安静。又等了十几分钟,江漠远一直没出来,她担心,轻轻敲了下门:"漠远?"

没人应答,只有隐约的流水声,庄暖晨迟疑了一下推门进去。

浴室热气氤氲,水在哗哗淌,江漠远倚靠在浴缸里竟然睡着了。

庄暖晨上前凝视着他,心又被撞得生疼。即使睡着,他也是眉头紧锁,许是梦中也艰难吧。

关了水,水流声消失的时候,江漠远反倒醒了,睁眼时瞳仁有一瞬的迷蒙。

"今晚你留在家好好睡一觉吧,我去替爸妈就行。"她真是怕他身体垮了,连泡个澡也能睡着,可想而知他是心力交瘁了。

他这才意识到自己睡着了,淋了水清醒了不少:"没事儿,你明天还要上班,一会儿去医院看完奶奶就跟爸妈回来吧。"

电话响了。

江漠远的手指微微一颤,庄暖晨也跟着紧张了,赶忙拿起在旁的电话。对方跟他们说,奶奶病情恶化,刚刚又推抢救室了。

一直折腾到凌晨,奶奶这才再次脱离危险,等她恢复了点意识,看着一屋子的人,氧气罩下的嘴动了动。

江母眼尖赶紧上前,趴下身子,摘下氧气罩附耳过去。奶奶的声音极弱,近乎是气声。

江母听得真切,待奶奶说完后眼泪又下来了,为她戴上氧气罩后拼命摇头:"妈,我们一定不会看着您有事的,我不同意!"

江父的脸色很难看,江漠远使劲攥着拳,胸膛微微起伏。庄暖晨猜出奶奶想要放弃治疗的心思,心若刀割。

Chapter 10

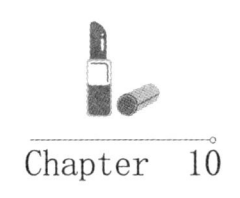

秋风瑟瑟,一片叶子飘进了阳伞,轻落在玻璃桌上。

"江漠远的专题,是你给总编的。"桌上的咖啡顾墨一口没动,冷漠地看着对面的许暮佳,语气肯定。

许暮佳拿起咖啡杯喝了口,皱了皱眉。

"是。"

"为什么?"

有关标维和江漠远的专题他一直存在书房的电脑里,只有许暮佳知道他的密码。离婚后他没想到去修改密码,而房子的钥匙她也有。

没想到她就趁着他出差的工夫,给他酿了一场无法挽回的大错。

许暮佳看着他:"很简单,我要让她对你彻底绝望。顾墨,我得不到的她也休想得到。"

顾墨闻言没怒,平静地看着她许久,再开口,嗓音冷得人心发颤:"你成功了,暮晨的确对我已经绝望了,但你也成功地让我厌恶到了极点,这辈子我都不会再想看见你。"

"顾墨,庄暖晨她再也不可能是属于你的了!"

顾墨没理会她的话,起身,神情漠然。

"你要去哪儿?"许暮佳一惊,赶忙起身。

"这要多亏了你,如果没你这么一闹,我也不会下定决心去国外驻站,总之,是我欠了你也好,还是你欠了我也罢,我累了,也不想再去想了,许暮佳,好聚好散吧。"

"顾墨!"好半天许暮佳才反应过来,等追上去的时候只剩下一串尾气。

晨光从医院走廊尽头的窗棂洒了进来,走廊被映得光洁。

江漠远趴在病床旁,双眼紧合。病床上奶奶睁眼了,艰难地抬手,轻抚着江漠远的头。

他一个激灵睁了眼,赶忙坐直:"奶奶,您醒了。"

奶奶将氧气罩摘了下来，无力说了句："我躺得累，帮我把床升高一点。"

"我先叫医生。"

"我今天感觉很好，有几句话想对你说。"

江漠远只好将床稍稍升高。

"这个角度看我的孙儿就更好了。"奶奶笑了，目光慈祥。

江漠远紧握住她的手。

"外面的阳光好吗？我好像很久没见到阳光了。"

"等您病好了我推您出去晒太阳。"江漠远心口堵。

"把窗帘拉开让我看看吧。"

"奶奶。"

"听话。"奶奶轻轻拍了拍他的手。

江漠远起身，将窗帘的一角拉开，有大片的阳光闯进病房。

"叶子开始落了，秋天啊，是离别的季节。"奶奶看着窗外，有金黄色的银杏叶，秋风一吹，蹭着窗棂就飞走了。

"谁说的，秋天也是丰收的季节。"江漠远靠近，轻声道。

奶奶看着他轻笑，费力抬手，江漠远赶忙靠近，这才让她摸到他的脸。

"长大了，我现在还总能想到你刚出生时候的样子，跟你爸爸一模一样。漠远，答应我，如果我走了，不准哭，要跟暖晨好好过日子。"

"我不会让您走的。"

"傻孩子，我老了，早晚都有走的那一天，不要再怪任何人了，肇事司机怎么判是法院的事。"奶奶说几句歇一歇，声音很小。

"虽然有时候我昏迷不醒，但也能听到你们说的，是孟啸吧，他说就算活着也只能用这些管子来维持生命，你也知道奶奶是闲不住的人，现在的日子生不如死啊。漠远，就让奶奶自私一回吧。"

江漠远知道她想说什么，目光坚决："不行！"

奶奶剧烈地咳嗽。江漠远赶忙拿过纸巾，纸巾被血染红了。他的手颤抖，赶忙按下呼叫器。

"把床放下吧，我躺会儿就没事了。"奶奶轻拉住他。

江漠远赶忙放下床："您先别说话，医生马上就来。"

"记住奶奶的话，奶奶这辈子知足了，有出色的儿子，孝顺的儿媳妇，优秀的孙子和孙媳妇，知足了，奶奶真的知足了。"

"奶奶，这个家不能没有您，知道吗？我去找医生，您要听话，等我回来。"

"好。"

江漠远赶忙冲出病房,这个时间医生们刚上班,一见呼叫器亮也赶忙赶回来,走廊传来匆匆的脚步声。

"医生,这里!"

医生和护士赶到了病房。

监护器传来尖锐的长音,江漠远倏然一颤,像是被人打了一拳似的,很快反应了过来,猛地冲回了病房,为首的孟啸也震惊,紧跟着冲了进来。

"抢救……"江漠远整个人都木了,先是喃喃而后大吼,"快去抢救!"

时间一分一秒过去,每一秒都难挨,抢救进行了二十多分钟,这二十分钟对于江漠远来说如同二十年。孟啸从帘子里走了出来,红了眼眶。

江漠远感到全身都很冷。

"漠远,奶奶按断了仪器,对不起,我们尽力了。"

庄暖晨往医院赶的时候,一片叶子啪的一声从树杈上掉下来,红得刺眼,落于她的脚边。她用力收紧了大衣,不知怎的,一股子不祥的预感从心底滋生。

从电梯出来就听到哭声,心咯噔一下,是婆婆的声音。

近乎快跑过去,在病房门口倏然停住了脚步。病房门敞着,除了孟啸还有两名医生,公婆坐在病床旁,公公紧攥着奶奶的手,婆婆趴在奶奶身上痛哭,江漠远竟跪在地上,一动不动。

手一松,保温瓶掉在地上。

她意识到了什么,来时路上的不祥预感化作了现实,一圈一圈地将她勒紧,没喘气的可能。

良久她才慢慢上前,站在病床旁看着奶奶。奶奶很平静地躺在那儿,像睡着了一样,仪器全都撤了,身上的各种管子也摘了去,现在奶奶应该不疼了吧。

看着看着,莫大的悲哀铺天盖地地袭来。脑海中闪过与奶奶相处的片段。从第一次见面她的慈祥热情,再到奶奶和婆婆争吵时候的样子,还有奶奶偷吃东西时候的模样,奶奶不止一次念叨着想去古镇看看,她总想着等腾出时间就带奶奶去……泪水流了下来,模糊了视线。

"我养你干什么?"婆婆冲上前,拼命捶打着江漠远。

庄暖晨蓦地反应过来,上前去拉:"妈。"

"为什么不看好奶奶?为什么?"婆婆的手劲挺大,像是泄愤似的,公公和孟啸见状都上前来拉她。

江漠远不躲不闪，低着头任她打。庄暖晨抱住他，婆婆一巴掌打在她后背上，力道不是很大，因为被公公给拉开了。

　　离近了看才心惊，江漠远像死人似的无声无息，眼神都灰暗得吓人。

　　耳畔是婆婆哭骂声，庄暖晨突然想到了漠深，是不是漠深走的那一天，江漠远也是这般心死？

　　公公紧紧拉着婆婆，最后婆婆哭倒在公公怀里。

　　许久，江漠远起身，眼眶微红却没流泪，许是跪时间长了，走上前的姿势有些僵硬。

　　庄暖晨不知道他要做什么，盯着他的背影。

　　他默默地走到病床旁，看了奶奶良久，俯下身，将白色床单一点点地拉高，最后遮住了奶奶的头，这一瞬她情愿他大哭一场。

　　孟啸走上前，用力拍了拍江漠远的肩膀，嗓音哽咽："奶奶已经走了，大家节哀吧。"

　　婆婆一下子扑到了奶奶身上。

　　庄暖晨捂住嘴，眼泪还是滑过手背。

　　江漠远半响后开口，无力憔悴："肇事司机走法律程序吧。"

　　江父抬头看着他。

　　"这是奶奶的遗愿。"江漠远低哑地补了句。

　　奶奶葬礼上来了很多人，庄暖晨与江漠远一起为来宾答礼。这几天他近乎不吃不喝操办葬礼，婆婆病倒了，公公始终在照顾，整场葬礼全都落在了他一人身上，她也请了三天假帮忙。

　　奶奶的骨灰下葬那天下了雨，雨不大，淅淅沥沥地却像是揉不开的痛，扯不断剪不开。庄暖晨始终站在他身边，主动为他撑着伞。天空昏暗一片，不知是伞的颜色还是他的眸。

　　司然、孟啸和周年全都到了，帮忙操办葬礼。雨水打湿了墓碑，庄暖晨走上前将一枝白色郁金香放在墓碑前，伸手抚走上面的水珠，奶奶的笑容清晰可见。

　　"奶奶，一路走好。"

　　葬礼后，江漠远更沉默寡言了，整夜待在书房不知在做什么，每次她推门进来总能看到烟灰缸里塞满了烟头。

　　庄家二老也回了古镇，临走时千叮咛万嘱咐让她多照顾江漠远的情绪。

　　肇事司机因醉酒驾驶撞人被重判，虽说罪魁祸首得到了法律的制裁，但庄暖晨还是恨得咬牙切齿。她知道以江家的势力可以选择一种更解恨的方式处理,但江漠远发了话,那是奶奶的遗愿,谁都不能违背。

江家愁云密布时,本和孟振齐的合作却进行得如火如荼,更别提标维国际承揽的新国际项目。

一时间本成了热门人物,大大小小的商业杂志上了不少,开机能看他的新闻,标维国际的股票也因掌舵人的频频露面而走势甚好。

孟啸跟孟振齐争吵过数次,连孟母都看不过眼了主动找到孟振齐训斥他的不仁道。老百姓不关心商界中的尔虞我诈,但圈子里的明眼人能看出门道,本弃车保帅的行为谁人不知?

但孟振齐是个商人,商人,就是伤人嘛,唯利是图。

艾念一看到以本为封面的杂志就恨不得尽数烧毁,恨恨道:踩着别人赢回来的成果耀武扬威的算什么本事?

庄暖晨每次听到这话只是淡笑,她相信上天是公平的。

下了班,秋风更紧了些。接到江峰电话时,庄暖晨正准备乘地铁绿色通行,这通电话接得她挺吃惊。

餐厅在四合院附近,包房安静,只是庄暖晨没料到公婆是一起来的。婆婆的脸色看上去还是很差,简单聊了两句,江峰言归正传:"暖晨,我和你婆婆明早就走了,找你来就是想问问漠远的情况。"

庄暖晨听了一愣:"他这阵子挺难过的。"

看了一眼婆婆,庄暖晨迟疑道:"漠远还不知道你们要走吧?要不我给他打个电话让他过来吧。"

"不用,咱们江家没送别的习惯。"江峰回绝,半晌后轻叹,"漠远跟他奶奶的感情最好,如今奶奶走了,我和你婆婆心里都挺难过,但漠远的伤心程度也不次于我们。"

庄暖晨一听这话心里有底了,又看向婆婆,试探性说了句:"妈,漠远他……"

江母无力说了句:"做妈哪有不心疼儿子的?那天打在他身上疼在我心上啊。"

庄暖晨这才将心放下。

"叫你来还想告诉你一件漠远小时候的事。"江峰喝了口茶,眼角眉梢显出疲累。

"他小时候的事?"

江峰点头:"在他很小的时候养过一只宠物,是一只叫做菲菲的兔子,他很喜欢它。"

庄暖晨差点将喝进去的果汁给喷出来,养过兔子?

"后来，少浅也喜欢上了那只兔子，当时我怕漠远玩物丧志就答应少浅，将兔子给他。结果兔子很快就死了，少浅跟漠远吵过一架，他怨漠远把兔子给弄死了。"

庄暖晨一激灵，突然想到漠远的性子……

"当时我们谁都没怀疑事有蹊跷，都认为是漠远弄死了兔子。"江峰叹声，"我这么想的，也包括你婆婆。"

"兔子不是漠远弄死的，是吗？"

"不，是他弄死的。但后来我才知道，原来当时那只兔子已经得了传染病，活着会更痛苦，所以他亲手弄死了它。"

"我和你婆婆这次离开会有很长一段时间不会再来，他奶奶的去世给他打击很大，是亲眼看着最亲的人掐断生命仪器。"

江峰很认真："跟你说这些只是希望你能明白，他之前是做过不少对不起你的事，但毕竟夫妻一场，还希望你能够敞开心怀跟他一起走下去。"

难以言喻的触动在心底滋生，她轻轻点头。

一直以来，漠深的死都是个禁忌，江漠远背负了沉重的十字架。可今天她才算明白，公婆其实早就释怀了，只是无法接受漠深和奶奶的死。

他们没原谅他吗？不，已经原谅了，那么她呢？

其实，也早就释怀了。

夜很静，有淡淡的饭菜香。玄关有动静，江漠远拿着钥匙进来，脸色依旧苍白。庄暖晨见了上前："一早就出门了？"

江漠远点头，换了鞋进房，在客厅的沙发上坐下。

"饭菜都好了，你先洗澡还是吃饭？"

江漠远低声说："你去吃吧，我没胃口。"

"不吃饭怎么行？"短短几天他又清瘦不少。

他将她拉进怀里，下巴轻抵她的头顶。他身上除了麝香气又多了烟草味。

"你难过你伤心我都明白，有什么不痛快的说出来吧，别憋在心里，你这样我看着……"

江漠远低头看着她，等着她继续说下去。

她对上了他的眼："看见你这个样子，我很心疼。"

他有动容，半晌后说："我没事，真的。"

夏旅从医院出来时下了雨，秋雨如绵，丝丝缕缕绕进了呼吸，顺着喉咙徘徊在胸腔。她撑着伞走向停车场，上了车没立刻发动车子，而是将包里的化验单拿出来看了又看，医生的话还在耳边回荡：夏小姐，恭喜你怀孕了。

她从没想过怀孕以后的事，检查结果着实吓了她一大跳，但现在就这么看着B超单那小小的一点，天生的母性光环就开始闪耀。

近乎颤着手指拨了孟啸的手机，拨通，心脏上蹿下跳，他会喜欢小孩子吗？他们在一起这么长时间从未谈论过孩子的问题。

对方很快接通了手机，慵懒的嗓音如故。

"你什么时候回来？"

这段时间孟啸被邀请到外地做一台手术，因为病患的病情反复，所以耽误了不少时间。

"想我了？"孟啸笑。

她抿唇："没工夫跟你贫，就是问你什么时候回北京。"

"还得三四天吧，病人的伤口总是发炎。"说起工作他又喋喋不休起来。

夏旅耐心听，唇角挂着笑，等他唠叨完，轻声道："总之你一结束工作就赶紧回吧。"

"怎么了？"孟啸察觉出她是有事。

"也没什么，就是等你回来跟你说件事。"

"现在说吧。"

"等你回来。"

"什么事这么神秘？非得当面说不可。"

"总之是件很重要的事，不能在电话里说。"

"好好好，那就等我回去再说。"孟啸投降。

夏旅笑了，又寒暄了几句后结束了通话。

秋雨大了，噼里啪啦地打在挡风玻璃上。夏旅启动了车子，慢慢开出医院，她从未这么小心过，想着之后是不是不要再开车了。

也许，她可以为了这个孩子停一下脚步，待在家里养胎。越想越下定决心，忍不住笑了，直到一辆房车挡在了她的车前。

夏旅一个激灵踩了刹车，心脏差点从嗓子眼里蹦出来。正要落窗怒骂又想到了孩子，深吸一口气压下怒火。

准备调头避开，但这车似乎就冲着她来的，再次挡住了她的去向。车门打开，待她看清车里那张男人脸时，全身一僵。

到了晚上，雨停了。

备了晚餐，冲完澡后庄暖晨看了一眼时间，九点了。拿起电话打给江漠远，关机。

怎么关机了？

正想着手机响了，是个座机号，接起一听，面色一怔。

沙琳开门的时候，庄暖晨又恍惚了一下，仿佛看见了自己。

这套房子是沙琳买下的还是租下的她不得而知，总之是第一次来。

庄暖晨攥着包带，良久后才迈进了屋子。换鞋的时候发现了一双男式皮鞋，大脑瞬间空白了一下。

"漠远人呢？"深吸一口气，庄暖晨平静问。

沙琳盯着她好半天才指了指楼上："在卧室。"

二楼卧室不难找，推开房门，庄暖晨只觉一阵眩晕。

室内充塞着他的气息，还有淡淡的酒气，一层层缠绕着她，足以令她疼痛到了窒息。

庄暖晨几步上前，看着床榻上的江漠远，他沉沉睡着了，眉宇舒展。薄被遮了他大半身子，深麦色胸膛平稳起伏，身上衣物尽数褪去，全都整齐地放在旁边的沙发上，尤其是那件衬衫，折得格外工整，应该是沙琳叠的。

他睡在了沙琳的卧室，连手表都摘下放在床头柜上，自然得好像是回了家。庄暖晨心脏隐隐刺痛，他似乎很久没这么熟睡过了。

他喝了多少酒？喝醉了的他又跟沙琳做了什么？他平时就来这里还是也跟她一样是第一次？

"庄暖晨，我们聊聊。"

一楼的客厅，气氛有些冷，不知是不是外面下过雨的缘故。

茶几上放着两杯茶，热腾腾地蹿着茶香。庄暖晨不懂茶，但自打嫁给江漠远后也由懵懵懂懂到稍稍懂行了些，江漠远平时得闲的时候也教教她茶艺。

眼前这茶，是江漠远平日最爱喝的，庄暖晨轻抿了一口，苦涩。

沙琳先开口打破了僵局："漠远决定跟我在一起了，我们很快会离开北京。"

倏然有刺痛划过手指，是被热水给烫了一下。庄暖晨压下猝不及防后的失控，再抬眼面容平静："我想，如果漠远真做这种决定，他会告诉我，暗度陈仓这种事他不屑做。"

"这是他刚刚决定的。"沙琳放下茶杯，紧跟着补了句，"我已经和他发生关系了。"

庄暖晨淡淡说了句："只怕他是醉酒之后将你当成了我，这种可能性不是没有。"

就算心疼,她也没必要在情敌面前示弱。情敌对峙,说白了就是心理素养的对决。

沙琳使劲抿了抿嘴,转了话锋:"他现在这个际遇,说心里话你真的帮不了他。"

像是过往的镜头重现,沙琳让她想到了许暮佳,接下来能说什么,她差不多能猜到。

"因为论人脉你不及我,论家世你更比不过南家。我父亲始终希望跟漠远联手,有了父亲的帮忙,我想他很快就能东山再起。"

"前提条件是,我必须要离开漠远。"

"你倒是个聪明人。"

庄暖晨自顾自添茶:"我想这种话,还是等他醒了亲口对我说比较好。"

"你什么意思?"

"意思很简单,这话从漠远口中说出来的我信,从你口中说出来的,我不信。"

沙琳倏然攥紧了拳头:"你就这么信他?一点不担心这就是他的想法,只不过他不知道该怎样跟你开口?"

"如果他真想放弃这段婚姻,以他性子肯定会实话实说,一直没跟我说,甚至连表露的意向都没有,只能说明一点,那就是你在撒谎。"

"你——"

"至于今天他为什么会在你家,等他酒醒了我问问就清楚了。"庄暖晨说完起身,"总之多谢你照顾了我丈夫。"

"等等。"

庄暖晨停住脚步,转头看着沙琳。沙琳坐在那儿,整个人是遮也遮不住的倦怠。

"他在会所里喝了很多酒,正好被我撞上。我不知道你们的新住址,周年的手机又打不通,只能先将他带回家。"

这样一面的沙琳令庄暖晨暂时打消了上楼的打算,重新坐下来,她知道沙琳应该还有话要说。

"我真想利用这个机会让他犯次错。"沙琳微微红了眼眶,但很快又倔强地忍住,"其实他出差那次我就在找机会,甚至跟他住在同一个房间,但是,他心里就只有你。"

庄暖晨知道她说的是哪次,又听她承认了与漠远同一个房间,心里不是滋味。

沙琳终究还是哭了。

"我爱漠远爱了很多年，我以为会跟他开花结果，但是兄弟和女人之间他选择了兄弟……"

庄暖晨抽出张纸巾递给她。

"所以我在想，如果当时换作是你，他会不会也把你让出去？"沙琳接过纸巾，用力擦了下脸。

"其实这么多年我一直都在关注漠远，我知道你是他的情人，也知道他背地联系二手店，高价回收你在网上卖的礼裙，所以那一刻我才慌了，觉得他似乎认真了。"

沙琳最后的话出乎她的意料，怔了怔："你说回收我礼裙的二手店是漠远联系的？"

"你不知道这件事？"轮到沙琳愣了。

她摇头，她记得当时他问她是不是缺钱，后来二手店主动联系了她，她还兴高采烈跟他提了这件事。

沙琳见她的表情不像撒谎，眼神黯淡："我承认我输了，输给你了庄暖晨。"

"我以为你永远不会跟我说这些。"良久，庄暖晨轻声开口。

"其实在夜总会那次我就知道，我彻底失去他了，夜总会的事你也想问我吧。"

庄暖晨淡淡说了句："已经不重要了。"

"话都说到这份上了。"沙琳轻轻摇头。"那时候本让我陪在漠远身边，我知道本的意思，那只老狐狸表面对他好，实际上还不是一样要害漠远。那天漠远是去跟高季谈合作事项的，我后来赶到，就被高季误认为是漠远的女朋友。"

沙琳顿顿道："吉娜骂我骂得对，如果不是我一作再作，有可能我还能利用他的愧疚扳回点局面，如今不可能了。我错得太多，例如偷走他原本要送给你的生日礼物。"沙琳咬了咬唇，手指微颤。

庄暖晨恍然大悟，心里藏着的结也随之解开，抬眼看着沙琳道："你一向骄傲，为什么要跟我说这些？如果你不说，我有可能还会继续误会下去，这样你应该很解恨才对。"

沙琳用力吸了下鼻子："你也说了我生性骄傲。你记住，你是拿我做垫脚石跟江漠远在一起的，所以无论如何你都不能离开他，如果以后你们分手或是过得不幸福，你还真是对不起我。"

听了这话，庄暖晨哭笑不得。

"赶紧把江漠远带走吧，喝得酩酊大醉的，我的床单被罩什么的都得换新的。"沙琳将杯子里的茶一口气喝光，"还有这些茶，新买的，你还是拿走吧，放我这也是浪费。"

庄暖晨还是忍不住笑了，点头上了楼。

"庄暖晨，你老公现在可是光着的呢，要不要我帮你啊？"冲着她的背影，沙琳故意喊了句。

庄暖晨站在二楼走廊看着她："该占的便宜怕是你都占光了，再让你上来我这个做妻子的脸往哪搁？"

等她进了卧室，沙琳唇角慢慢沉了下去，眸底是痛，但再痛，她也要埋葬了。

房车再次在医院门口停下，夏旅下了车，路灯下她的车子还停在那儿，早几个小时前她就坐在里面，幻想着自己未来的生活，但现在所有的一切都毁了。

曾经那个她宁愿拿雪茄烫伤自己都要离开的男人，冷笑着告诉自己：孟啸和他两家世代交好，甚至还沾点亲戚关系，一旦孟啸知道她的曾经，后果不堪设想。

她那么想甩掉的不堪经历，果真狠狠报复了她。

不，毁掉她未来的人不是那男人，是她自己。如果当初她不在酒桌上认识他，如果那个时候的她能等到孟啸的出现。

她爱孟啸，孟啸对她是掏心掏肺的好，但那个男人最后一句话说得对，孟家长媳总要出来见人的，一旦她跟他的关系传进孟啸的耳朵里……

她能舍下自己的脸，但孟啸不行。

夏旅呼吸艰难，眼前一黑，什么都不知道了。

庄暖晨将醉醺醺的江漠远扔到床上，累得像条死狗似的，好半天才到过来气。

江漠远衣服上全是酒气，约好了干洗时间，她在他身边坐下，伸手抚平他微蹙的眉心。

他嘴角微微动了动，声音太小听不清，庄暖晨俯下身这才听得一清二楚。他在轻叫着她的名字，孩子似的呢喃："老婆，老婆……"

她忍不住笑了，又有些心疼，温柔说了句："我在你身边呢。"

江漠远微微睁眼，隐约看到了她的身影，醉酒后的大手十分有力，攥着她死活不撒手，摇摇晃晃坐起身："老婆。"

"起来干什么？快躺下。"

江漠远耍了酒疯，紧紧抱着她。庄暖晨挣扎不开，也任由他抱着，轻拍他道："你到底喝了多少酒呢？干吗要这么折磨自己？"

"暖暖。"他低低叫着她的名字。

庄暖晨想起沙琳的话，心头作暖，轻声应着，但很快胸口湿湿的。

低头一看，惊愕，江漠远的脸深埋她的胸口，清泪沿着他的眼眶滑落至下巴，又很快滴落在她手背上。

他竟然哭了。

她伸手搂过他的头，温柔地轻抚他的发："哭吧，哭出来心里就好受了。"

她从不曾想过，能有一天她也可以像他一样将对方搂在怀里，轻声安慰、细细安抚，原来，他也有脆弱的时候。

江漠远很累，她知道，所以她愿意做他的港湾，在他太累、太痛的时候可以让他停靠，等体力恢复之后再继续奋斗。

江漠远没嚎啕大哭，可庄暖晨情愿他嚎啕大哭。轻轻搂着他的头，这个夜很安静。

夏旅睁眼的时候天大亮，四周都是白色。白的墙、白的床、白的床单被罩及床头上一束白色的马蹄莲，在她身边还有穿着件白色驼绒大衣的艾念。

"你终于醒了，等着啊，我马上叫医生。"

她是在医院？

很快医生走了进来，艾念碎碎念："她是刚醒没多久。"

医生给她简单做了检查，又问了她几个问题，答案有些她记得有些回答得比较迟缓，等医生大体上检查完她才缓过神来。

"病人的体质不好，要多休息，情绪不能激动，现在没什么大碍，不过我建议留院做个详细检查。"医生给出了个合理化建议。

等医生出去，艾念问她哪里不舒服，夏旅轻摇头。

"我怎么了？还有你怎么在这儿？"夏旅很虚弱，抿了口水后才发现是红糖水。

"你昏倒了，路人在你手机里找到了我的号。"

夏旅挣扎着起身，却吃痛了一下。

"哎呀，你干什么啊？这才刚做完手术你就……"艾念意识到说漏嘴了。

夏旅陡然停了动作，小腹的坠痛感令她警觉："什么手术？"

艾念欲言又止。

"你跟我说实话,是不是……"夏旅的手指发颤,"我的孩子?"

艾念再为难也得告诉她:"你昏倒被路人送进医院,医生叫我来其实是需要有人签字手术,你的孩子流掉了,没保住。"

夏旅整个人如同石化。

"你听我说,孩子没了以后还会有,现在最重要的是要养好自己的身体。"见她这个样子,艾念于心不忍,心跟着揪痛,毕竟是条命啊,而且看得出她很想要这个孩子。

夏旅抖颤着唇,脸惨白,半晌后才找回自己的声音:"孩子没了。"她的希望也没了。

"医生怀疑你是情绪受到极大刺激才导致流产的,你遇上什么事儿了?"艾念着急。

夏旅眼泪倏地流了下来,艾念慌了神,赶忙掏出纸巾给她擦眼泪:"别哭了,你这一哭我都跟着慌,告诉我,究竟怎么了?还有这个孩子,孟啸知道你怀孕了吗?"

"不。"夏旅一把拉住艾念的手,"你千万别告诉他。"

"是他欺负你了吗?"

夏旅擦干了泪水,摇头。

"他是孩子的爸爸,有权知道这件事啊。"

夏旅深吸了一口气,压下想哭的欲望:"我不想跟他在一起了。"

"啊?"

"我饿了,能帮我买点吃的吗?"夏旅低低说了句。

"真不叫孟啸来?"

"他在外地还没回来,而且孩子也不是孟啸的。"违心的话扎得她心口疼。

"什么?"

"所以你不想把事情闹大的话就别告诉他这件事。"夏旅的心在滴血,语气却十分冷。

艾念气得一跺脚:"你胡闹什么啊?气死我了!"

等艾念出门后,夏旅再也抑制不住,倒在床上嚎啕大哭。

江漠远病了,醉酒当晚就发高烧,折腾了两天两夜。庄暖晨几乎不眠不休地照顾,他烧得迷迷糊糊经常说胡话,一会儿叫她名字一会儿又叫漠深,又说对不起之类的话。

看着躺在床榻上的江漠远，她的心像是被尖锐的东西给挑了出来，趴靠在他的胸膛，温柔喃喃，漠远，快点康复吧。

第三天，医生一如既往上门为江漠远挂了水，他仍在沉睡。到了中午，庄暖晨实在忍不住给孟啸打了个电话，孟啸听完她详细描述后认为没什么大事，再观察一晚，如果还断断续续发烧就送到医院做全面检查。

结束通话后她才稍稍放心，只愿他今晚别再烧了。

这两天万宣一直是艾念打理，艾念毫无怨言，就当躲司然了。

自从司然知道她的新址后就更积极主动，只要得空就登门拜访。艾念父母当然对司然满意得不能再满意，一见他来了像是招待自家人似的。

更令艾念头疼的是，墨墨对司然越来越依赖。有好几次艾念回家都找不到墨墨，都是司然推着孩子到公园去玩。

艾念是新搬进这个小区里的住户，一搬进来司然又是第一个登门的男人，还经常抱着墨墨，一来二去的左邻右舍都认为艾念和司然是两口子。

这期间艾念也总会接到陆军的电话，他也会堵在公司门口，其实就想见见孩子，但艾念是铁了心，任由他怎么闹都不搭理。

到了第三天晚上，江漠远没再持续高烧。庄暖晨简单做了晚餐，进了卧室，没料到他竟睁眼了。

她差点喜极而泣了，心中悬了好几天的巨石终于落地。江漠远许是头脑还涨晕，眼眸转动得有些慢，好半天才喃喃：“渴。"

庄暖晨赶忙拿过水，谁知刚喝了一口就引起他的猛烈咳嗽。她赶忙将他侧过来轻拍后背，半响后他才恢复呼吸，她便也不敢这么喂他水了，而是用勺一点点往他嘴里送。方法很是奏效，只是最后一口水喂完，江漠远早伸手将她搂紧，覆上她的唇，庄暖晨缓缓闭上眼睛……

又见晴天，微微薄凉的空气散着深秋时节的气息，沁入心肺都透着一股子冰。

孟啸停好车，几乎是三步并两步走进了电梯，数字一格格跳动，他愈发欢愉，心想夏旅见他回来肯定欢喜，今天是周末，这个时间她喜欢在家补觉。

进了门，隐约有声响飘进了他的耳朵，是二楼传下来的。他笑，她在家，八成是窝在床上看电影吧。

迫不及待上了二楼，声音愈发明显了。低低的，娇笑中还夹杂着其他声音，孟啸倏然变了脸色。

推开卧室房门的瞬间，他大脑一片空白，胸腔像是被人狠狠撕裂般疼痛。他恨不得把心掏出来宠的女人终究还是用了这么一种不堪的方式背叛了他，趁着他出差的时候。

先是床榻上的男人发现了孟啸，低呼了一声赶忙起身。

夏旅衣衫不整，刚要拉住男人一下子发现了门口的孟啸，惊叫了一声。好半天才找回声音，尴尬结巴："你、你不是今晚上才回来吗？"

孟啸气得脸煞白，身子像是风中摇摆的树叶，摇晃了一下，手扶住门框才能稳住。

"他是谁？"

夏旅张了张嘴巴，半天没解释出一个字来。

男人颤着音儿看向孟啸："这位大哥，我、我……"

孟啸咬牙切齿，胸腔的火一直蹿上了脑子，上前抡起拳头挥在男人脸上。男人重心不稳撞在墙上，没来得及求饶孟啸又大步上前，拳头又挥了下来。

"活腻了吗？"他近乎咆哮，额头上青筋凸起。

男人被打得鬼哭狼嚎道："大哥、大哥，我还没碰呢你就回来了，我真没碰……"

孟啸冲着他的脸又是一拳："谁是你大哥？"

一切发生得太快，等夏旅反应过来的时候那男人已经被揍了三拳了，嘴角见血，鼻青脸肿。

"别打了！你要打的话就打我！"她蹿到了男人面前，喝了一嗓子。

孟啸的拳头因夏旅突然蹿前改了方向，擦着她的脸砸在了墙上，关节见了血。

"夏旅，你什么意思？"孟啸站在她面前，脸如同布上了蜡，气得声音颤抖。

夏旅深吸一口气起身，对上他愤怒的目光："既然今天被你撞见了我也不藏着掖着了，我腻了。"

"什么叫腻了？"孟啸近乎将牙齿咬碎。

"就是厌烦这段感情，更厌烦跟你一起生活的日子了。"夏旅脸冰冷冷的，"其实那天在电话里我就想跟你分手，但想想这种事还得你回来说。今天正好，什么都不用说了。"

孟啸伸手箍住了她的后脑："你再给我说一遍！"

"我生性如此，耐不住寂寞喜欢玩刺激，我压根就不可能跟一个男人生活太久。"夏旅的喉头堵得要命，"我以为我会因你而改变，但真的不行，我压根就拒绝不了诱惑。"

"你给我闭嘴!"孟啸猛地掐住她的脖子,将她按在墙上。

旁边的男人吓得要死,嘴角的血都不敢伸手擦一下。夏旅一阵呼吸困难,有那么一瞬她情愿被他捏死。

"你到底还有没有良心了,嗯?你的良心是不是被狗叼走了?"孟啸瞳仁蹿着火,不知是愤怒还是悲痛,死死卡住她的脖子,"你还要我怎么对你?"

他包里还放着给她买的求婚钻戒,这枚钻戒是他挑了很久才选中的一款。

"要么弄死我,要么就一刀两断。"夏旅艰难出声,脸因透不过气憋得通红,"一开始我就抱着玩玩的心态,是你傻,我压根就没想过跟你过一辈子。"

孟啸气得举高了大手。

夏旅没躲闭了双眼,等着他这巴掌落下来。却在等了良久后听到孟啸的冷笑声,这笑声寒到了极点,崩碎了她的心。

"夏旅,你行。"孟啸松开了她,踉跄地后退了一步,抖着手指着她,"我他妈的长这么大还头一次被女人玩成这样!你可真行。"

最冷不过情伤,最凉不过人心,今天他算是体味到了。

"我今天就收拾东西搬走,以后我们都不要再见面了吧。"夏旅慢悠悠说。

孟啸半晌后才冷笑着点头:"好,好!夏旅,你厉害!"他头也不回地踏出了房门。没多会儿,玄关传来的关门声二楼都能听到。

他走了。

风筝的线倏然被剪断了。夏旅觉得自己就是那只风筝,线断开的瞬间她也再无停靠的可能,她知道,她永远失去了孟啸了。

再也挂不住莫大的悲痛,她跌坐床上,小腹又是隐隐的痛,细细的汗珠沿着额角就滑了下来。

挨揍的男人有了动静,战战兢兢上前:"姐……他不会再回来打我了吧?那个,咱之前可说好了,如果我被打了你是要付双倍钱的,你看……"

夏旅有气无力地说了句:"钱包在挎包里,自己看着拿。"

他赶忙去拿钱包,打开一看里面不少大钞,不客气道:"这里面的我能拿多少?刚才那位大哥下手太重了,我还得去医院——"

夏旅上前夺过钱包,将里面的大钞全都拿出来扔他身上:"给我马上滚。"

男人赶忙捡起地上的钱,临走前有点不死心,赔笑:"要不然咱留个联系方式吧,以后还有这事的话——"

"钱拿到手你就赶紧给我滚!还有,今天的事你敢在外面传我非弄死你不可。"

男人屁滚尿流地离开了。

房间里,静得连根针掉地上都能听到。不知过了多久,夏旅才木木起身,慢慢收拾东西,该离开了。

手在碰到相框时泪还是大颗砸了下来,是有一天她心血来潮给孟啸揪了个朝天小辫,照片中她笑得很开心,孟啸噘着嘴冲着她瞪眼,滑稽得很。

她轻抚着照片中的孟啸,也想跟着他笑,可是她哭了。

今早的阳光甚好,一片银杏叶顺着敞开的窗子飘进客厅的时候,江漠远也从卧室里走出来了。

庄暖晨将地板擦得光亮,家中以白色调为主,地板也是白色,她穿着白色睡裙,蹲在那儿看上去是小小的一只,惹人怜爱。

江漠远倚靠在那,看着她。这个清晨静谧,连周围的空气都浮动着温馨的气息,是她带来的。

看见了银杏叶,庄暖晨蹲在那儿不动了,拿起叶子看着傻乐。半晌后起身走到窗子前,叶子伴着秋风飘走。他看着心里像是淌了蜜,情不自禁走上前,伸手从身后将她搂住。

庄暖晨吓得不轻,一回头见是他,兴奋道:"你醒了!"

江漠远哭笑不得,揉了揉耳朵,这女人的分贝还挺高。

"快让我看看!"庄暖晨伸手摸了摸他的额头,又捧起他的脸上下左右地仔细打量了一番。

弄得江漠远受宠若惊:"有这么检查的吗?"

大病初愈的他看上去还有点憔悴,但目光灼亮,体温正常,看来是好了,但就是这样她也担心。

"咱们还是去医院再做个检查吧,别留下什么后遗症。"

江漠远伸手拉住她,又顺势搂在怀里:"我没事了,发烧而已,我是躺了很多天吧?"

"你还知道自己发高烧啊。"

"隐约记得。"江漠远轻笑,"不过我记得最清楚的是,昨晚某人的热情洋溢。"

庄暖晨的脸倏然一红:"这种事你倒是记得清楚了?"

"你好不容易主动一次,我终生难忘。"

"主动对你投怀送抱的女人可不止我吧？"见他是真好了她也有心情开玩笑了。

江漠远微微挑眉，不明白她的话。

"站到墙根那儿好好回忆一下，你喝醉后躺在哪个女人的床上了？提醒一句，还是赤裸裸的。"秋后算账可是女人的专利，她也不例外。

江漠远怔住。

庄暖晨故意不搭理他，将早餐端上了餐桌。江漠远走上前边帮着盛白粥边轻声道："别闹了，怎么可能？我唯一躺过女人的床就是你的。"

"真失忆了？要不要我这个做老婆的帮你回忆一下？跟你说说我这么个九十多斤的弱小女子怎么把你从女人家拖回来的？"

"啊？！"

"事情是这样的。"庄暖晨慢悠悠地喝了口粥，清了清嗓子拉长了音，看着他勒住笑，"某天呢，我正等着我亲爱的老公回来，这左等右等也不见他回来，别提我多着急了。突然就接到了一个电话，谁打来的呢？就是我老公的那位老相好——沙琳小姐，人家用娇滴滴的声音通知我这个正房，我老公在她那儿呢！"

江漠远杵在那儿一动不动。

"躺在人家床上脱光光了，睡得比在家里还熟。"

江漠远震惊了好半天："我真不记得了。"

"怎么遇上的沙琳你总该知道吧？"

江漠远皱紧眉头使劲回想："我在会所喝酒，好像是看到她了，但后来我真就一点印象都没有了。"

见她沉默，他生怕她又误会赶忙又说："你相信我，我跟她真的不可能。"

"我可听说你俩同床共枕不是一次两次了。"

江漠远皱眉，这什么跟什么？

"上次她跟着你出差，貌似也跟你同床共枕过吧。"庄暖晨来了个大抽查。

江漠远这才明白她的意思，脸色闪过尴尬，攥紧她的手诚恳道："我没告诉你是怕你多想，同床共枕这件事……"

他想了想："我想你已经知道了当时的情况，否则怎么会坐在这儿消遣我？"

"谁消遣你了？"她瞪了他一眼。

"别说为夫的不了解你，你要真发现了什么还能这么消停？八成就是沙琳把什么都告诉你了，看我病刚好，来消遣我是不是？"江漠远浅浅笑着，唇抿成了好看的弧度。

她的脸一红，赌了一下气："那我是不是还要感谢你有这个闲工夫任我消遣？"

他手臂一收将她拉过来，圈着她轻笑："跟你在一起永远不是在浪费时间。"

庄暖晨伸手戳了一下他的额头故作生气道："少转移话题，事实上就是我在沙琳家里把你给拖回来的。"

"我错了我错了。"在老婆面前永远做那个道歉方肯定没错。

见他态度诚恳，她忍不住笑："错哪儿了？给我总结一下。"

江漠远还真是有板有眼地去想："两点做错了：第一，不该酗酒让老婆担心；第二，不该让老婆脸面无光，尤其是在让老婆到其他女人家里接回老公这件事情上我做得更离谱。我向你保证，从今以后我一见沙琳掉头就走，不让她有机会染指我。"

庄暖晨乐了起来，看着他："染指你？把自己当潘安了？"

"终于笑了，你真是我的小祖宗。"江漠远的心终于放下了，"别气了，我最怕就是你对我心有隔阂。"

"我哪有？"庄暖晨这次回答得痛快，脸微红，"只是我老公太优秀了，好多女人都会惦记。"

女人的话像是温水似的流淌心房，他心神摇曳："那你呢？惦不惦记我？"

她脸更红，敛着眸，轻轻抿唇。

他的心突然跳动很快，有种愉悦的期待即将实现。

她鼓足勇气对上了他的黑瞳："你笨啊，我不惦记你还能惦记谁？"

江漠远只觉得心一下子飞了出去，到了漫无边际的云端，从未有过的愉悦爆炸似的散开，海浪般将他淹没。搂紧她，恨不得将她揉进体内。

她靠在他的怀里，汲取他的气息，充满安全感，真好，他又回来了。

"漠远，"这两个字从庄暖晨口中叫出，他连心头都跟着甜啊！"以后不要一个人去喝闷酒，喝醉了在外面多危险啊！"

江漠远紧了紧怀中的娇羞人儿，笑道："放心吧，以后我不会了。"

"还有，"庄暖晨舔了舔唇，"我知道这段时间发生了太多事，你也失去了太多，但我还在你身边呢。再苦再难我们一起度过，好吗？"

江漠远动容："我只是怕你辛苦。"

她从未跟他说过这些话，她的眼神在变，她对他的心思也在变，他看得出来。

"一点都不辛苦。"最苦的不是生活，而是两人的心思永远无法碰撞，这一次她心无旁骛，爱也变得那么顺理成章了。

庄暖晨轻叹了一声，伸手搂住他的脖子："你是我的丈夫，是天，我知道，再苦再难的日子都会过去，你还会为我撑起这片天，不是吗？"

"是。"江漠远紧扣她的身子，"谢谢你。"

她轻笑，看着窗外的银杏漫天，还有隐隐红到极致的枫叶，原来，秋天真是收获的季节。

肇事司机走了诉讼程序判了刑。这天连墓园都是秋高气爽，庄暖晨如旧地放上三枝白色郁金香，告知了奶奶这件事，江漠远蹲下身仔细将墓碑擦干净。

日子赶着日子，十月底的北京愈发寒凉，可庄暖晨的心是热的。慈善活动的统筹和策划进行得很顺利，活动刚露出苗头就引起了媒体的关注，高季乐此不疲地接受采访。

只不过高宗盛董事长看不惯儿子的抛头露面，打电话来北京叮嘱别忘乎所以，怕儿子不听话又给庄暖晨打了个电话。

对于高季的频频露面，庄暖晨倒不阻止。高季玩心重，又喜欢交朋友，跟媒体处得好对她来讲也是功德无量的一件事。但高宗盛董事长的面子她也不能不给，叮嘱高季轻点嘚瑟。

万宣的业务量开始直线攀升，虽不及德玛，但发展势头也算不错。庄暖晨和艾念从来都不是野心勃勃的人，当初揽下万宣，一个是被逼上梁山，一个是为了养儿子，就这么简单。

周一一大早，突然爆出了个新闻，标维的"新国际"项目受创！

原是铺满黄金的项目却被所在国政府勒令停止，最令人想不到的是，德玛集团意外公开地进行反击，在原本是属于"新国际"项目的地皮上提交了一份适合土地性质的规划文件，意在开发水资源项目。

在面对商业和人类生存这两种际遇下，有头脑的决策人都会选择后者。当然，标维此项目的告吹，很大原因还在于有相关文件指出本蓄意经济垄断，继而形成商业犯罪。

相关部门得到确实证据后通知执法部门，执法人员闯进总部带走了本，不得不说德玛集团打了个翻身仗。

短短一个上午，标维股票被大量抛售，原本价值连城的股票如今成了废纸。

"真奇怪啊，德玛集团怎么无声无息就打了场胜仗？局势也太戏剧化了吧？"艾念拧紧了眉。

庄暖晨盯着屏幕，半晌后轻叹了句："程少浅回德玛总部，我想这件事跟他有关吧。"

"那你还真得谢谢他，他可是给江漠远报了仇的。"

"商场上都是难为知己难为敌的。"话虽这样说但她还是高兴，这下子倒真是出了口恶气。

"要不说啊，人可别太忘恩负义，这个本就是典型啊，如果当初他没对江漠远落井下石，也许标维今天的危机就能度过，你家的江漠远是何等人啊，处理危机是强项。"

庄暖晨轻笑，其实她也不想让自己看上去那么幸灾乐祸，喝了口水却突然觉得恶心，倏然冲出办公室，艾念吓了一跳，赶忙也跟了出去。

洗手间里，庄暖晨一阵干呕。艾念在旁站着，见她呕了半天也没吐出东西来迟疑了，递给她一片纸巾："胃难受吗？"

"可能是胃病犯了，挺难受的。"

艾念想了想道："你这阵子经常干呕吗？"

庄暖晨摇头道："今天是第一次，没事，等有时间我去做个胃镜查一下。"

"做什么胃镜啊？我问你，你这个月那个来了吗？"艾念是过来人，一看这种情况就敏感。

庄暖晨一怔。

"是不是延后了？"

庄暖晨下意识点头，心头突然窜过一丝小小喜悦和期待。

"我怀疑你已经怀孕了，还什么胃病啊！"艾念忍不住笑。

"怀孕？"庄暖晨喃喃着，一时间还不敢去相信。

干呕感又蹿了上来，她赶忙扶住水池，过了良久才稍微好受点，抬头傻乎乎地问了句："我能是怀孕吗？"

午后，艾念亲自开车送庄暖晨到医院，一路上哪怕是稍稍颠簸点也紧张得够呛，弄得庄暖晨反倒不好意思了。

医院主治医生办公室又是一番风景。

夏旅刚接受完检查，虚弱地坐在就诊椅上。

医生将检查结果夹进病历本里："身体倒是没什么大碍，之前就建议你做物理治疗，还没等做你就出院了。"

夏旅点头："我知道了，从今天起我就做。"

之前是因为知道孟啸快回来了,她就算再虚弱也得回家当着他的面儿演那么一出戏,否则孟啸怎么会死心?

等夏旅去缴费的时候,正巧庄暖晨和艾念也拐进了走廊,夏旅没看见她们,庄暖晨眼尖看见了她,微怔一下,她瘦了。

"艾念。"碰了碰身边的人。

艾念一看是夏旅,轻叹了一口气:"可能是来做复查的吧,你要不要上前问问?"

庄暖晨也听说了夏旅的事,心里添了苦涩,轻轻摇头:"你跟过去看看情况吧,怎么也不见孩子的父亲来?"

"八成是夏旅又被男人给骗了,要不然孩子能掉吗?问她又不说,急死个人,这件事啊,最冤的就是孟啸,我看他们两个悬了。"艾念还是放心不下夏旅,"我过去看看,你自己能进去吗?"

庄暖晨点头,艾念赶紧跟了上前。

近乎漫长的等待,实际上也不过几分钟,直到听到护士叫自己的名字,她倏然起身紧张上前。在医生面前坐下的瞬间,她能闻到阳光的味道。

"怀孕了啊。"

"真的?"心是春暖花开,她激动起身,呼吸急促。

医生点头,又迟疑了一下。庄暖晨是个敏感的姑娘,小心翼翼问了句:"医生,是不是孩子有什么问题?"

"应该没什么问题,这样吧,我建议再做几项检查,你现在就去做,等着拿结果回来给我。"医生没说太多,开了几张单子。

她接过,惶惶不安。

万宣临时有事,艾念先赶回了公司,临走时对庄暖晨千叮咛万嘱咐。

等她走了,庄暖晨楼上楼下照单子做检查,等结果出来已是晚霞漫天,医生很尽责,还在办公室等着她。

医生逐一看完检查结果,告知她胎儿的数值都很正常,胚胎发育很好。

庄暖晨紧张了一下午,听到医生这么说,就差激动得痛哭流涕了。

"但是,"医生拿着其中一张检查单子话锋一转,"从医学角度来讲,你要这个孩子会很危险。"

像是一道晴天霹雳打在她的脑袋上。

"较长一段时间里你有没有感觉特别疲累,或者手脚窜麻、头晕等症状?我指的是怀孕前。"

庄暖晨好不容易才让大脑趋于正常运转,点头:"前段时间是这样,头会晕得厉害。但是医生,这是因为我工作太累了。"

"你先别急,听我说。"医生安抚她的情绪,"从检查结果看你的颈椎内有病变,免疫力极低。现在你不会觉得有什么,但胎儿每天都在成长,它会大量吸收母体养分,你的不适反应也会每天加强,妊娠期你会很辛苦,供血不足会导致心脏重负,又会增加你的颈椎内的压力。庄小姐,到时候你可能随时发生昏厥现象。"

庄暖晨整张脸苍白得吓人,良久后喃喃:"发生昏厥的可能性有多大?"

"那要看你的身体素质,还有,绝对不能受到情绪刺激,你的体质很敏感,怀孕后会更敏感。"

"我想要这个孩子。"

"那我只能将你列为高危,妊娠期要加重监护,来医院方便医生观察——其实以你这种体质怀孕很危险。"

庄暖晨咬得嘴唇都麻了:"只要孩子能够平安无事。"

也不知道是不是心理原因,再出医生室时,她觉得双脚双手都在窜麻,头也一阵阵地眩晕。

医生开了药,又对她以后该注意的问题做了详细说明,最后建议她有时间再到骨科做个全面检查。

不管怎样她都决定了,要尽心尽力保护好她的孩子,哪怕只能二选一她也要将生命的权利给孩子。

她和夏旅也不愧是多年的朋友了,始终都是同命相怜。

庄暖晨特意去了趟治疗室,这个时间医生们都下班了,只有值班护士在忙碌。

治疗室共六张床位,有三位病患,其中一个就是夏旅。她躺在最里边,对面是液晶屏电视,不知她是在看电视还是在想问题,眼珠子一动不动。

她站在室外,透过门上玻璃远远地看着夏旅。瘦了,脸色苍白。

半响后她拿出手机拨通了那串号码,她看到夏旅在里面掏出了手机,也看到夏旅在见到手机上的号码后惊愕的样子。

心像是被刀刃轻轻划过,不见血,却隐痛。

"暖晨?"夏旅的嗓音略带沙哑。

她想问夏旅一声这段时间过得好吗,但喉咙像塞了东西似的,好半天轻叹:"你的事我听艾念说了。"

夏旅沉默,她亦沉默。

半响后,夏旅开口道:"我很好,现在已经出院了。"夏旅淡淡说了句。

"那就好。"庄暖晨答道,她深知这是夏旅的性格。

夏旅那边又是沉默,良久后她开口道:"庄暖晨,我不需要任何人的可怜,包括你的。"

"你错了,我没在可怜你,事实上这也许是你我最后的通话。"庄暖晨心头窝疼,狠下心透过玻璃窗看着夏旅,"你做了那么多对不起我的事,就算你病得多严重都是活该,我也绝对不会去医院看你。"

"这样挺好。"夏旅的声音短促,转瞬消散于云烟。

庄暖晨咬紧唇,挂断了手机,她看到,里面的夏旅拿着手机看了好半天。

生性骄傲的何止是她夏旅一个?连同她庄暖晨也算上。有时候不痛恨不代表原谅,原谅了也不代表能回到从前。如果有天她真遇了危险或不在了,那么痛恨着总比知道永远失去要好得多吧。

入夜,江漠远打来了电话,说人在外地晚上回不来。庄暖晨抱着座机叮嘱他在外注意安全,又特别提醒了句,一回北京马上回家来。江漠远这么一听好奇了,询问她原因。

"等你回来吧,给你个惊喜。"她的手落在小腹,轻轻抚摸。

"现在告诉我。"江漠远柔和低笑。

她原本是迫不及待想要告诉他的,却听电话那头有人在叫他,像是周年,便催促他先去忙,等回来再说。

江漠远许是也挺忙,轻声道:"那行,你一人在家注意安全,谁敲门也别给开,知道吗?"

"行了,我又不是小孩子。"

"你以为呢?原本就是个让人操心长不大的孩子。"

庄暖晨一撇嘴,长不大的孩子已经怀孕了。目光落在小腹上,她伸手轻轻呵护,这是漠远的孩子,她会拼尽全力来保护它。

菲斯麦的慈善活动做得很成功,这是高季给予大力支持和信任的结果,更是万宣员工们上下齐心努力的结果,到场的媒体也配合。看着那些老人,她再次想到了奶奶。

热闹的活动现场,庄暖晨反而是最安静的一个。

原来,一个人在实现了梦想的这一刻并不见得要手舞足蹈,因为这个时候你所在意的已不是结果,而是沿途的风光、经历的种种,在得与失中感受不停成长、顿悟、收获的过程。

唯独遗憾的是,陪在她身边的就只剩下艾念。

所有人鼓起了掌,庄暖晨也跟着鼓了掌,高季上台讲话,今天他穿得正式，在老人们面前是谦逊的态度，他也长大了，不是吗？

活动散了后，媒体围上了高季，庄暖晨有条不紊地指挥着全场工作人员做收尾工作。

她已经决定这场活动之后就会将生活的重心放在孩子身上，在奋斗的路上跑了这么久，她也该歇歇了。

在看过医生后的第二天她又去了骨科，骨科大夫给出了专业意见，说她是长期坐办公室的缘故，椎内神经受到了一定的压迫，的确在怀孕期间会加重颈椎负担，但对胎儿没有太大影响。对于未来，她始终坚信是光明的。

会场上有三个女孩子引起庄暖晨的注意，一个长头发的，一个中发，一个是利落的短发。三人有说有笑，看上去感情很好。

问了艾念才知道是昨天刚招上来的员工，应届毕业生。三个女孩礼貌打着招呼，叫着庄总好。

"你们觉得自己在传播上倾向于哪个方面？"庄暖晨有些累了，坐下来，唇角微笑。

三个女孩相互看了一眼，长头发的女孩开了口："庄总，我觉得我最擅长做方案。"

"为什么？"

"因为我喜欢。"长发女孩甜甜笑着，还带着大学生刚进社会的青涩和天真。

"那你们两个呢？"

"我喜欢与客户沟通。"短头发女孩爽朗道。

另一个马上也补上："我很喜欢写东西，撰稿是我的长项。"

"庄总，我们三人都是新闻系出身的，您放心，我们在万宣一定会好好做！"长发女孩目光灼灼。

庄暖晨轻笑："你们是同一专业，是不是感情也很好？"

"是啊，我们三个虽然老家是不同地方，但从大一开始就一个寝室，我们三人是永远的好姐妹。"短发女孩也笑了。

好姐妹……庄暖晨心中轻轻品着这个词。

"她们三人都在负责菲斯麦吗？"看向艾念，她轻声问了句。

"是。"

庄暖晨看着她们三个道："三人调到三个部门吧，负责不同的品牌。"

艾念一愣，却很快明白了过来。

三个女孩儿反倒不解，长发女孩赶忙道："能别把我们分开吗？我们三人负责同一品牌不是挺好的吗？"

"万宣目前负责的项目很多，你们三人各有所长，应该在不同领域积极发挥作用才是。"庄暖晨轻轻一笑，给出建议。

等她们走远后，艾念叹了口气："你是不是太杞人忧天了？"

"同在一个部门，暗自较量的概率就大了。"

艾念笑了笑，点头。

看着她们三人的身影，庄暖晨的目光变得悠远，良久后轻声："她们，像极了当初的我们啊。"

艾念伸手在她肩膀上轻轻拍了拍。

岁月蹉跎，有聚就有散，人人都知道人生聚散如浮萍的道理，可经历了太多变故才知道，聚散，是时间给予命运际遇的最好诠释。

快下班的时候庄暖晨接到了一个礼盒，打开一看惊讶，是件晚礼裙，盒子里没字条落款，与此同时手机响了。

"少浅？"

程少浅的嗓音爽朗含笑："怎么样，那件晚礼裙喜欢吗？"

"裙子是你送的？"

手机那头笑而不语。

"你无缘无故送我晚礼裙做什么？"

"希望你今晚能穿上这件晚礼裙参加德玛的庆功会，宴会设在万豪。"

"啊？你回北京了？"

"是啊。"

"天！你什么时候回北京的？也不提前告诉我一声？"庄暖晨格外高兴。

"天地良心，我这刚踏上北京的土地就给你打电话了。"程少浅喊冤。

庄暖晨抿唇笑。

"今晚来吧，晚八点。"程少浅又重复了一句。

"这个……"

"来吧，以朋友的身份出席，没什么说不过去的。"程少浅的态度很坚持，"我知道你忌讳什么，夏旅向公司辞职了，今晚你们不会碰面。"

她愣住，疑惑道："她为什么辞职？"

"这个我就不大清楚了，也许是私人的事不方便透露吧，因为她突然不做了，总部又把我给拎回来先顶着了。"

庄暖晨怅然若失："她这算是跳槽还是休长假呢？"

"没见她有跳槽的意向,你也知道,咱们这个圈子说小不小说大不大,做这种职位,一旦跳到其他公司,圈子里的人总有知道的。"

是啊,她也没听梅姐提过,那夏旅她究竟是怎么想的?

秋天到了尾巴根,一入夜气温就低了很多。

程少浅开车来接庄暖晨,艾念担心庄暖晨的身体也跟着一同前往,并备了好多小零食。

看得程少浅一个劲儿地笑:"暖晨,人家艾念也算是个公司副总,让她这么鞍前马后就没有于心不忍啊?"

庄暖晨笑:"她是怕我晕车。"

对于那天检查的结果,庄暖晨没告诉艾念,只告诉她孩子很好。

"以前没发现你有这个毛病啊。"程少浅边开车边打趣。

庄暖晨笑着没再说话,艾念也岔开了话题:"程总,一段时间没见又帅了,吉娜呢?她不是一日不见你就如隔三秋吗?"

程少浅近乎哀嚎:"可别提她了,每天要把我给折磨死,她现在是没脱开身,过两天就该回北京继续折腾了。"

"我觉得吉娜不错。"艾念嘻嘻笑着。

程少浅看了一眼后视镜,看向庄暖晨,庄暖晨岂会不明白他眼神的含义,轻笑没说话。

艾念也知道程少浅的心思,这年头有情有义的男人真是不多了。看向庄暖晨:"晚礼裙我已经放盒子里了,等到了酒店后你先吃点东西再换。"

"好。"

程少浅见状低叹:"艾念,真不该带你来啊,你不来我还能趁机大献殷勤些。"

艾念哈哈一笑,庄暖晨心头泛起温暖。这世上总有一种男人,也许他也在爱着你,但不会给你压力,他会默默帮你扫开障碍,默默看着你嫁为人妇获得幸福,遇上他是种温暖。这个人她遇上了,就是程少浅。

商业性质的晚宴,往往是场心照不宣、不得不戴着假面笑容以对的盛宴,但庆功会不同,庆功会上每个人都是发自内心地笑。

传播圈都是铁打的营盘流水的兵,宴会厅上,庄暖晨看到了很多陌生的面孔,德玛传播招了不少新人来。

"庄暖晨,艾念!"

庄暖晨循声看去,是高莹,原来她还在这里。高莹跑上前,她俩就不撒手了,激动得差点痛哭流涕。

"没想到你俩能来啊,自己开公司真好,前两天你们万宣做的那场慈善活动我也关注了,真棒!"

庄暖晨笑看着她,她还是跟以前一样说话爽朗,想起曾经一起工作的情景,真是怀念。

艾念也拉着高莹,笑眯眯着道:"你不是也挺好的吗,都升职加薪了。"

"艾老板,能别取笑我吗?我是伸手要钱的,你们是伸手拿钱的,我跟你们的境界怎么能比呢。"高莹嘻嘻哈哈的。

"你可别取笑我们了。"庄暖晨轻声道。

"是啊,我和暖晨现在可是重担压在身,一天松懈下来就没饭吃。"艾念接过话笑道。

高莹点头:"有多少压力就会有多少动力,我相信你们的能力,万宣目前发展得多好啊。"

三人有说有笑的,又相继有媒介部的几位老同事走上前,大家聊得痛快。

过了十几分钟,程少浅走上前,优雅开口:"几位女士,宴会快开始了,整理衣裙的去整理衣裙,补妆的去补妆啊,今天总部来了不少单身男士。"

原本还聊得恋恋不舍的女人们一听这话全都散了,典型的有异性没人性。

"保媒拉纤这种事你也管啊。"庄暖晨有意消遣。

程少浅低笑:"感情这种事都是你情我愿,我从不反对同事间恋爱。"又跟她说,"等换完礼裙找我一下,我父亲想见你。"

十分钟后,庄暖晨收拾好出来,程少浅见了连连点头,毫不吝啬来了番赞赏。

"还要多谢你的晚礼裙。"

程少浅却轻轻摇头道:"裙子不是我送你的。"

"啊?"

"走吧。"程少浅没多做解释。

休息室有茶香,推门进来时扑鼻而来。南老爷子坐在沙发上慢悠悠地呷着茶,见她来了一招手:"暖晨啊,快过来。"

庄暖晨在门口愣怔,直到程少浅走上前轻笑:"想什么呢?上前坐吧。"

庄暖晨看了一眼南老爷子,也顺便看见了室内的其他两个女人,沙琳和南优璇，这一家倒都到齐了。

走上前坐下，跟南老爷子打了个招呼，程少浅在旁而坐。沙琳先开了口："程少浅，你明知道她是我的情敌还带她来，是不是存心要气我啊。"

"让她来的可不是我。"程少浅慢悠悠说了句。

沙琳瞪了他一眼，转头看向庄暖晨："你是一点机会都不给我留呀。"

什么意思？她听得一头雾水。

南优璇开口，语气懒懒的："你怎么也没希望了，别白费劲了。"又看向庄暖晨，目光里有明显的愧疚，"暖晨，之前我对你的态度不是很好，现在跟你道歉。"

"啊，不用。"庄暖晨摆手，心里纳闷，这是怎么了都？

"好了好了，你们都把她给吓到了。"南老爷子开了口。

"爸，我哪有吓她？是沙琳又不是我，我这不是在跟暖晨道歉吗？"南优璇解释。

南老爷子点头，抬眼看向庄暖晨："其实我也想跟你道歉，我知道你从德玛传播走出去的时候心里憋屈，但当时真没办法，孩子，让你受委屈了。"

"您别这么说，离开德玛是我自己做的决定，这句抱歉应该我说才对。如果我能再谨慎点可能就会减少负面影响，而且您还为我挡过刀，真的很谢谢您。"庄暖晨由衷说着这番话，眼神诚恳。

沙琳在旁搭腔："你也别谢了，还不是沾了我长相的光？还有老爷子，您可要仔细想想，是不是有个女儿您忘认了？"

"这丫头，口无遮拦的。"南老爷子轻声呵斥。

晚宴是以宏大的音乐会开场，程少浅别具匠心，悠扬的小提琴，轻柔的钢琴声，更像是一场家庭聚会，德玛整个大家族的聚会。

程少浅做了主持，南老爷子上台讲了一番话，讲到德玛是如何从一个小公司渐渐拓展至全球，讲话的时间不长，却足够震撼人心。

庄暖晨自是钦佩，创业难守业更难，不过继南老爷子之后还有程少浅，她绝对相信程少浅有能力继续德玛的辉煌。艾念也听着感动，在她耳边轻声道："你说咱们万宣会不会也有这么一天，等咱们老了也可以上台跟员工们说说创业史。"

"一定会。"庄暖晨坚信不疑。

"真有那天咱一定要先对好稿，千万不能说我是被男人甩了才创业的，理由帮我说好听点。"

"行，我就说你是甩了男人。"

艾念轻捶了下她的肩头："没正经。"

两人正低声说笑，就听程少浅最后提了句："今天我们也请来位重要嘉宾，德玛也是在他的协助下才打了漂亮的胜仗，掌声有请晨远国际能源集团董事长——江漠远先生。"

全场掌声如雷，那道伟岸身影稳步上台时，掌声还伴有女人的惊呼声。

庄暖晨僵住，瞪大双眼看着那男人——她的丈夫上了台，低沉的嗓音透过麦克风回荡在全场，只是简单的一句谢谢大家。

晨远国际，什么时候又出了个晨远国际？

台上的江漠远西装革履，衬衫上的袖扣她记得，那是她在苏黎世逛了大半天才选好的礼物。他淡笑着，沉稳内敛的气质是岁月的历练给他的最好礼物。

这是一场有"预谋"的邀请，真正送她晚礼裙的人是江漠远。

沙琳从旁边走过来，在她耳畔轻叹："现在明白我的意思了吧，我是真想着能把握最后一次机会多跟他待一会呢，没成想你来了。"

庄暖晨恍然大悟，转头看向她："你早就知道这件事？"合着就她一人是被蒙在鼓里的？不，还有艾念，看得出她也挺惊讶。

"这件事老爷子和程少浅知道得一清二楚，他们三个才是合谋，跟我无关。"

"这件事？"她皱眉不解。

"具体情况我也不清楚，我只是听程少浅说，漠远走了一步大棋。"

庄暖晨吃惊地看着台上的程少浅和江漠远，同样面带浅笑的沉稳男人，却在不动声色间掀起了风云，其间究竟发生了什么事？

正迟疑，两人讲完了话走下了台，小提琴轻扬的乐章代表着宴会正式开始。

她看着江漠远接过侍应生递上前的两杯香槟，一步步朝这边走来，身后尽是女人们关注的目光。

艾念掩唇笑着去别处，沙琳虽说恋恋不舍但也傲气走开。

"我知道你有很多话想要问我，先喝口香槟润润喉吧。"江漠远瞳仁深处尽是柔和。

她接过香槟，刚要喝下一下子想到了身体现状，将香槟递给了经过的侍应生。

江漠远见状笑了："不会生我气了吧？"

"我从没听过晨远国际。"

"早在我们刚结婚的时候就筹划了，时机不成熟，所以没对外公布。"

江漠远老实回答。

"时机不成熟?"庄暖晨抬头,平静地与他对视,"那么现在呢?"

他低低笑着,伸手揽过她的腰。两人来到落地窗前,有一缕淡淡的月光穿过纱幔映照彼此身影,远远看去像是定格在霓虹夜色下的一幅画。

事情还要追溯到江漠远的小时候。

他是带着江峰之子的光环出生的,跟漠深一样,从出生那刻起就被打上了富二代的烙印。

江漠远以为这一生就是这样,靠着父亲的光环顺利走向成功,然而漠深的死对于江家来说是场灾难,周遭人对他的质疑、父母对他的痛骂一时间将他打入地狱,他颓废他堕落,直到被孟啸打醒才重活了一次。

他离开了家,靠着双手来打拼自己的事业。

没了江家的光环,刚开始有多艰难可想而知,江漠远凭着赌气和意气用事几乎各行各业都干过,直到成为一家投资公司的普通员工。

从那天起他发挥所长,再加上自小耳濡目染,短短三个月,业绩就超过了老员工,创造了奇迹。

本主动找到的他,那时候的标维国际还没上市。而江漠远也没有真正进入标维国际,只是帮他处理旗下一些个小公司的事务。

他在跟着本的那段时间里学会了不少东西,也为本创造了价值。就这样一晃几年过去,标维上了市,而他也已经从青涩的小伙子成长为历经岁月磨练的成熟男人。

他的眼越来越毒,手段也越来越辣,他骨子里就有天生的能对货币金融、投资股票运筹帷幄的血统。

他为标维擘画了新的蓝图——在中国市场,本在他的操盘下赢了个盆满钵满。江漠远从不否认自己的贪欲,一步步站在最高点才是最安全的。他明白这个道理,本也明白,所以本便有了向酒店业发展的念头。

江漠远没阻止他,事实上在全球酒店收购这件事上他也替本解决了不少麻烦。本的钱包一天比一天鼓,贪欲就一天比一天多,直到他终于意识到养虎为患。

虎,就是江漠远。

这几年,他所拥有的半壁江山都是江漠远打下来的,而股东们对江漠远的依赖性越来越大,江漠远是头天生的老虎,不得不防,所以本一直在背地里寻找合适的人取而代之。

江漠远的敏感嗅觉异于常人,他真正提高警惕正是从收购颜明酒店的那刻起。

当他承诺庄暖晨归还酒店时已经对本起了疑心，利用自损身价的方式探出了本的心思。

　　他清楚得很，一旦在毫无准备之下跟本撕破脸，依照本性子想毁了他也不是不可能，他要让本毫无反击之力，唯一的胜算就是——

　　要拥有实业。

　　一个惯于操盘资本和货币市场的人想要拥有实业不算什么难事，但对于要跟本明争暗斗、全身而退又能将损失减到最低的江漠远来说就要从长计议。

　　颜明的酒店的确在运营上出了问题，江漠远对其利用，赢了运营权，可颜明想不开将脏水往江漠远头上泼，并拿刀冲进宴会。后来江漠远归还酒店，将那个携款潜逃的人揪到了警局，颜明这才愧疚难当，与此同时江漠远投在酒店里的钱也打了水漂，颜明更不好意思面对江漠远。

　　钱是本的，江漠远原本可以向颜明追讨，但他没那么做，这些钱，不过是问路石。投石问路后江漠远明白此人难以相信，本关注利益高于一切。

　　江漠远开始了全盘筹划，首先要放松本的警惕。

　　他亲自到国外为本以最低廉的价格收购了酒店，与此同时主张本多参与名利双收的项目，本同意了。

　　江漠远动用了关系联系了这类项目，并且想方设法给他布置陷阱，而真正让本野心昭然若揭的事就是，利用庄暖晨和沙琳两个女人来试探江漠远。

　　本对庄暖晨的确动了歪心思，不过他更想通过庄暖晨来试江漠远的心思，他就是要看看，在江漠远心中女人和事业孰轻孰重。如果是前者，他必然要想办法除掉，如果是后者，他很乐意继续跟江漠远合作。

　　本几乎每天一束花送到庄暖晨手里，他知道江漠远不可能不知道，但江漠远也没他预想的气急败坏。于是本撺掇沙琳多跟江漠远接触，他要看看江漠远这个人有没有底线。

　　江漠远和庄暖晨的关系的确出了问题。江漠远与高盛合作林地的事本很清楚，刚开始他不安，后来一打听就是片林地也就放下心，与此同时他也在试探江漠远，有意要扩大他在标维国际的控股权。

　　江漠远顺水推舟。

　　齐行长是江漠远找来做戏的，公路项目的确存在，但这也是江漠远故意以身涉险的重要一步。

　　果不其然，相关部门的介入调查和媒体舆论将他推进了万劫不复的境地，但商业游戏就是如此，想要赢就要打时间战。

果然本按捺不住了，狠下手段，向他索取巨额赔款。江漠远早料到他不会心慈手软，背地命周年拟造了一份对他不利的证据，借相关部门的手冻结他名下资产。虽然本将他成功踢出局，却在资产上扑了个空。

月光落在江漠远头发上，泛着丝丝光泽。他语气淡然沉稳，可她听得心惊胆战。这其中的很多事她都不知道，就算知道的也只是表面。

"那德玛又是怎么回事？明明是标维的项目怎么又落到德玛手里了？"庄暖晨一肚子的疑惑。

江漠远轻笑："敌人的敌人就是朋友，不管是商场还是战场，这都是硬道理。德玛想发展想赢得这个项目的运营权，而我也要寻找最佳合作伙伴，这样一拍即合没什么不可能，而本就是最大的公敌。"

其实有问题的并不是"新国际"的项目，而是本。德玛传播输掉这次项目并不足以引起股市动荡，整件事，程少浅的参与起到了至关重要的作用。

程少浅通过总部散播了不利的言论出来，造成股市波动，这一障眼法如果放在平常实在瞒不过本，但狐狸终有放松警惕的时候，就是在他最得意的时候。

赢了"新国际"项目，成功打击了德玛，再加上江漠远腹背受敌形同废人，于是他扩大了投资，江漠远深知本惯走歪路，于是早就命人收集他的相关罪证。

江漠远的罪证是假的，但本的是真的，他的贪欲让他栽了跟头。而程少浅一封慷慨激昂的书信和土地规划建议书也令相关政府动心。这个时候本四面楚歌，资金又全都僵死，再想保回自己的地盘已无力回天了。

德玛成功扳回了一局，将项目用在能源建设上的主意是江漠远提议的，原因是他的晨远国际已经可以对外公布了。

"能源？"庄暖晨忍不住问。

江漠远低头在她耳边厮磨："跟高盛的合作可不是那么简单，真以为你老公我只是买了林地吗？"

"啊？"

"我看中的不是林地，而是林地下面的水资源，可供应量远远超出目前所开发的。"江漠远的笑意味深长。

庄暖晨瞪大了双眼："你的眼睛怎么这么毒啊？"

他笑得更开心："不是我的眼睛毒，是探测仪太先进了。"

拥有能源就相当于拥有了命脉，发展实业的资源本源源不断涌来。

成王败寇向来是商场的游戏规则，赢得起不算什么，输得起才能看透、才能掌控这个游戏。江漠远是,程少浅亦是。

庄暖晨下意识看向不远处的程少浅,他站在那,唇角微微勾起,举了香槟杯朝她示意了下,了然江漠远会将一切告知于她,这杯酒更像是为他庆功。

"这么说,你现在的晨远已经跟德玛合作了?"

"还有高盛。德玛会提供生产地点,高盛提供技术支持,两家公司都是重要的合作伙伴。"

说到这儿,江漠远又笑着纠正:"是我们的晨远,傻丫头,公司你也有份。"

"我?"庄暖晨脸一红,"我才不参与你们那些事呢,整天提心吊胆。"

"没关系,你负责看管资产就行,从今天起,不论是晨远的账面还是我的账面在你面前都是透明的。"江漠远拉住她的手,十指交缠,低语,"做我一辈子的管家婆。"

她忍不住笑出声来,又低下头:"我倒想管着你啊,但有个人可能不让,他不允许我这么累呢。"

"有个人?谁?"

她抬头凝视着他,笑里有着羞涩:"孩子啊,他现在可比你的那些什么能源公司重要。"

江漠远挺安静地看着她,然后神情渐渐有了变化,突然叫了一声:"啊?"

他的这副样子令庄暖晨吃不准了,这是高兴还是生气呢?拉过他的大手覆在自己小腹上:"这里,已经有了你的孩子。"

"啊?!"这一声听上去更迟疑绵长。

"啊什么啊?是你张罗要孩子的,现在有了孩子你又这副鬼样子!"庄暖晨佯怒。

江漠远这才反应过来,低头盯着她的小腹:"你、你真的怀孕了?"

"我骗你干什么?"庄暖晨偏头看着他,又恍然大悟,"你怀疑自己有问题?"

江漠远被她的话弄得哭笑不得,扳过她,眼里尽是温柔道:"确定吗?"

庄暖晨翻了下白眼。

"你快掐我一下。"

"啊?"这反倒是她摸不着头脑了。

"快!"

她冲着他的胳膊就拧了一下,他呼痛,紧跟着笑得合不拢嘴。

庄暖晨好奇地看着他的面部变化,怎么跟抽筋似的?关切问了句:"你没事吧?"

江漠远像是被人用力推醒似的,双眼灼灼地看着她,那瞳仁的光近乎烟花般绚烂光亮。突然,他低头狠狠吻了她,在她还没来得及反应过来的时候又倏地放开,转身往台上走去,留庄暖晨傻愣愣地待在原地,只是怀孕而已,至于让一个人变得痴痴狂狂的?

她眼睁睁地看着江漠远拿起了麦克风,不知他要干什么。所有人的视线都落在台上,程少浅也好奇地朝台上看。

"各位,我太太怀孕了,出于她的身体状况,我们要先行离开,大家玩得开心。"江漠远的嗓音听着挺激动。

台下哗然,然后纷纷祝贺。

他朝这边过来,庄暖晨几乎要找个地洞钻进去。程少浅走上前,哈哈一笑:"你们两个保密工作做得也太好了吧。"

江漠远一脸骄傲:"我也是刚知道的。"

"这当了爸就是不一样啊,腰板挺得比谁都直。"程少浅笑说。

倒是把庄暖晨说得满脸通红。

江漠远低头看着庄暖晨,眼底心里尽是温暖,这个孩子来得太是时候了。

江漠远做了父亲的消息不但是个人之喜,更是晨远集团上下的喜讯,他觉得这个孩子就是个小福星,一来到这世上便给周遭人带来好运。

两家老人又都赶来北京,庄暖晨成了重点保护对象。新房那边肯定不够住了,四合院虽好但江漠远总觉得不够安静,与庄暖晨一商量便买了套别墅。

别墅的位置不错,雅致幽静安全,更重要的是隔壁别墅里也住着位孕妇,庄暖晨刚搬进去的时候两人就聊得很开心。

对于自身情况,庄暖晨没向江漠远透露,只告诉他孩子发育得很好,又拿了当天的检查报告给他看。江漠远放心不下,又聘回了许妈,请了家庭医生。

四个老人一天到晚欢天喜地的,还自觉安排好了各自工作,弄得庄暖晨都不好意思。

"来,老婆。"江漠远端着洗脚水来沙发旁,庄暖晨一看赶忙起身,吓得他赶紧放下洗脚盆按住她,"慢点慢点。"

"我自己来就行。"

"有什么不好意思的？"江漠远将她的双脚搬到洗脚盆中。

"让爸妈看见了该多想了。"人家养大的儿子给自己洗脚，心里该多别扭。

江漠远一脸平和："这就是你公婆下达给我的任务，不但要我每天都准时回家，还得负责管理好你的心情和这双脚，闻到花香了没？是你婆婆选的什么有机花瓣，说对你皮肤好还能预防抽筋。"

庄暖晨感动，公婆对她是掏心掏肺的好。

还有眼前这个男人，比任何时候都紧张上心。婴儿房早早腾了出来，他是个不爱逛街和没时间逛街的男人，却能为了她和孩子，一有空就往母婴商场里钻，把她从吃的到生活用品统统换了新，还时刻关注最新的孕妇用品，对比成分是不是可靠。再说那婴儿房，每每他回家准往里面填点东西，要不了多久那间房就该满了。

"怎么了？还是肚子饿了？"

"不是。"她主动窝进他怀里。

他是这么爱孩子啊，如果真有一天她危险了，那他怎么办？她舍不得这个孩子，更舍不得他。

"身体是不是哪里不舒服了？要不咱们去医院？"

"我没事。"生怕他在胡思乱想，她笑着，"就是觉得你太辛苦了，晨远刚刚起步，我又怀孕了。"

江漠远伸手刮了下她的鼻子："心放进肚子里，万事都有我。"

"我知道。"

他笑了，低头轻吻她。额头上痒痒的，引得她轻笑躲闪。

"不过为你生孩子还真是亏啊。"

"怎么了？"

她伸手，在他肩胛骨上戳了戳："为了你，我连万宣都不能去了。"

"不是还有艾念吗，你就老老实实地待在家里。"江漠远搂紧她，"其实我刚开始就反对你做公司，现在不是挺好的吗，在家相夫教子。"

"马后炮啊你。"

江漠远低笑。

"你要做好心理准备啊。"她嘟囔了句，"我可不是那么好养的，你想养我，那得相当费劲呢。"

"说来听听。"江漠远心情愉悦。

"你也知道我现在的舌头可是开着叉儿呢，稍微不合胃口就得吐。"

江漠远大笑:"还当怎么个费劲呢,没事,舌头开叉咱就按照开叉的饭食去喂。"

"怎么说话呢?"

"我先尝尝开叉的舌头什么滋味。"

"不正经。"

"跟自己老婆干吗要正经?"江漠远轻抚她的发丝,满眼温柔,"暖暖,谢谢你。"

他是如此地满足,没孩子之前他觉得有了这个女人生命就变得不同,是满足是温暖。但有了这孩子他才知道,除了满足和温暖还有一种叫充实和完整的东西。他有了更明确的奋斗目标,为了暖暖,为了孩子。

深秋留不住,初冬迫不及待赶来了。

北京的冬天没有下雨的黏糊,也没有下雪的爽利,总之,窝在家里是最好的选择。

两位爸爸一早打理了花园后就迫不及待切磋棋艺,两位妈妈在厨房与许妈一起探讨孕妇食谱。

这些天庄暖晨会隐隐感到不适,早上起床时心脏跳得极快,呕吐感也加重,但她不矫情,吐了再吃,绝对不会委屈宝宝。

江漠远一天能来好几遍电话,初为人父的他每天都跟打了兴奋剂似的。家里的门槛近乎被亲朋好友踏破了,不过亲朋少了点,只有庄暖晨的姑妈和姑父来,颜明没露面,姑妈也因之前的态度觉得挺不好意思,又转达了颜明对江漠远的抱歉,聊了几句放下个红包就走了。

来得最多的当属艾念、程少浅和高季。尤其是高季,一天到晚在她耳边抱怨着艾念不近人情,也不陪他玩。庄暖晨哭笑不得,倒是气得江漠远差点将高季拎出去不准再踏进江家半步。

只是一直不见孟啸,前阵子去医院做常规检查的时候也不见他露面。等江漠远这天晚上回到家,庄暖晨才知道孟啸在忙什么。

"婚怎么能说结就结呢?"偌大的浴缸里,庄暖晨脑袋上还飞着七彩泡泡。

"女方家是做生意的,算是商业联姻吧。"江漠远伸手蹭掉了她鼻头上的泡泡,为她擦洗身子。

"孟啸根本就不爱她,两个人怎么在一起生活?"

江漠远低叹:"是孟啸主动答应了这门婚事,他特意给咱俩发了喜帖。"

"我是孕妇，人家办喜事的都忌讳孕妇参加的吧。"她担忧。

"他没那么多的讲究，只不过我担心你的身体。"

"我没事。"她深吸了一口气。

有个名字她和江漠远都没提，就是夏旅。孟啸这次是真的死心了，所以才任由家人安排婚事了吧。

孟啸的婚礼现场隆重，两家真是往奢华了去弄，一场婚礼办得尽人皆知，场面那叫一个砸钱。

江漠远被几名商贾缠住，不得已只能闲聊几句，艾念陪着庄暖晨，见了这场面忍不住唏嘘和感慨。

庄暖晨看到了孟啸，得体的黑色西装彰显帅气，只是整个人瘦了一圈，那张脸棱角分明得令人心疼，趁着没人的时候她上前将他扯住。

"听说你怀孕了，恭喜你。"他的眼是深不可测的静谧，淡笑却显得心不在焉。

庄暖晨点头，问了句："你真放下了？"

孟啸一怔，含笑的唇略显僵硬，眼里有一瞬的恨却很快恢复平静，语气异常地冷："我和她再也不可能了。"

她心一沉。

有人在叫孟啸，他转头看了一眼后又叮嘱她："你怀着孕就尽量坐着别动，知道吗？"

如此体贴的孟啸，为什么就不能跟夏旅修成正果？

江漠远上前的时候孟啸正好离开，庄暖晨窝在他怀里，心头淡淡惆怅。他轻声道："暖暖，现实生活中没那么多婚礼现场悔婚的。"

她咬咬唇："我知道，但是，我很想给夏旅打个电话。"

"他们两个已经不可能了。"他说了跟孟啸同样的话。

庄暖晨低着头，神情落寞。

江漠远见了于心不忍，搂住她："这样吧，我陪你出去打，现在婚礼还没开始，有点吵。"

婚礼现场外，天空的蓝近乎可以渗出水来，甘洌的气息浮动呼吸之间，竟有些冷意了。

江漠远将外套披在她身上，她心口紧了紧。手机拨通了，对方很快接通，那边有点吵，可是夏旅的声音清晰。

"孟啸今天结婚。"庄暖晨没多余的废话，直截了当。

对方沉默。

"夏旅？"

"他结婚的消息我知道,这样挺好,我也不用内疚了。"夏旅的嗓音凉凉的,像是今天的风。

庄暖晨微微皱眉:"你说什么?"

"你怀孕的事我也知道了,恭喜你。"夏旅转了话题,"不说了,我要登机了。"

"你去哪儿?"

"我很累,出国散心。"

庄暖晨听到登机通知。

"就这样吧庄暖晨,祝你幸福。"这是夏旅对她说的最后一句话,淡淡的,由衷又洒脱。

通话结束,庄暖晨只觉得心口刺痛。

"算了吧,孟啸和她有缘无分。"江漠远低叹。

她吸了吸鼻子,看向天空,天际的那一朵云,白得像是被漂洗过似的,如情人的眼泪,定格在那。

头等舱里,夏旅靠窗而坐,飞机远离地面的一瞬间,她的心也飞到了无边无际的云层里,这一刻她真成了风筝,再也没有那根线牵扯着她。

太阳镜后的双眼被泪水蒙住,轻轻一眨,泪沿着脸颊滑落,送至唇边,苦涩难耐。

将深藏的照片拿出来,轻轻摩挲,酸涩便在心头炸开。

从孟啸家里搬出来,她什么都没带走,除了这张照片。照片上扎着朝天辫的孟啸做着搞怪的表情,她也笑得那么幸福。

轻抚孟啸的脸,心里低低念着他的名字,一遍又一遍:"孟啸,我爱你,深爱着你。"

婚礼进行得很顺利,皆大欢喜。

庄暖晨看到了新娘子,没夏旅长得漂亮,也没夏旅那么妩媚妖娆,始终微笑,有着大家闺秀的标准模样。她看着孟啸,眼里的笑就会加深一层,那是女人对男人的痴迷,孟啸看着她,少了为爱痴狂的热情,多了分客客气气的相敬如宾。

有缘未必相识,相识未必相恋,相恋未必相守,相守未必相容,相容未必能相携到老,这就是人生。

庄暖晨没在婚礼现场多逗留,一是人太多,二是心情沉甸甸的。江漠远有事处理,艾念先陪着她回车里。两人往停车场走的时候谁都没说话,却胜似千万言语。

眼前的光被一道影子挡住,竟是司然。

他一身制服，迎着光，俊逸得刺眼。艾念有几分尴尬和闪躲，庄暖晨一见这幕什么都明白了。

"艾念，我有几句话要跟你说。"司然神情严肃。

艾念张了张嘴："有什么话改天再说吧，暖晨现在怀着孕不方便，我要送她上车。"

"艾念。"庄暖晨无奈地看着她，"我都没显怀呢，有什么不方便的？几步远还用得着你来送？别拿着我做挡箭牌，好好跟他谈谈。"

"哎。"艾念拉住欲走的她。

庄暖晨轻叹，拍了拍她的手："幸福需要自己争取，不管未来会怎样，记住，珍惜眼前人，这样你才不会后悔。"

初冬的风不算太凉，却足以令人瑟瑟发抖。

司然站在风里，良久后才走上前，艾念下意识后退了一步，他却再度上前。她再退他再上前，终于她没了退路。

"我今天按照爷爷的意思去相亲，一会儿就去。"司然告诉了她这个消息。

艾念的头忽悠一下，抬头看他，他的眼灼亮得吓人，她竟不敢正视，又慌乱避开道："那、那挺好的，祝、祝你们幸福。"

司然微微蹙起眉。

"我、我还有事，先走了。"艾念心里乱糟糟的。

"你爱我吗？"身后，司然突然问。

她脚步一顿。

"艾念，你爱我吗？哪怕只是一点点。"司然又问。

她没开口，双手攥成了拳。

"如果我真跟别的女人在一起，你也一点都不在乎？"司然在她身后停住脚步，语气试探。

艾念死死咬着唇，她的婚姻，她的孩子……她和他，是两个世界的人，不是吗？

"是，你是个好人，应该配更好的女人。"

"可是我在乎。"司然一字一句，"我在乎的是能不能跟心爱的女人长相厮守。"

艾念下意识回头，他猛地低下头，攫住了她的唇。

时间像是凝固，司然的吻情真意切，她的心异常震撼，情愫像发了芽的苗在疯狂生长。

良久后他才放开她，轻捻她的发："我拒绝了相亲。"

"啊?"

"我跟爷爷还有父母说了你,我明确告诉了他们,我爱的是你。"

"啊?!"这一声,艾念近乎破音。

司然嗤笑:"今晚跟我回家,他们要见你。"

她倏然瞪大双眼。

"放心,就算他们为难你,我也一定会护着你。"

艾念绝没想过这种结局,有种幸福的感觉在心底漾开,又有不安,他的家人要见她?

司然温柔笑着,冲着她伸出大手:"现在,艾念女士,你愿意接受这个请求吗?不管前方是平坦大路还是荆棘泥沼,你愿意陪着我吗?"

他向她发出邀请,诚挚而认真。有阳光落在掌纹中,深邃悠长。艾念僵在原地,他耐性十足地等着她的回应。

艾念的手指颤了颤,轻声开口:"那么,请你做我的避风港,就算前方有再大的风浪,也请你不离不弃,好吗?"

暖晨说得对,珍惜眼前人,她想尝试一下,否则一定会后悔。

司然的目光亮了,情绪激动:"好!"

艾念笑了,将手放在他手心上。他收手,紧紧攥住她的手。

人还没散的婚礼现场,休息室烟雾缭绕。

"孟总,江漠远现在风生水起,相关部门也撤销了对他的控诉,他是翻身了,会不会对咱们不利?"助理神情焦急。

孟振齐坐在沙发上抽着雪茄,眼里透着明显的焦躁,从在婚礼上看见江漠远的那刻起,他已经不再是个能沉住气的狐狸。

"他不是翻身,是一开始本就上了他的当。"

"本入狱一定跟江漠远有关,您说他能不能调转枪头来对付我们?"助理压低了嗓音。

孟振齐微微眯了眯眼:"让财务把账面做得漂亮点。"

"是。"

"不需要让财务加班加点来做这些事了。"低沉的嗓音扬了起来,切断了两人的谈话。

孟振齐一惊,循声看去。江漠远走了进来,身影被光拉得极长。

"孟伯伯,在婚礼你见了我像见了鬼似的,让孟啸看见了不好吧。"他淡笑,于对面的沙发上坐下。

孟振齐一身警备。

"放心，孟啸还不知道你做过的那些勾当，尤其是与本合伙来害他好朋友的事。"江漠远说着将份文件扔到了茶几上，态度慵懒。

孟振齐迟疑，拿过文件一看倏然警惕："你什么意思？"

"这些都是你跟本合作的证据和财务往来，我提前帮你整理好了，也省得你的手下加班加点，多浪费资源。"江漠远倚靠在沙发背上，笑容很轻很淡。

孟振齐一页一页翻，额头上的汗珠流了下来，半晌后将文件一合扔茶几上："你拿着这些威胁不了我，我顶多、顶多被罚款。"

"也有可能顺便坐几天牢，你跟本合作只是从中获利，也没实质性的过错。"江漠远的笑有些瘆人了。

"你在威胁我？"孟振齐眯眼。

"你是前辈，我这个做后辈的哪敢威胁你呢？只是有件事想要孟伯伯帮忙。"

孟振齐冷哼："你想要什么？"

江漠远勾唇，看着他："标维的股票，包括股东们手里的那些。"

"标维的股票如今就像是废纸一样。"孟振齐怀疑地看着他。

"既然是废纸了，我更不想看着孟伯伯你砸在手里，是不是？还有那些股东，老人家嘛，都不容易。"

"你到底在打什么算盘？"孟振齐着实看不透他。

"我是在帮你。"

孟振齐冷笑："说得好听，我是不是可以理解成，如果我不按照你说的去做，这份证据就会落到相关部门手里？"

"别这么说，我哪舍得这么对孟伯伯？"江漠远点了一支烟，打火机扔在茶几上，深吸了一口，优雅吐出，透着烟圈看着对面的孟振齐。

"不舍得？难道你还将原件拿来了？"

"原件我保留得很好，放心，不会被任何人看到。"江漠远状似无害。

孟振齐听得出他明里暗里的威胁，攥了攥拳头，最终还是妥协了："好，我答应你，股东那边，我尽量去说服。"

"孟伯伯，我要的不是尽量。"江漠远一字一句。

孟振齐最恨被威胁，但人在砧板不得不任人宰割，咬牙："我知道怎么做。"

"那就好。"江漠远将半支烟摁灭在烟灰缸里，起身，事情谈完走人，他和他素来谈不上可以叙旧。

孟振齐叫住了他："这些事，别告诉孟啸。"

江漠远转头看着他，冷笑道："放心，我还不想去祸害我最要好的朋友。"

江漠远在家为老婆亲力亲为的程度令四个老人都望尘莫及。

因为水资源开发顺利，晨远国际也发展得平稳，江峰闲来无事也跟着掺和了一脚，投了一部分钱进来，每天闲暇时候就在江漠远身后追着叮嘱着不要让他亏本了。

这阵子他减少了应酬，连有些会议也搬进了书房，幸亏对方是程少浅，早就习惯他的这副德行。

当庄暖晨拖着懒洋洋的身子走进书房时，江漠远正好与程少浅开完视频会议，两人聊完了正事就有一搭没一搭地聊闲话。她想笑，视频里程少浅西装革履的，江漠远一身家居服。

"暖晨，你现在后悔嫁给他还来得及，真的，你跟他离了吧，我接着你，他现在不正常了。"程少浅一脸的无语，又补上了句，"截止到昨天，我已经替他顶下了二十几场应酬，再这么喝下去我非吐血不可。"

江漠远抢了话："应酬不还有周年顶着吗？别在暖晨面前博可怜。"

"你老公是人吗？"程少浅看向庄暖晨。

"他啊，"庄暖晨将江漠远的头扳过来仔细看看，"看上去还是人模人样的。"

"情人眼里出西施啊！"程少浅哀叹。

"谁说的，你也很帅啊。"她笑着补上了句。

这话听得程少浅心花怒放。

"忘了一件事。"江漠远敲了敲桌子，"少浅，我挺对不起你的。"

程少浅一愣："啊？"

"就先这样吧。"

"喂！江漠远……"

电脑屏幕黑了，她惊奇地看着他。

江漠远清了清嗓子："吉娜，今早刚给我打过电话。"

程少浅惶惶不安了一天，一到家，终于明白江漠远的那句"我挺对不起你的"的含义了。

铺天盖地的消毒药水味，心中警钟大作，不祥的预感还没等着盘升，一团人影扑面而来。他下意识接住，一个重心不稳双双倒在了沙发上。

程少浅像见了鬼似的惊愕出声："你、你怎么……"

没等话说完，女人低头吻上了他的唇。程少浅将她推开，低吼："死丫头，别胡闹了！"

吉娜被推到了一边，懒洋洋笑道："我亲爱的老公好久不见呀。"

"谁是你老公？"他皱眉，"你怎么进来的？"钥匙他早就给她没收了。

"在国外的时候我就偷按了个拓印，回来后就找我大哥帮忙配了一把。"吉娜笑得更开心。

程少浅听着牙痒痒，好你个江漠远。

"现在所有人都知道我俩同居了，你不是不想对我负责吧？"吉娜的小脸一沉，大有怨妇模样。

程少浅近乎崩溃，咆哮道："什么叫我对你负责？我压根就没碰过你怎么负责？"

"没碰过，那你就碰个试试呗！"说完，吉娜像头小豹子似的扑到他怀里。

程少浅再度被她扑倒。

这天，天色阴沉可怕，却怎么也下不起来雪。

本没了往日的风采，江漠远坐在那，扔了包烟给他。

本没伸手拿烟，死死盯着他，好半天才吐出了句话，嗓音嘶哑："是你。"

江漠远淡淡回应："没错，是我。"

"江漠远你这个混蛋——"

"坐下！"狱警冷声喝道，上前将他按住。

等狱警回到原位，江漠远轻笑，语气不疾不徐："一个人处心积虑想除掉帮助自己的人，本，你说咱俩谁是混蛋？"

本咬牙切齿："我真后悔没对你赶尽杀绝！"

"是啊，你还差那么一点点就能让我无法翻身。"江漠远笑了，眼底却是冰冷的寒，"所以，你才能进来。"

"别以为你能赢了我，我不会让你好过！"

"你还有机会出去吗？"江漠远的冷蔓延到了唇角。

本突然冷笑："你真以为能关我一辈子？就你那点证据？"

"这个你可以放心，我会时不时提交一些证据给相关部门，让你的牢狱生活不会这么轻易结束。"

本一愣。

"这辈子，你都别想再出来了。"江漠远目光一沉。

"你什么意思？"本心里没底，他手里究竟还有多少证据？

江漠远的眸光寒得吓人："你手里有了人命，这辈子还想着出去？"

本的脸一抽搐。

"你为了对付我,竟不择手段要了一条人命。"奶奶的死他查得很清楚,他丧心病狂,不可原谅。

本听了笑得歇斯底里,像是困兽似的发出最后的得意,压低了嗓音:"你也有悲伤难过的一天?没错,是我做的,那又怎样?已经定案了,你奶奶已经死了。"

"案子已经重审了,本,你等着偿命吧。"

本倏然变了脸色。

"还有件事要告诉你。"江漠远冷笑,微微眯眼,"你的标维,现如今已经被我拆分得七零八碎。既然是你的心血,通知你一下也是应该的。就算,是送给我奶奶的祭礼,不算太轻也不算太重。"

本大惊,盯着他不可置信吼道:"不可能!你不可能做到!"

江漠远嗓音极冷:"你忘了我是金手指,能救一个企业也能毁了一个企业,对我来说,企业的性质跟玩具差不多。那些股东各个要求自保,唯一能帮你的孟振齐又损失惨重自顾不暇,你觉得,我有什么做不到的?"

"我的心血不能就这么没了。"本受了强烈的刺激,指着他,"你不正当竞争!"

"饭可以多吃,没根据的话可不能多说。"江漠远似笑非笑地盯着他。

狱警提醒时间到了。

"哦,忘了还有件事要告诉你。"江漠远起身,唇角微微扬起时显得残酷。

本咬牙切齿,额头上暴出青筋。

"那片林地,曾经我也建议你投资,可惜你没看上眼。就是那片林地,下面深藏丰富的淡水资源,储量占据目前所开发资源的首位。"

本倏然瞪大了双眼。

"你终究还是棋差一着,不过也谢谢你,成全了我的实业。"江漠远说完冷笑着离开。

从探视室里传出本痛苦的嚎叫,像是濒临死亡的野兽发出的最后一声绝望嘶叫。

日子一天天过去,庄暖晨的妊娠反应越来越重,每天吐得稀里哗啦,脸也苍白得吓人。江漠远担心,却每每都被庄暖晨给劝服了,因为孩子较小不适合三天两头往医院跑。

她清楚自己的身体,也能感觉到头晕得更厉害,有时候就算坐着也会感到晕眩,还好,每次难受她都能挺得过去。

这阵子庄暖晨的生活很平静,直到,深夜里的一通电话将这份平静打破。庄暖晨一个激灵被吓醒,江漠远也紧跟着睁眼。

多年后,江漠远每次想起这件事都后悔,如果他不接这通电话……

顾墨生命垂危,被运回国的时候医生尽力抢救也无力回天。他去了国外做驻站记者,当地发生重大地震,受灾地区是华人聚居地,他为了护一个孩子,硬生生顶下了从高空砸落下来的巨石板,小孩子得到及时的救助,但顾墨伤势太重,失血太多。

庄暖晨自从怀孕了后手机大部分时间都是关着的,许暮佳打江漠远的电话就是为了找她。

在电话里许暮佳的嗓音憔悴无力,跟她说:"顾墨撑着最后一口气回国,我知道他是想见你一面,暖晨,你来吧,再晚就真的来不及了。"

车里,庄暖晨瑟瑟发抖,司机开着车,庄家二老坐在最后一排,江漠远在她身边,紧紧搂着她。

"也许没许暮佳说的那么严重。"江漠远虽这么安慰,可心里明镜儿似的,这则消息他看到过,没料到顾墨会伤得那么重。

事实上,顾墨的情况比许暮佳说得还要严重,等庄暖晨来到重症病房看到顾墨的瞬间,腿都软了。

顾墨全身被包裹严实,戴着氧气罩安安静静躺在那。许暮佳默默抹着眼泪,身边还站了一些人,是顾墨在国外的亲戚,庄暖晨不认得。

顾墨还有意识,床边的影子燃亮了他的眼,他想对她笑,却怎么也使不上力气。庄暖晨在床头轻轻坐下,看着他,努力挤出笑容来。顾墨的唇动了动,她小心翼翼摘下了氧气罩。

"人生在世三万六千天,除去睡觉只剩一万八千天,我……才为你写了一千首歌,让我继续为你写……直到一万八千天的最后一天,我都会弹尤克里里给你听。"顾墨十分艰难地说着这番话,"这是我对你说过的话,可惜再也实现不了了。"

"你别乱讲,不会有事的。"这一年她得到的太多也失去了太多,如今连顾墨也要离她而去了吗?

"最后一眼看见的是你……我已经心满意足。"

庄暖晨染红了眼。

"还好你嫁给了他,否则我……只留你一个多孤单。"顾墨的眼也红了,"你不再需要尤克里里,所以寄给了我,其实,你可以当面给我……我不会缠着你。"

这句话像是晴天霹雳炸过她的耳,那把尤克里里已经在顾墨手里?不消说,应该是江漠远暗地寄出去的。

江漠远神情尴尬,深吸了一口气,走出病房。

"你坚强点……"她说不下去了。

顾墨的手微微动了动,他想摸摸她的发,却无能为力。"我以前总觉得你应该跟我在一起,因为我们太相似,所以只能依附彼此才够温暖,但……"他顿了顿,眼角滑落一滴泪。

"别说了。"她看着他似乎很痛,心也跟着痛。

"不知道下辈子我们还用不用……等上十二年。"

顾墨的手再动了动,她看见赶忙握住,他笑了,嘴唇苍白:"暖晨啊……让我再摸摸你的脸。"

她握住他的手,轻轻按在脸颊上,他的手指动了动,泪浸湿了彼此的眼,他满足地含泪笑了,声音沙哑:"我爱你,也着实伤害了你,我很累,希望这辈子你幸福,下辈子我不会爱得……这么辛苦。暖晨啊,就这样吧,我们不拖不欠,不说再……见。"

手,顺着她的脸颊滑了下来。

许暮佳倏然反应了过来,哭倒在他身上。庄暖晨整个人都愣在了那儿,手还僵在半空,紧跟着眼泪唰的一下流了满脸。

几人同时在哭,只有庄暖晨默默流泪。

江漠远进来,将她搂在怀里,任由她在他怀里流着眼泪,心如刀绞,顾墨,好一句不拖不欠不说再见。

"顾墨,为什么你临死前都不原谅我?为什么?"许暮佳痛哭流涕。

庄暖晨转头看床上的顾墨,仿佛又看到了大学校园里的那个白衣少年,她宁愿彼此恨着都不愿这样,不愿这般面临着生离死别。

顾墨的葬礼很隆重,许暮佳以顾墨妻子的身份操办了这场葬礼。现场来了不少人,大多数是《华报》的同事还有领导,被救小女孩和她父母也赶来了北京。

庄暖晨默默地放了鲜花,还有他的尤克里里……她拼命压抑着,想哭的欲望反复拉扯,五脏六腑都在痛。

江漠远搀扶着她,整个过程都在轻声安慰。世事难料,他也没想到有一天会参加情敌的葬礼,他情愿顾墨还活着跟他争跟他斗。

葬礼结束后,许暮佳始终守着顾墨没离开,她已经哭得没了气力。

这一刻庄暖晨想对她说点什么,但又能说什么呢?

倒是她开口了,嗓音沙哑着:"以前哪怕他离得再远,我都不会太慌,就想着来日方长，总有一天他会原谅我。现在这世上已经没了顾墨，我怎么办？"

庄暖晨听着这话心里一阵紧，她、许暮佳、顾墨、江漠远……他们四人究竟是谁欠了谁的？

转身离开的时候，许暮佳起身："有件事，我一直没说。"

庄暖晨不敢回头，生怕再看见顾墨的照片，生怕泪水再流了下来。

"其实，那些专题是我背着顾墨给了报社。"

庄暖晨倏然回头，连江漠远也意想不到，一愣。

许暮佳深吸了一口气，嗓子哽咽："我知道他曾威胁过你们，可他始终没忍心发，庄暖晨，他是不想让你为难。"

如阴天里的最后一阵狂风，暴雨终于泼下，庄暖晨倏然出声痛哭。

晚餐庄暖晨吃得很少，夜里睡得也不踏实。江漠远大半夜都没敢深睡，守在床边。夜半的时候庄暖晨醒了，她说饿了。

"想吃什么？"

"我也不知道，就是觉得心里空空的，心难受胃也难受。"她轻轻说着，却攥着他的手不放。

江漠远温柔道："抓着我怎么去给你拿吃的呢？"

"漠远。"她靠在他的肩头上，"我有没有跟你说过，跟你在一起，其实很幸福？"

江漠远动容："你现在说了，我记住了。"

"人生那么多的意外，如果有一天我不在了，你会不会忘了我？"

"瞎说什么，不准胡思乱想。"

她轻叹一声。

"庄暖晨。"江漠远轻轻捧起她的脸，目光严肃，"既然答应了一辈子都要在我身边，就不能出尔反尔，知道吗？"

庄暖晨笑了，点头。

"我去给你拿吃的，别再瞎想了。"江漠远柔声道。

"嗯。"

夜黑得像是被墨泼过似的，这样的夜晚，令江漠远终生难忘。

等他端着一盅汤羹回卧室的时候，庄暖晨倒在地上，脸色苍白如纸，白色睡裙像是墓地上的白幡。

汤盅咣当一声碎了一地。

庄暖晨被推进了抢救室，江漠远在走廊，又想起了奶奶当时的情景，全身都在发寒打战。

四个老人也跟着过来了，庄妈哭得最凶，庄爸整个人像是突然瘦了很多，坐在一角一声不吭。艾念和司然，还有艾念的爸妈也来了医院。

孟啸没休婚假，婚后第二天就来医院上班，所以第一时间进了抢救室。

漫长等待过后，孟啸和医生们走了出来。江漠远一个箭步蹿了上去，却一句话问不出，孟啸拍了拍他的肩膀："到办公室谈吧。"

办公室，从产科到神经外科的医生都来了。

窗边泛着鱼肚白，江漠远脸上是犹如死灰的颜色。

"我想，暖晨是在很清楚自己身体的状况下坚持要这个孩子的。"

孟啸在总结了几位医生的意见后将庄暖晨的病情告诉江漠远，最后补上了句："其实她的情况不利于怀孕，一旦昏厥就很麻烦。"

"是病情加重了吗？"江漠远忍下心头痛问了句。

她是傻吗？这么大的事不告诉他？

"病情没加重，估计是伤心过度引发昏厥，怀孕期间她这种体质原本就很敏感，能挺到现在已经不容易了。"产科大夫轻声说。

江漠远深吸了一口气才压下窒闷，半响后哑着嗓子问："会不会有生命危险？"

"照目前看只是昏厥，要留院观察。"

江漠远沉默了好久，眼神深邃得吓人，半响后才又开口："如果，把孩子打掉呢？"

孟啸一愣。

"我只要她能平安，其他的我什么都不在乎。"江漠远的嗓音哽咽。

"目前江太太不适合做流产。"产科和妇科医生都给出了定论。

孟啸拍了拍他的肩膀："漠远，暖晨现在需要我们。"

江漠远点头，他怎么会不知道？只是他太怕再一次失去。

直到第二天中午庄暖晨也没醒，安静地睡在床上，脸色苍白。江漠远一直守在病床边，艾念回公司打理事务，四个老人也没离开。

近凌晨，江漠远一夜没合眼，在她耳边轻声说话。江父走了进来，低叹："你先回家休息一下吧，还有我们呢。"

江漠远摇头："您带着他们先回家吧，我在这守着。"

"我们也不放心，回家更睡不着。这样吧，你回去给暖晨拿几件换洗的衣服，咱们要随时备好她醒过来要用的东西才行。"

江漠远想了想点头，临走时在她额头上落下一吻："暖暖，我先回家给你拿衣服，一会儿就回来。"

江母看见这一幕心里酸酸的，红了眼。

回到别墅，江漠远收拾了几件衣服和日常用品，又拿了庄暖晨平时爱吃的东西，然后简单洗漱了一番。

冷水打湿了脸，他看着镜中的自己，说："江漠远，庄暖晨是你的妻子，你有责任和义务保护她平平安安。"说完喉头紧了紧。

他总说自己能保护她，能为她撑起一片天，结果还是她用了这种方式保护了他。

原来她不是孕期的患得患失，而是有事瞒着他，只是为了他的孩子。江漠远，你算什么男人？他近乎要痛骂自己起来。

下了楼，许妈匆忙迎上来，眼睛还红着，手里拎着汤盅："先生，我跟你一起去医院吧，我给太太煲了汤。"

"汤给我吧，你看家。"

许妈叹了口气，将汤盅递给他。

往玄关走的时候，江漠远的视线不经意扫过一楼储藏室角落，怔了一下，将东西先放一边走了进去，许妈不知道他看见什么了便也跟着进去。

墙角静静倚着把尤克里里，江漠远抬手，轻抚上面的琴弦。

许妈道："先生是这样的，自从搬来后这把尤克里里就放在这，我还想着等哪天问问太太挂在哪呢。"

江漠远没开口说话，轻抚上面的字迹后，目光倏然怔住，紧跟着动容，巨大的悲痛铺天盖地袭来。

赶回到医院，天际线微微发亮。

江漠远坐在病床边静静地看着她，不经意想起去年他带她到海边看日出的情景。

一件衣服换一件事，这件事直到现在他都没有要求，她也没有实现。

他拉起她的手放在唇边道："这件事我已经想好了，我要你亲自将尤克里里上面的字念给我听，所以暖暖，快醒吧。"

床头上静静躺着那把尤克里里。

他曾在上面刻过一句话，原以为她永远不会看到，以为她永远不会回应。可如今多了个名字，在她名字的旁边，是他的名字。

她是那么清晰地让他知道了她的心——"我的挚爱：江漠远。"

江漠远低头亲吻着她的眼，这才明白她总笑他傻的原因，是啊，他太傻了，直到今天才明白。

阳光穿透了云层，第一缕晨光落在庄暖晨的脸颊，有那么一瞬间他的脸带着像上了妆的红晕，他轻轻摩挲着她的脸，眼底沁满深情。

他在等，始终在等，等她醒来亲口告诉他。

番外篇

1. 尤克里里初相识

初一上学年,顾墨跟着母亲住进了古镇,在此之前,顾墨对古镇乃至中国的印象都只是局限于书本,但据母亲说,他其实就是在中国生的,三岁之前都生活在国内,对此,他没有太大的印象。

顾墨不清楚为什么回到中国后要住进这里,他只知道他们所住的宅子挺老,屋中栋梁都是好几百年的木头,走进去像是时光都停滞了似的。

古镇里的房子,似乎家家户户都是这样,就连那个叫庄暖晨的丫头,她家院子里放着的那把老藤椅都跟他家的一模一样。

在之后的岁月里,顾墨每每想起过去的老旧时光都会觉得,可能恰恰是因为有了相同椅子,才叫他觉得自己不那么孤独。是因为有了庄暖晨,他的一切不适应都悄然扭转,渐渐爱上了古镇的一切。

但那时候顾墨并不懂。

唯独觉得,庄暖晨挺奶气的。

第一次见到庄暖晨并不是在班上,而是在古镇。当时他家的车停在古镇入口进不去,庄暖晨跟着几个女同学正好经过车窗,她笑得温暖又有礼貌:"你们是新搬来的邻居吗?里面不通车的,这是咱们古镇的规矩。"

顾墨记得清楚,她用的是"咱们"。

也记得清楚,当时她穿着裙子,裙子上有清新的皂香还裹着牛奶的味道。她的背后是只出现在电视里的牌坊,她站在其中,像是为传统的东西融入了一丝香甜，说不上来的感觉，就是挺好。

顾母觉得庄暖晨很懂事，长相又甜美，挺招人喜欢，跟她道谢时见顾墨连声都不吱，便说："小姑娘热心，你怎么连声谢谢都不说？"

顾墨始终没道谢。

再见庄暖晨是在班级里。

顾墨长得帅，校服穿他身上除了有少年感的俊气外，还有股子叛逆和不羁。老师为大家介绍的时候就有不少女同学在窃窃私语，庄暖晨认出他了，笑着冲他摆手，但他没回应。

其实顾墨早就看见庄暖晨了，也是奇怪，班上那么多学生，大家又都穿着一样的校服，他怎么能第一眼就瞧见了庄暖晨呢？

顾墨被老师安排坐在庄暖晨的后面，只要他一抬头就能看见她的马尾和白皙细腻的下颌线。还有她散发出来的牛奶香，以至于每次他被母亲逼着喝牛奶的时候都能想到庄暖晨。

全班，庄暖晨是第一个跟顾墨打招呼的同学。

这边下课铃刚响，那边前桌的人就扭过头，眼睛里就跟装了宇宙星辰似的亮："原来你叫顾墨啊，我叫庄暖晨，真没想到你能转来我们班呀。你和阿姨怎么样？刚搬来古镇还习惯吗？"

相比庄暖晨的热情，顾墨显得挺冷静，他没回应，就是静静地看着她。她觉得他眼里有种类似忧郁的情绪，似雾气在蔓延，让人看不透他心中所想。

跟庄暖晨要好的女同学私下说："那个顾墨挺傲气，都不理人的。"

庄暖晨没那么小心眼，她觉得顾墨一家刚搬来古镇人生地不熟的，认生很正常，再说了之前还是生活在国外，肯定有诸多不适应。庄暖晨说："换做是我去了国外的话，那我一定会很想你们这些朋友，会很孤独的。"

顾墨是挺孤独。

他在班上基本都是独来独往，跟班上的人极少有交流。有时候也会看见他坐在操场的草坪上发呆，目光似乎越过围墙伸向更远的地方。

但他的学习成绩很好，全校摸底考试被他刷新了总成绩纪录后，在往后的考试中就再没人能撼动他魁首的地位。

庄暖晨慕强，她的宗旨就是向强者学习然后尽最大可能干掉强者。所以，哪怕顾墨从不跟她说话，她还是会不耻下问。

"顾墨顾墨，这道题你会吗？"

"顾墨顾墨，你看这个单词这么翻译对吗？"

"顾墨顾墨……"

顾墨每次都会接过她手里的练习册，笔一勾，轻轻松松画出正确答案。

"那怎么解啊？"庄暖晨眉头拧得跟抹布似的。

顾墨看了她一眼，在纸上刷刷写出解题思路递给她。

除了不跟她说话，基本上算是和谐相处。

庄暖晨的家跟顾墨家离得不远，每次回家或是出古镇都要经过顾墨家。顾墨喜欢音乐，庄暖晨总会看见他坐阳台上弹个像尤克里里似的乐器，声音很好听，而他每次弹的时候，脸上的神色就很安静。

庄暖晨喜欢听，有时候会听上一会儿，顾墨也知道她在听，就会弹上一首又一首。后来庄暖晨隔空便问他会不会弹某个曲子，她挺喜欢的。顾墨没回应她，可第二天当她再去听的时候，他就弹了她喜欢的那首曲子。

时间一长，顾墨成了点歌机，庄暖晨有事没事地过去点上一首，有的曲子顾墨弹得很好，有的是刚接触，弹得磕磕巴巴，但过了一晚，那首不会弹的曲子就被他弹得很动听。

跟顾墨的性格不同，庄暖晨在班上的朋友不少，缘于她的性格，开朗又爱笑，还喜欢帮助别人。但有时候做起事来毛毛躁躁的，有时候还爱哭。

顾墨其实挺烦女孩子哭的，觉得吵得慌，可庄暖晨哭起来他的心就很乱，像是被什么东西抓似的。

庄暖晨弄丢了一张演唱会的票，顾墨听到她跟别的女同学说，那是她最喜欢的歌手。最终她也没找到票，急得直哭。

顾墨特意查了一下，虽然他不知道那个歌手，但貌似是挺有名气。他原本想着不就是一张门票吗，丢了再重买呗，有什么好哭的，结果他去买才知道，票被抢得一干二净。后来联系到了黄牛，要价比票价高出一倍，顾墨想着庄暖晨的那张哭脸，一咬牙，被坑就被坑吧。虽然他挺鄙视这种倒卖行径，可正规途径买不到也没办法。

那天下着雨，不小，还伴着大风，冷飕飕的。顾墨一手撑伞一手揪着黄牛的胳膊说："你要是敢卖假票，我可不会放过你。"

他说这话的时候眼神格外坚毅，黄牛那么大的人，竟被个少年的眼神给吓住。

顾墨将演唱会的票偷着塞进庄暖晨的课本里，很快就被她发现了，欣喜若狂地，连连说找到了，然后又咦了一声："座次号好像不对啊……"

但这种怀疑也没持续多久，估计是觉得自己可能当时看错了，又开始手舞足蹈，结果不小心撞到了身后的课桌。她回头刚想跟顾墨道歉，却看到他趴在课桌上没反应，在睡觉。

自习课睡觉，不像是他平时的风格，但庄暖晨还是放轻了动作，将狂喜收敛好。

可事实上，当时顾墨昏昏沉沉的，鼻塞得也严重，迷迷糊糊中听见庄暖晨的欢呼声后就在想：是真票就行，别耽误她看演唱会。

就这样，初中三年顾墨始终坐在庄暖晨的后面，哪怕他有选择坐头排座位的资格，最后他还是会选在庄暖晨身后。

高中一般都是择近而上，但也不排除可以等其他学校名额的机会。一中是重点高中，接受调剂的同时也意味着筛选条件高，其中一项就是成绩。

庄暖晨的目标就是一中。她的学习成绩其实不赖，但就是发挥不稳定，好的时候能考年级前十，不好的时候能掉到三十几名。

一中都是掐尖的，庄暖晨时而靠前时而靠后的成绩变数实在太大。趁着她不注意的时候顾墨看了她的复习资料，心想着，就做这几本想要稳定成绩有点困难。

次日，他扔了厚厚一大摞的练习题到庄暖晨家门口。

题做多了就能形成条件反射，庄暖晨缺的就是这种反射。

后来成绩下来的时候，庄暖晨堵住了顾墨，问他："那些资料是不是你给我的？"

顾墨一如既往地不搭理她。

"哎——"庄暖晨在身后喊住了他，"这三年你又不是不跟我互动，但就是不说话，顾墨，你是不是怕自己发音不准让我笑话？"

顾墨后背紧了一下，接着头也没回就走了。

心想，死丫头是怎么猜出来的！

顾墨中文发音不准归不准，却丝毫没影响他语文成绩。他也考上了一中，语文成绩满分。

后来庄暖晨才知道，虽说顾墨自小在国外，但顾母在中文方面对他极其严格。幼儿园能达到小学的语文知识储备，小学能够达到初中语文知识储备，总之别人的起跑线用走的，顾墨是用跑的。

因此庄暖晨就更不解了，书面能力挺强的，单单差在口语上。所以得知他跟她上了同一所高中后，庄暖晨就发誓一定帮他提升口语，难道高中还要当三年哑巴吗？但一个假期过去后，庄暖晨听见顾墨说话的时候着实一惊。

庄暖晨经过他家院外时，她看见顾母心疼地抚着顾墨的脑袋说："墨墨，我知道你要强，一定要往一中考，一中离家远，你每天要起那么早。"

顾墨说："妈，一中没远出多少，就是提早走十来分钟而已。"说完这话，他看见了从门口经过的庄暖晨。

出古镇的时候，顾墨叫住了她。

"庄暖晨。"他的嗓音懒洋洋的,好像高冷感没那么强烈了。

他走到她面前,说:"警告你啊,刚才听到的话不准传出去。"

"什么话?你的小名?"

顾墨脸上闪过不自然,仔细看目光里还有丝尴尬,一清嗓子:"总之,不准乱说话。"态度有点恶劣。

庄暖晨忍笑:"你小名叫墨墨啊?也挺好听的,这有什么不好意思的?"

顾墨又不理她了。

"哎,顾墨,我发现你开口说话了,发音比你之前要标准多了,假期是不是猛练了啊?"

顾墨心想,什么叫发现他开口说话了?他又不是哑巴,只不过之前不好意思跟她说话而已。

还有,他偷偷练习口语这件事她是怎么知道的!

整个高中,学习氛围紧张。

庄暖晨和顾墨的关系没法形容,说亲近吧,庄暖晨觉得顾墨挺高冷、挺叛逆的,有时候他一眼看过来她就不敢动了;说疏远吧,他俩还差不多总是一起上下学,虽然顾墨始终跟在她后面,哪怕是骑脚踏车,他也从不跟她并排骑或者超过她。

庄暖晨觉得,顾墨这个人很怪,就是特别喜欢在她后面,跟初中一样,高中三年,他还是坐她后面。但她不知道的是,顾墨在近情情怯。或许就在初见的时候,又或许在她可怜巴巴跟他请教答案的时候,再或者在她决定要上一中后,每晚扎着写有"奋斗!!!"的头巾苦练习题的时候。

是,有段时间顾墨每晚都会偷偷到庄暖晨家的院门附近,透过窗子就能看见正在复习的她,头发抓得挺乱,遇上难题就吹头发瞪眼睛的,挺逗。

顾墨不知道自己为什么这么执着,好像只有看她一眼自己才安心。

她喜欢听他弹尤克里里,每次弹的时候,顾墨总能想到庄暖晨的那张脸,欣喜又期待。也不知道从什么时候起他开始变得爱写歌了,一首接着一首,发给国外的朋友听,国外朋友惊呼问他,你是不是喜欢哪个姑娘了?要不要把样稿给唱片公司试试?这时顾墨才惊觉,自己在写歌的时候,脑子里和心里想的都是庄暖晨。

吾家有女初长成。

这话形容庄暖晨很贴切,顾墨觉得,自己真是看着她长大的。到了高中,她愈发亭亭玉立。很乖巧,不会像其他女孩子那样在外面疯玩疯闹。偶尔也会被同班女同学拉着去K歌,还有其他班的男生们一起。这个时候顾墨就操心了，书包往肩上一搭，没好气地跟庄暖晨说："庄叔叔可叮嘱了啊，要你放了学就回家。"

正好堵住了那些人的嘴。

本身庄暖晨也不喜欢去那些场合，笑嘻嘻地跟在他后面问他："什么时候？我爸没叮嘱我啊？"

"叮嘱我了！"顾墨皱眉，恶狠狠地说，"让我盯着你！"

庄暖晨一撇嘴，可拉倒吧。

好不容易走他后面一次，又被他催着往前走，就这样，又成了一前一后的常态。庄暖晨着实摸不透他的癖好，又是一撇嘴，狂踩脚踏板，脚踏车飞快。

她加速，顾墨也跟着加速，但还是始终不超她。

闷气之下就走错路口，被身后的顾墨喝了一嗓子，庄暖晨这才察觉，然后帅不过三秒地灰溜溜地掉了头。

顾墨在原地等她，见她回归正路后继续跟着。心想，就这样的性子，他不在身后跟着行吗？

直到有一天，顾墨走到了庄暖晨的前面。

她被人堵了。

也不知道哪来的小混混，长得流里流气的，围着庄暖晨妹妹长妹妹短地叫个不停，还时不时动手撩她头发。

顾墨一个书包砸过去，正中那个伸手要摸庄暖晨脸的男人的脸上。砸得不轻，因为书包里有水杯。

接下来的场面挺乱。

至少顾墨觉得自己是打红了眼，一拳头一拳头地往下挥，逮着谁打谁。庄暖晨没走，许是吓坏了，整张脸煞白的。

小混混被打跑了，顾墨的嘴角也挂了彩，牙龈出了点血。庄暖晨看着他的眼神里似乎还有惊吓，他瞧见后心里没底了，不会是害怕他了吧？

他一直觉得庄暖晨虽说会恶作剧，但骨子里挺乖的，不像他，在国外的时候他其实没少打架，但打从回国到现在，他从没在她面前打过架。

现在她会不会认为他其实是个坏孩子？

顾墨想安慰她两句，或者解释什么，可话在嘴边转来转去的好像都不怎么合适。与此同时，瞧见她衣衫凌乱的模样浑身也躁得慌，再开口时就挺不客气了："庄暖晨你长嘴巴只是用来吃饭的是吗？不会喊吗？下次再发生这种事，离我家远点！"

庄暖晨的眼泪一下就出来了，可能刚才真是吓坏了。

其实说完这话顾墨就后悔了,在心里骂自己,你可真是个混蛋,都把她给吓哭了。

没想到庄暖晨吓着归吓着,但还有力气回顶他呢,喝骂了他一句,起身就跑了。顾墨觉得,这丫头真是太逗了。

从那天开始,顾墨就更是对她形影不离,那种被骚扰的事件也再没发生过。

到了高三,大家都跟上了发条似的。一中的升学率很高,尤其是顾墨他们班,是高三的重点班,班主任是老教师了,重点班的学生带了一届又一届的。

顾墨一直都觉得班主任跟他在国外的老师很像,更注重学生们整体能力的提升,时不时跟他们说,你们都是重点班的学生,早就掌握了学习知识的能力和技巧,你们现在唯一的问题就是弦绷得太紧了,我的任务就是帮你们松松劲。

于是乎,其他班级的学生时不时就能看见他们班在上"体育课",说体育课都是恭维了,班主任就是让他们疯跑疯跳,说白了就是要他们尽最大可能发泄自己的精力和情绪。

顾墨很喜欢这样,只不过他总会被庄暖晨追个半死。

等她要跑的时候,他一把扯住她胳膊,问她想考哪所大学?

庄暖晨说:"清华,北大!"

说这话的时候两只眼睛亮晶晶的。

顾墨喜欢看她的眼睛。

奋战高考前,顾母就提过去国外读大学,毕竟顾父在国外,顾母跟顾墨说:"你爸的工作根本不可能调回来,所以咱们出国是板上钉钉的事。"

回父亲所在的城市读大学,意味着不用参加高考。所以顾墨跟别人不一样,其他同学对高考是又爱又恨的,可顾墨对高考就只有爱,并且特别珍惜高考前的那段时光。

他对母亲说,他要参加高考,一定要参加,他想试试自己能不能考上。

顾母见他很坚决,只好去找班主任。班主任得知顾母的决定,叹声道:"虽然说条条大路通罗马吧,但顾墨的成绩真的很稳定,他每次考试都是全年级第一。别说是校里了,就连省里都很重视呢,他那个成绩考清华北大很轻松,而且说不定都能拿到保送名额。"

顾母听了这话自然是高兴,便跟顾父商量了一番,同意顾墨参加高考。

但顾母不清楚的是,那个时候的顾墨已经很明确自己的心意了。

他要跟庄暖晨在一起,考上同一所大学,并且在放榜那天他一定要跟她表白。当然，高考之前他不能干扰她的情绪。

他故意跟庄暖晨说："我的目标也是清华北大，你猜咱俩谁能考过？"

庄暖晨哼笑："那就赌一把呗。"

她说这话的时候正好下发了摸底考试成绩，顾墨全年级第一，庄暖晨全年级第三，第二名是其他班的，平时就爱跟顾墨较劲。而顾墨压根没把对方放眼里，哪怕是这次一跃踩了庄暖晨，成了全校第二。

重点班的学生心高气傲的，第二名被其他班摘了去自然心里不服气，摩拳擦掌誓要夺回荣耀。班主任笑呵呵的："你们呐，这心理不对啊，自己优秀固然重要，那也得承认别人的优秀不是？"

以往，全年级前十板上钉钉的都是重点班学生。

庄暖晨一捶桌子："下次把第二抢回来！"

说完就在想，怎么不想着抢第一呢？

再看顾墨，正用了然的眼神瞅着她，似笑非笑的。

其实以庄暖晨的成绩，报考清华或北大都是有戏的，尤其是临近高考前的几次摸底，成绩相当不错，为此其他老师还恭喜他们班的班主任，这次班上出成绩的能高过上届啊。

班主任道："人各有各的造化。"

庄暖晨借着这句话的"法力"，果然得到了自己的造化。

清华和北大没考上，考场上发挥失常，查成绩的时候其实隐隐有感觉，但看到成绩后没忍住就哭了。

差了五分。

所有人都劝她复读，包括她爸妈。因为就差了五分，可惜了，但庄暖晨拒绝了，就决定上第二志愿选。她是为爸妈考虑，上了大学她可以出去打工，给家里减轻负担。

她跟爸妈说，第二志愿也挺好啊，多少人想进都进不去呢。

发挥不稳定是她的致命伤，这是她的问题怨不得别人，就算复读，真的就一定能考上清华北大吗？

而顾墨很快接到了清华的电话，思量少许后婉拒了。他跟母亲说，您看我都考上大学了，本科我在国内读，研究生再出去也不迟。

他选了第二志愿，和庄暖晨一样的大学。

顾墨在那时候就想得明白，甚至说连未来都规划好了，跟庄暖晨的未来。他和她在国内读本科，等读研的时候他带着她一起走。

去北京那天，顾墨很激动，他收拾了不少东西，都是带给庄暖晨的，包括写给她的那些歌。

大学四年，只要她愿意听，他还会继续给她写。

临别前顾母欲言又止："墨墨，你是不是……"

最终，顾母也没说完那句话，而在很久的以后顾墨才终于明白当初母亲想要问他什么。

那时候，他以为真的能跟庄暖晨走到最后。

顾墨还记得大学报到那天，校园里的银杏很美，上了百年的银杏树半绿半黄间落下斑驳的光影。

有光影落在了庄暖晨的脸上，瓷白又光艳。

他轻步上前替她拖了行李，跟她说："暖晨，跟紧我。"

庄暖晨取笑他："怎么不走我身后了？"

"从今天开始，我就在你身边，陪你一路走下去。"

2. 从来未热恋，原来已深情

"你过来。"

会馆的光线不明，江漠远整个人陷在沙发里，酒气还未散，但不足以醉。半小时前，周年跟他说庄小姐已经在路上了，还有十分钟左右到达。

江漠远想了好半天，问周年："哪位庄小姐？"

周年恭敬道："您要面试的宴会陪同人选，上午跟您说过了。"

江漠远这才记起。

庄暖晨，踏进会馆的时候跟约好的时间分秒不差。在此之前周年都跟他通报过了，她早到后就在咖啡间等着呢，所以守时得很。

挺惊艳。

是指她一脸的妆容，着实是精心画过的。

她进来后没靠近他，反而像是挺紧张的，就跟会所的门口差了几步远。当时江漠远还在想，自己没喝得面红耳赤吧？吓着她了？这完全是一副撒丫子要逃跑的架势。

找宴会陪同这件事，断断续续的有大半年了。不是江漠远面试了多少人，事实上庄暖晨算在内才三个人，他平时事情多，扭头就忘了这件，直到下次宴会上总有"好心人"为他保媒拉纤，他就暗自发誓赶紧把宴会陪同的人定下来，然后一忙起来又忘……循环往复的。

刚开始江漠远没抱太大希望，就跟前两位应试者一样浓妆艳抹，虽说宴会陪同不可能清汤寡水，可他还是挺想看见点不一样的。

是有点不一样，江漠远在想，她周身散发着很明显的抗拒和谨慎情绪，看得出在尽量放松神经，可江漠远做生意做了这么多年，看人的本事还是挺准。不出意外的话，她明早浑身的肌肉都会酸疼。

绷得太紧了，跟只兔子似的，不像是装的。

江漠远觉得，她有点意思。

他要她上前，她就象征性地往前走了两步。江漠远看着她跟自己之间隔了恨不得是一条河的距离哑然失笑。朝着她又示意了一下："离我近点。"

她又朝前走了两步。

会馆的光线映亮了她的脸，很干净的一张脸，哪怕是涂胭搽粉的，也能看出她皮肤底子好，嫩得能捏出水来，不像是其他女人会有很重的妆容感。

可她扫了他一眼后就马上垂下眼了，不看他。江漠远也不知道自己是不是酒精作祟，竟心生捉弄："再近点。"

显然她怔愣了片刻，但很快也就照办了。

"到我面前。"江漠远朝着她一伸手。

接下来，他就看着她慢吞吞地走到他面前，那速度又让江漠远想到了一种动物，树懒。

他挺想笑，这是真心来面试的吗？甚至他还伸着手呢，这姑娘这么没眼力见吗？于是他主动伸手，轻控住她的手腕。

肌肤相贴的瞬间，江漠明显感觉她微颤了一下。也不知怎的，心里有丝丝缕缕的东西划过，形容不上来，但感觉还不错。

他问她："听说你跟周年提了要求。"

她嗯了一声，垂眼说："我只陪吃陪喝。"

江漠远之前就听周年说过，这也是当时接受她来应试的原因，想着这姑娘就是单纯地想要赚点钱而已。

"但是，"就见她话锋一转，再抬眼看他时，眼里明显有了光艳，唇微扬，"如果钱给到位，什么都可以商量。"

江漠远松了手，心里的那种感觉顿时就荡然无存，生生衍出一丝厌烦来。但当晚还是定了庄暖晨。

可能，就是因为她眼里的光，嘴角的笑。

多年过去，江漠远再回忆当初的时候就总能想起那时候的庄暖晨。也会自嘲，枉他觉得自己的眼光毒辣，却不曾看穿庄暖晨那年的小心思。

曾几何时，她有自己喜欢的人，顾墨是她心里挥之不去的白月光，所以她不想跟任何男人有瓜葛。工作就是工作，赚钱就是赚钱，而她那句话也成功保持了彼此一年多人前亲密，人后陌生的完美关系。

所以，她是个聪明人。

清晨的光被窗纱过滤成温柔的模样，连同睡在他身边的女人都是眉眼如画。江漠远没急着起床，今天是元旦，新年伊始，难得休息。他借着微亮的光打量着她，有一缕发在她脸颊，他抬手轻拂。

好像很久没梦到从前了，昨晚偏偏就梦见了。梦见庄暖晨第一次出现在会所的时候，也梦见了他陪着她去海边看日出。怀里的庄暖晨睡得安稳，这是他俩婚后的第五年，她还是习惯抱着他睡，而他也早就习惯怀里软软的一团。

江漠远又探手，食指微弯刮了刮她鼻了，许是痒了，就听庄暖晨哼唧了一声，但没醒，扭脸又睡去了。江漠远却放心了，不再打扰她。

那一年庄暖晨的昏迷不醒让她留了后遗症，生完晨晨后的半年里她发生过一次昏迷，虽说持续的时间不长，可当时江漠远快崩溃了。之后也寻遍了名医，给出的结论大体都一样，器质性疾病没有，还是自身免疫力的问题。

所以自那以后，江漠远每次都非常担忧她的身体健康。这些年庄暖晨也没再发生过意外，然而江漠远的这个习惯是保留下来了。

房门被推开了一条缝。

江漠远不用多看也知道是谁。

江晨的一张小脸挤在门缝上，漂亮的大眼睛往里瞅，时不时还咯咯笑上两声。江漠远笑着冲她嘘声，然后招了一下手，江晨就跟个小黏团子似的钻进来，二话没说爬上了床，往江漠远和庄暖晨中间一挤。

庄暖晨嘀咕了一声："怎么就这么爱早起啊……"话毕，翻身继续睡。

江晨嘻嘻哈哈的。

江漠远又冲着她嘘了一下，含笑低声："别吵着妈妈。"

江晨一点头,奶里奶气嗯了一声,又开始往爸爸身上爬,她总会觉得爸爸的胸膛好好宽呢。江漠远躺平,任由晨晨黏在胸口上撒欢。

　　外界都说,晨远国际的江漠远自打婚后就成了妻管严,除非必要应酬,否则都是按时打卡下班,就连身边的助理周年那都是跟着多少年的了,原因好理解,男的呗。

　　又说江总从不允许自己身材走样,每天晨跑加健身来保持强健体魄。一来据说江太太命盘中的其中一星座落在了天秤上,典型的外貌协会会长,江总当自强方能掐掉外面的狼子野心;二来,听说江太太身子弱,必要时江总宽拓的胸膛就是避风港。

　　但外界也知,江总矜贵的胸膛除了娇妻能霸占外,还有名小女子敢在他胸膛上肆意妄为,而江太太也任其所为。

　　江晨,晨远的千金,江总含在嘴里怕化了捧在手里怕摔了的心肝宝贝。

　　此时此刻江晨发话了,粉嫩的小手扒在江漠远的耳朵旁:"爸爸,我想听故事。"

　　对于晨晨,江漠远向来是有求必应,问她想听什么。

　　晨晨想都没想:"王子和公主的故事。"

　　江漠远笑:"不怕王子变大灰狼吗?"

　　晨晨皱着眉头,问他:"那爸爸是大灰狼吗?"

　　江漠远:"在晨晨心里,爸爸是王子?"

　　晨晨点头。

　　江漠远挺美的,这在女儿心里的形象还是相当可以的。想了想,又怕她走进误区,轻声说:"晨晨你要记住,不是所有的男生都是王子,所以当你觉得他是王子的时候,一定要多问问爸爸的意见。"

　　"为什么呢?"晨晨不懂。

　　为什么不是所有男生都是王子?还是为什么要来问爸爸?

　　江漠远不跟她掰扯这些,自顾自跟她讲道理:"因为爸爸能看出来他是王子还是大灰狼。"

　　"那如果那个男生就是王子呢?"

　　"就算是王子,也要看他对你好不好。"江漠远说,"不好的话,爸爸可以帮你教训他。"

　　晨晨皱鼻子:"我觉得班尼特就是个好王子。"

　　"班尼特?"江漠远一下警觉了,"哪个班尼特?"

　　"我们班的呀。"

　　"你们班上哪有叫班尼特的男生?"

"他是新转来的。"

江漠远坐了起来，抱着晨晨："你跟爸爸说说是什么情况，他对你做什么了？"

背对着他们睡的庄暖晨实在听不下去了，阖着眼，含含糊糊道："老公，就是一个小男生，能对晨晨做什么？你太紧张了。"

江漠远可不这么认为，朝着庄暖晨的方向压低了嗓音："你听他叫的这个名字，太猖狂了。"

庄暖晨无语，名字挺好的啊，哪猖狂了？

"不行，节后我去晨晨的幼儿园看看。"

庄暖晨睁开眼，看着窗外。

又来了……

只要晨晨身边出现新的男生，这人都如临大敌。

午后，积压了好几天的雪终于下了。

挺大的，鹅毛大雪，很快江宅的花园里就被覆盖得严实，连那株上了年份的银杉都戴上了厚厚的帽子。

陈妈带着几个小工在树上挂剪纸灯笼，虽说下雪，但气温尚算可以，陈妈一说话没多少雾气。她是江宅的管家，知道庄暖晨不喜欢闹腾，所以很多活都自己来做，没有额外招太多人。像是今天这种特殊节日，她便临时找了小工来帮忙。

生在古镇的缘故，庄暖晨是格外喜欢下雪的。

除了她，还有晨晨。

在花园里兴奋地堆着雪人，时不时惊喜地叫上几声。

陈妈就很操心了。

"那串挂高点，对对，再往右……"

"晨晨，戴上手套，小手会冰哦。"

"哎呀太太，你披肩呢？外面冷啊！"

有陈妈在，江宅其实挺热闹的。

江漠远通完电话从屋里出来，将羊绒披肩披在了庄暖晨肩上。木椅这边都被陈妈带人打扫干净了，铺上了红绣描金的锦缎坐垫，还撑了把阔大的伞，很有节日气氛。

两人坐在木椅上，庄暖晨瞧着银杉上一只只的灯笼，真是红彤彤的一片。树下不远处是晨晨正在努力地滚雪球，头戴大红毛线帽，一只大球在脑袋后面晃啊晃的，帽子是晨晨外婆亲手织的，说还是自家织的舒服安全。

庄暖晨看着看着，心头总会泛起温暖。她将头靠在江漠远的肩膀上，他误以为她冷，顺势将她搂紧。

"挺奇怪的。"她轻喃，"这么多年了，大雪也是下了一年又一年的，但总会想起那场雪啊。"

江漠远知道她说的是哪场雪，低笑："我很感谢那场雪。"

庄暖晨微微抬脸看他，眼里似笑非笑的，江漠远就决定投降："行，我错了，我是混蛋。"

她满意了，懒洋洋地嗯了声，又靠回他怀里。

雪不断地簌簌落下，元旦第一天天降瑞雪，能兆丰年，是个好彩头。

许久庄暖晨叹道："人真是贪心啊，像是这样的日子总是期待再多一些。"

"为什么不会多？"

"人生苦短，变数太大。"庄暖晨也不知道为什么突然伤感，"或者是我有一天提早没了，或者有什么动荡，或者——"

"没那么多或者。"江漠远搂紧她，下巴抵她头上，"暖暖，我们以后的日子还很长。"

庄暖晨抿嘴浅笑："就是随便说说。"

"没那么多值得担忧的事，你还有我呢。"江漠远低低保证。

院子那头，晨晨在雪地里蹦跶，一张小脸累得通红，眼眶也气红了，撒娇道："爸爸妈妈！帮我忙！"还带着哭腔，个头不大，非要堆个老高的雪人，都把庄暖晨给气笑了，这孩子哪来的好胜心呢？

江漠远立马起身："行，爸爸帮你。"

庄暖晨反身回了屋，再出来时手里多了根胡萝卜，她打算就来个收尾工作。许是觉得手凉，晨晨偷了懒，江漠远就代劳帮着滚雪球，雪球滚得老大，晨晨开心得又蹦又跳的，惊喜尖叫："爸爸太厉害了！"

庄暖晨看着看着，心暖似水。

晨晨扭头瞧见她手里的胡萝卜，嘟嘴："妈妈太懒了！"

庄暖晨笑道："有你爸在呢，我那么勤快干什么？"

江漠远抬脸看了她一眼，迎着天际的光亮，他眼里的笑温暖又柔和。

陈妈在那头又嚷嚷了。

"你们一个个的怎么都不省心？回去多穿点再玩啊！"

"晨晨是孩子，你俩也是孩子啊？"

"太太，你的披肩又掉了……"

元旦之夜，江宅热闹起来了。

红纱灯从花园直入室，像是胧月。雪下得比白天还要大，户外又是厚厚的一层雪。

艾念一家来了，进门的时候，墨墨骑在司然的脖子上，见着江漠远和庄暖晨后嘴甜得很，如愿得到一整套限量版奥特曼。

家里有两个孩子，再大的面积都显得狭小了，到处都能听见俩孩子打闹的声音，无孔不入的。要不然就是楼上楼下咚咚咚地跑，如果不是有大人拦着，俩小家伙就去花园的树屋玩了。

那可是晨晨最引以为傲的，是江漠远亲自做的树屋，晨晨平时拿来做秘密基地。

孩子们不用管，尽情让他们撒欢玩，时不时还能听见陈妈笑说："哎呦哎呦，两位小祖宗不好偷吃啊，洗手了没？"

司然来了，江漠远可没闲着，二话不说就带着他去了酒窖。见状，庄暖晨忍不住笑："前阵子也不知道怎么了，突然就喜欢上酿酒，这是拉着你家司然去显摆呢，一会儿等程少浅来了，也少不了一顿显摆。"

孩子和男人都有事情做，庄暖晨和艾念就有了恬静的闺蜜时光。

壁炉里的火光闪烁，里面燃烧着松木，偶尔会有噼啪声，淡淡的松香和室内的面包、巧克力的香味混在一起。被布置得有节日气氛的宽大沙发上，庄暖晨和艾念随意坐着，地毯上散了条撞色毯子，房间里很温暖。

洗好的水果被陈妈切成漂亮果盘，还有各类坚果和棉花糖热巧克力。三面通透的大落地窗，一窗之隔就是花园，鹅毛大雪簌簌而落。庄暖晨平时最喜欢待在这里，尤其是冬天。她说，外面冰天寒地的，大雪纷飞，围着个壁炉，听着柴火的噼啪声就会觉得很温暖。如果能闲暇时看会书，哪怕听着能令人昏昏欲睡的音乐，那也是很惬意的时光。

但其实庄暖晨也没多少闲着的时光，生完晨晨后她有段时间是歇在家里的，一来是孩子小，二来是因为她的身体，江漠远放心不下。那时候他们还没搬至江宅，一切还都在完善中。家里其实挺热闹的，除了保姆、育儿嫂、营养师等伺候的人，双方父母也基本都在，大家对孩子对庄暖晨都像是照顾国宝似的。

晨远国际虽说当时步入正轨，可也是大刀阔斧开拓市场的时候，所以江漠远有时候会顾不上家里，直到有一天他看见庄暖晨在偷着哭，才发现自己所谓对她的好并不是真的好。用她的话说就是，我想做事，否则我觉得自己是个废人。

那时候江漠远很怕她会产后抑郁症，就跟艾念联系，艾念是过来人，自然明白庄暖晨的恐慌，就有事没事的拿公司的事来"烦"她。而江漠远自己甚至去上了产后课堂，专门针对丈夫的，在工作上也尽量减少应酬，跟她一同面对产后琐事和心理变化。

之后晨晨稍大一些了，庄暖晨又回了公司工作，但也是尽量减少工作量，最多的时间还是留给了晨晨。现如今公司运营一切都很稳妥，各个项目也都平稳推进，是艾念和那几位原始股东的功劳。

艾念死活没碰棉花糖巧克力，见庄暖晨抱着杯子喝，捂着牙说："多甜啊，你可真是仗着自己瘦不管不顾的，我可不敢喝。"

庄暖晨故意逗她："你家司然还能嫌弃你？要我说你胖点也挺好，他抱起来多有手感。"

艾念就知道在她嘴里听不到正经话，没结婚的时候尚算文雅，生完孩子之后就越来越开放了。"你老公好歹也是个上市集团的老总，你收敛点儿。"

"怕什么？"庄暖晨轻笑，靠在沙发扶手上，眼珠子往艾念肚子上瞄，"又是一年了，有打算没？"

司然能娶到艾念，那可真是经过了重重困难。直到婚后，司老爷子亲自跟艾念谈了谈，说的话挺语重心长的，不是因为别的，仅仅就是因为司然这样的出身，注定是要先顾着大家再顾小家，有时候可能都顾不了小家，就怕女方熬不住这份艰苦，感情也就变了味道。

但事实证明，艾念非但能熬得住，还把家里家外都打点得挺好，而且艾念还跟庄暖晨说司家老爷子：别看一脸威严，其实背地里特别像小孩子，还偷吃墨墨的零食。

老爷子喜欢墨墨就跟司然一样，那是打心眼里的，对外也从不忌讳，直称这是我大重孙子。

可司家的地位摆在那，司家哪能不想要自己的骨肉？虽然大家谁都不说这话，可艾念心里记挂着呢。刚开始没敢要，主要怕墨墨受委屈，再加上工作忙，现下，其实艾念有考虑了。

"司然的态度是无所谓，他说墨墨就是他儿子，我想生二胎他也乐意，还说最好能生个女儿，一儿一女双全了。"艾念轻叹。

"这态度很好啊，为什么叹气？"

艾念周围看了一眼，确保孩子们不在附近，轻声说："还不是墨墨的身世问题吗。"

"司然不是他亲爹这件事瞒不住的。"庄暖晨明白艾念的心情，她是半点都不想跟陆军再有瓜葛。"但是墨墨现在太小了，也没必要这么早担心。"

艾念嗯了一声，顺其自然吧。

两人聊了一阵，聊到程少浅时，庄暖晨说："吉娜今年应该不会跟着程少浅回来了。"

艾念一愣："终于放弃了？"

庄暖晨点了一下头："可能也觉得丢脸，怕我们笑话她，其实爱情这种事有什么好笑话的呢？"

艾念轻叹："终究是缘分浅，或者真就是认识的时间太久了。"

吉娜对程少浅的感情那是众所周知的，尤其是这几年。说程少浅一点心思都没动吧也不可能，能看得出来还是在乎吉娜的，但要说死心塌地在一起，一生一世走下去，可能对程少浅来说还差点意思。

吉娜也是累了，有一次跟庄暖晨说："程少浅那个人，心是用石头做的，焐不热。"又对江漠远说，"你可小心点，相比程少浅那个黄金单身汉来说，你已经没优势了。"

江漠远呵呵冷笑："我的优势就是能把你嫂子娶到手。"

艾念斜眼瞅她："不会还对你念念不忘吧？"

庄暖晨无语问雪天了。

楼上又是咚咚咚一阵跑，外加孩子们嘻嘻哈哈的笑声。艾念问："今年过年还在家里？"

庄暖晨点头。

江宅一年中最热闹的日子当属除夕，前两年双方父母都喜欢窝在古镇里，尤其是江父江母，就很喜欢古镇文化，一到年根底下就迫不及待来了。近两年晨晨也大了，庄父庄母觉得古镇房间毕竟有限，所以大家伙就又凑到江宅过年了。

元旦这天庄暖晨原本想着约上双方父母来家里，岂料她亲爹亲妈在古镇帮着大家伙做灯笼忙得不可开交，她公婆还在外面旅行，都比他们忙。

"明天我公婆能来吧，接上晨晨回苏黎世玩上一阵子。"

艾念抿嘴笑："又有大把的二人时光了。"

"都说女儿是爸的前世情人，这话一点不假，我可没觉得江漠远想要过二人世界。"庄暖晨一撇嘴。

"这话听着有点酸呢？"艾念笑。

庄暖晨喝光了棉花糖热巧，放下杯子："早上晨晨提到了新来的小男生，这下午的时候江漠远就恨不得把人家祖宗十八代给查出来了，生怕自己女儿被别的男生拐走。"

"谁家的小公子？"

庄暖晨说了一位，艾念有耳闻："家世相当可以啊，教育出来的孩子也不会差。"

庄暖晨笑："跟家世好不好没关系，只要跟晨晨走得近的男生，哪怕是天之骄子都不好。"

关于江漠远紧张女儿这点，艾念也是知道的，早就习以为常了。但听见这话还是笑得够呛："我现在就开始担心晨晨的未来夫婿了，碰上这样的老丈人可不好应付。"

"连我爸都教育他了，要江漠远跟他学，该放手的时候就得放手。结果你猜怎么着？生生把漠远给说抑郁了，晚上翻来覆去睡不着，说一想到孩子早晚会长大，早晚会离开他，他心里就酸。"

艾念捂嘴笑。

外界知道的江漠远跟他们周围人所熟知的不一样，商场上雷厉风行，可一遇上孩子的事就百转千柔，甚至多愁善感的。据说晨晨上幼儿园的头一天，江漠远前脚将晨晨送到园长手里，后脚回车上就哭了。当时庄暖晨坐他旁边，正筹划着下午的活动方案呢，周年在副驾，正要跟江漠远汇报行程，结果一看，"惊骇"二字来形容周年的神情半点都不夸张。

用周年的话说就是，我跟在江总身边多年，从没见他那么激动过。

人家周年有涵养，说得委婉。实际上据庄暖晨后来形容，江漠远可真是默默无语两行泪啊，车子都离开幼儿园范围好几里路了，还依依不舍往回看呢。当时看得周年都心不忍了，小心翼翼地问："江总，要不然您就折回去，等着晨晨放学？"

后来江峰知道这件事后恨得牙根痒痒，骂江漠远："没出息的东西，孩子上学是好事，说明长大了，你哭哭唧唧的像什么话？不要给孩子造成负担！"

结果有一天，晨晨在幼儿园里画了一幅画叫《我的祖父》，通过视频展示给江峰看，紧跟着就见老爷子眼眶红了，以喝水为借口离开，然后庄暖晨就隐约听见了呜咽声。林琦说，没事儿，哭了。那头是江峰不满的申辩声："我没哭！我是因为晨晨把我画得太帅了高兴的！"

感叹这江家父子，一个比一个嘴硬。

窗外的雪没有停的迹象，陈妈那边已经吩咐厨房备主餐了，又过来询问艾念。艾念笑说："陈妈，我都是常客了，您每次还要问呢。"

陈妈笑说："那也要问清楚，每个人每天的身体情况都不同。"

等陈妈离开后，庄暖晨说："陈妈现在能顶一个营养师加一名老中医。"

艾念说:"就得有这样的人照顾你,江漠远虽说心细,但毕竟还得顾着那么大的集团呢。"

庄暖晨嘴上怨怼,实则挺甜蜜的:"有些事等他去做,黄花菜都凉了。"

因为听说程少浅要来,艾念便问起了孟啸,得知他不来,艾念松了口气。庄暖晨奇怪:"怎么的呢?"

艾念说:"我是觉得有夏旅的事儿在那挡着,看见孟啸挺尴尬。"

孟啸这几年可谓是呼风唤雨的,把孟氏做得风生水起,奠定了商场上不可估量的价值和地位,举手投足间也没了从前做医生时的影子。孟啸念旧,后来没少跟庄暖晨她们合作,庄暖晨感激之余也挺心疼孟啸,尤其是婚后,感觉他过得并没有表面那么风光。

但孟啸的婚姻没维持多久,庄暖晨没多问,但也知道那场婚姻本就是冲着利益去的,想要多深的感情也未必有。当然,应该是孟啸的心始终没在对方身上,可也不见得他还惦记着夏旅。所以听艾念这么说,她心里咯噔一下:"是有什么我不知道的事吗?"

艾念沉默。

庄暖晨一看心知是有事,追问之下艾念说了实话。

"其实,夏旅怀过孟啸的孩子。"

庄暖晨愣了好半天才"啊"了一声,紧跟着快炸了:"什么时候的事?"

艾念重叹,说了当年夏旅在医院做手术的事。那时候艾念是怀疑的,后来被夏旅给否认了,再后来艾念想,算了,夏旅都选择放手了,她再追问那件事也没什么意义,就算孩子是孟啸的又能怎么样?感情分崩离析,一个远走他乡,一个另娶他人。

"那位孟太太较真,心里容不下事,也不知道从哪得知了孟啸和夏旅的过往,背地里没少给夏旅找麻烦,要不然夏旅能总是一个地方待不长换来换去的?孩子的事也是那位孟太太查出来的,竟找人打了夏旅。"

说到这儿,艾念冷笑:"可真是厉害啊,连孟啸都不知道的事能被她查出来。"

庄暖晨闻言都傻了,她根本不知道这些事。当年夏旅把话说得决绝,走得也是决绝,不管是跟她们的友情还是跟孟啸的爱情说断就断,毫不拖泥带水。可后来庄暖晨在昏迷不醒的时候夏旅回来过,也是因为这一点,她知道夏旅还顾着这份友情,于是便没少跟夏旅联系。

最开始夏旅存心躲避,哪怕联系上了也挺冷淡,后来不知道是不是时间冲淡了一切,虽说她跟夏旅达不到从前那么熟络,但偶尔也会聊上一聊。庄暖晨知道夏旅辗转过不少地方,问她,她就说不爱在一个地方待着,容易腻。

没想到背后还有那么多的事。

"你怎么一直没告诉我?"庄暖晨心疼。

艾念说:"她什么性子你还不知道吗?总觉得别人关心她一点就是可怜她似的。"说到这儿又叹了口气,"其实我是觉得,她离了孟啸后就没再找回魂儿过,真的,这几年她一直单着。"

"关于她的还有什么?她到底过得顺不顺当啊?"

艾念宽慰她,要她安心:"都挺好的,主要是没了那位孟太太的折腾,这两年夏旅也安稳了。哎,只能说心态上是安稳了,但生活上……你说她折腾什么劲啊,回来跟咱们一起干多好啊。"

夏旅折腾是真折腾。但庄暖晨觉得,以前夏旅的折腾那是在作,现在她的折腾那是圆梦吧。夏旅不再做传播了,而是做回了记者,她最喜欢的媒体行业。这也是庄暖晨在朋友圈里看见她发的记者证后知道的,当时夏旅跟她说,我这个人闲不住,思来想去的还是做记者最合适,也正好碰到机会了。

风里来雨里去是夏旅目前的常态,比以前晒黑了,但笑容比以前多了,所以庄暖晨不赞同艾念的话,夏旅做回了自己一直想做的行业,哪怕颠沛流离,但心里是踏实的。

"孩子的事,孟啸知道吗?"

艾念摇摇头:"不清楚啊,但没见他们联系,可能不知道吧。再说了,关于孟啸的事夏旅也从不提啊!而且就算知道又怎样呢,都过去这么多年了,哪有那么多童话故事?"

庄暖晨说不好,她了解曾经的孟啸和夏旅,但现在,这俩人在她心里都成了谜。

陈妈走过来通知说程先生来了。

程少浅进门的时候将伞递给了陈妈,虽说如此,大衣上还是沾了雪。江漠远和司然正好也从酒窖里出来,大老远就听见两人在嚷嚷。司然说,不行不行,太酸了不好喝,甜度不够。江漠远不满,那是你不会喝,喜欢甜的喝蜂蜜去。

程少浅知道怎么回事,连跟庄暖晨和艾念寒暄的打算都没有了,匆匆一句:"告辞。"脚跟一旋,紧跟着要走。

江漠远的动作挺快,将程少浅拦个瓷实:"哪有刚进门就走的?"

"才想起来还有几份文件要签,紧急的。"程少浅一脸真切。

"新年伊始,松松劲,别把自己绷得太紧了。"江漠远说着就将他往屋子里拉,"来都来了,正好尝尝我新酿的酒,你肯定喜欢。"

程少浅像是条死狗似的被江漠远一路拖着走,几乎欲哭无泪地瞅着庄暖晨,大有求救之意,庄暖晨爱莫能助,就只能顺着江漠远的话:"来都来了……"

那就,不差再牺牲一回了。

话说江漠远刚迷上酿酒那会儿,程少浅绝对是捧场的,本身就爱喝酒的人,那肯定想近水楼台啊。江漠远开始时还挺中规中矩,所以酿出来的酒不说多惊艳吧,但至少入口没问题。程少浅为了不打击他,就说还不错,有大师的风范。

可能毁就毁在程少浅的那句"大师的风范"上,江漠远就跟上了发条似的开始各种花样酿酒,酿完了通通往程少浅那送,程少浅最严重一次是喝到送进医院,不是酒精中毒,而是严重腹泻。

喝酒喝到闹肚子也是叫人叹为观止,就连程少浅自己都没脸说,叮嘱所有知情的人,就说是酒精中毒。

江漠远是被蒙在鼓里的,非但害了人还不知,反倒说,我那酒都是自然发酵,怎么可能酒精中毒?

自此,程少浅一听江漠远让他尝酒就头疼,这次来之前他还问过庄暖晨,江漠远酿酒的劲儿过没过呢,没过的话坚决不踏进江宅半步,他怕自己竖着进去横着出来,大元旦的他还想讨个吉利呢。

庄暖晨说,反正好些天不见他进酒窖了。

程少浅一想,嗯,肯定是新鲜劲过去了。

所以,但庄暖晨看见程少浅进屋的那一刻,暗叫了一声:完了……

是完了,连程少浅自己都觉得完了。

三个大男人还是喝到了尽兴,所以说心口不一的何止是女人。

次日都有事,所以后半夜司然一家和程少浅都被江宅的司机送回去了。晨晨睡得跟只猫似的,奶乖奶乖的,庄暖晨为她盖被的时候想到酒桌上那幕就想笑。

刚开始男人们谈天谈地的,最后也不知道是不是有心气程少浅,独独就往孩子身上聊。江漠远说:"谁要是敢打晨晨的主意,我肯定打折他的腿!"

程少浅醺醺酒气的:"那你老丈人有没有打折你腿?"

司然宽慰他:"女大不中留,早晚要嫁人。"

江漠远大着舌头:"别说这话,不能听。"

艾念冲着司然摇头,对啊,可别说了,万一再把他惹哭了怎么办?

壁炉火光烁烁,庄暖晨去拿手机的时候才发现有条未读信息,是许暮佳发来的。先是跟她道新年快乐,用的文字,然后是条语音。

许暮佳:我今天去看顾墨了,暖晨,今年你还去吗?

许暮佳从没放下过顾墨,虽然这么多年过去了。没见她跟哪个异性走得近过,也始终不见她有再嫁的打算。她总说自己是顾家的媳妇儿,这辈子都是。她选了极好的墓园,将顾墨和家人们葬在一起,只要有空就会去看看他们。

尤其是元旦这一天,许暮佳必然要去看顾墨。她说,因为元旦这天,是她真正属于顾墨的一天。

庄暖晨看了一眼时间,还是回了:"我会去的。"

庄暖晨每年也会去看顾墨,这是雷打不动的事。有时候会在他的墓碑前待上小半天,跟顾墨说说话,时间也就一晃过去了。之前也跟许暮佳在墓园碰见过,她跟庄暖晨说:"我每次都给你发消息,因为你是顾墨放进心里的人,所以只有跟你亲近了我才能感受到顾墨的气息。"

庄暖晨回复完没马上回房,看着外面簌簌而落的大雪,想起顾墨临终前跟她说的话,心头发紧发涩。

顾墨,如果来世还能遇见,那就让我偿了这份情吧。

江漠远送完客人从外面回来时酒醒得差不多了,身上沾了风雪气,所以从背后搂住庄暖晨时只是虚环,怕凉气侵了她。

问她怎么了。

庄暖晨没在乎他衣衫上雪气,朝后靠着他,将手机里的信息给他看了。江漠远顺势搂紧她,脸埋在她的头发里:"我陪你一起去。"

"好。"

3. 曾经沧海

夏旅没想到会遇见孟啸，在多年之后，在这么一个地方。

距离郊县最近的市中心医院，救护车的灯晃得叫人不安，周围大人哭孩子嚎，抢救床的轮子碾着地面发出刺耳的吱吱声，护士们几乎都是用小跑的，不停喊："让一让！"

全院的呼叫广播没停过：请骨科医生速来抢救室、请心外科速来急诊……

从郊县通往市区的路上发生山体滑坡，整辆大巴都翻了，夏旅是做完外采准备回城，正好搭了那辆大巴。她的伤势相比其他人来说不算重，当时是靠窗而坐，出事后第一时间用手里的设备砸碎了车窗。她成功逃生后没离开事故发生地，跟着爬出来人一起抢救其他人，直到救护车和警车来。

她刚帮着一对受伤夫妻把他们的老父亲送进抢救室，等出来时已经累到虚脱，直到护士急匆匆过来："你自己都受着伤呢，先顾好自己。"

于是，在去急诊的路上就遇见了孟啸。

周围熙熙攘攘吵闹哭喊，孟啸就伫立在来往的匆影间，双手插兜，身穿笔挺昂贵西服，一件深咖色羊绒大衣。显然他早就看见了她，目光不避不闪地落过来，冷得很，就跟外面的温度一样。

夏旅曾经最多看的就是他穿白大褂的样子，比眼前的男子温暖。

急诊那边在叫她的名字，夏旅没法装作视而不见，也没法熟络到热情打个招呼，只是朝他微微点了一下头当打招呼，赶忙走了。

再见孟啸在急诊室。

当时夏旅的一条袖子被剪到了手腕，护士给她做消毒工作，外科大夫说，你这伤口挺长啊，流这么多血还能帮别人呢？不疼吗？

疼。

缓过劲来她才有感觉，真是钻心疼。

避不开要缝针，夏旅问大夫会不会留疤，大夫说肯定会留疤，没看多大伤口吗。说着就打算上手了，下一秒却被人截和了。

"你这么缝，她肯定会留疤。"

是孟啸,居高临下的。孟啸接手,外科大夫见院长跟在后面毫无异议也就让贤了。

夏旅显得挺紧张,甚至手都在抖。孟啸洗好了手消好毒,戴好手套,瞧见她战战兢兢的样子,冷淡说了句:"我曾经好歹也是外科的一把刀,你有什么好紧张的?"

夏旅紧张不是因为缝合。

打麻药的时候她没抬头,但也能明显感到他在盯着自己。

孟啸缝合得很快,夏旅始终没敢看,这个过程中两人都没说话。直到缝完,夏旅用极低的声音跟他说了声谢谢。孟啸没说什么,起身去洗手。旁边实习大夫给她做了后续清理工作,叮嘱她一周后来换药,这期间不要沾水。

夏旅记下了医嘱,起身要走的时候瞧见了一侧的镜子,一时间狼狈得想去死。脸上、头发上都沾着泥,全身衣服都看不出来颜色了,一条袖子彻底报废,她拖着条裹着纱布的手臂,外套都不知道扔哪了。

孟啸洗完手出来了,说了句:"三天后来医院换药。"

夏旅一愣,喃喃:"不是一周吗……"

"他就是个实习大夫。"孟啸的态度不是很好。

那位实习大夫臊得满脸通红,夏旅抿了抿嘴,说好。

离开时,孟啸又叫住了她,但不是叫她的名字,只是说,等一下。

他把羊绒大衣披在她身上,她拒绝,孟啸的脸色不算好看:"你也算是我的病人,就这么出去容易伤口感染。"

之后其实两人没交流,许是孟啸跟这家医院有什么联系吧,当晚人手不够的时候,院长亲自来问的孟啸能不能帮忙。夏旅见他脱了西装外套,接过护士递上来的白大褂,去急诊帮忙了。

夏旅看着他询问家属、抢救病人、给病人做复苏等等,动作都一气呵成,她心口挺酸,或许在他心里从没忘记过自己是个医生。

三天后,夏旅在社里忙得脚打后脑勺的时候接到了医院的电话,提醒她来医院换药。等她赶到医院的时候,没想到孟啸竟然在,又是他亲自给她换了药,夏旅依旧没看他的眼睛,低低地说:"你那件大衣送去洗了,还没——"

孟啸没听她说完,起身就走了。

之后又是三天一换药、七天一换药的,次次也都是孟啸来代劳,弄得夏旅一度以为他是又做回医生并且转院了。有一次夏旅实在忍不住问孟啸:"这么频繁地换药对伤口有利吗?"

孟啸语气仍旧淡漠："你是医生还是我是医生？"

"都不是……"夏旅几乎呢喃。

后来夏旅才知道，原来孟啸是来市里谈投资的，而那家医院的院长是他的恩师，发生事故那天，他正好去拜访恩师。

就这样到了拆线这天，孟啸竟又在医院。医生们都成默契了，要夏旅去找孟啸拆线。拆线的时候两人一如既往地沉默，之后还是以夏旅的那句谢谢作为结束。

今天夏旅是从社里直接来的，一堆资料加笔记本电脑，还有采访设备在背包里，东西不少。孟啸见了皱眉："你没请病假？"

夏旅想说就这点伤请什么病假啊，又不是毁容不能出镜了，或者是断了手指头不能写稿子了。但鉴于两人等同于冰点的关系，她就简单说了句："不用请假。"

孟啸的脸色不是很好看。

夏旅道了别，打算离开的时候，肩上的背包就被只大手给拉下来了："跟上。"

不跟也不行，她就眼睁睁看着背包被他拎走了。

医院大门口停着辆商务车，司机见到孟啸后恭敬叫了声孟总。孟啸问她："去哪？"

夏旅轻声说："回家写稿。"心想还好，有司机。

念头刚落，就听孟啸对司机说："你去餐厅跟徐助会合，车我开。"

从医院到夏旅的住所，二十分钟车程。车子被孟啸一路开进了小区，最后在单元门口停下来。是一处老小区，面积不小，小区有环形的活动场所，正中间栽种了一株老粗老粗的梧桐，到底有多少年了谁都不知道。

夏旅下车之前让孟啸稍微等一下："大衣洗好了，我拿下来给你。"

孟啸语气淡淡的："前几次不拿给我？"

夏旅抬眼看他："不知道你还能去医院……"

孟啸眼里有讥笑："如果你今天没遇上我呢？"

"我可以寄给暖晨。"

孟啸不说话了，抿着唇，好半天冷笑："你还真有办法。"

夏旅听得出他口吻里的冷嘲热讽，不想久留，便又道了谢下车。不想孟啸也跟着下车了："我跟你上楼拿，不用折腾了。"说着又主动拎了她的背包，形同扼住她命运的喉咙。她在前方带路，是传统的板楼，没电梯，总共也不高，就六层，夏旅住五层。

房门开了后，夏旅没说请他进来，孟啸也没主动说要进来。就这样，一个在屋里，一个在门外，夏旅抱着洗好的大衣出来，递给了孟啸，与此同时又给他倒了杯水，一并递给他。

不管他喝还是不喝，终归她是表达了谢意。

孟啸只管接过大衣，没接那杯水，但也没立马走，盯着夏旅的脸，突然问："你没什么想跟我说的吗？"

有。

但是，之前是不能说，现在更是没必要说。缘分一场，当初是她选择放弃，那现在又何必去搅他人的宁静？而且这么多年过去了，他的宁静也不是她能搅得动的。

她轻声说："这段时间谢谢你，还有，谢谢你送我回来。"

孟啸盯着她，眼里冰冷冷的，最后他终归是没再说什么，转身离开了。夏旅关上房门的瞬间，整个人都是瘫软的，本就是突如其来的一场遇见，像极了漫漫人生路上的一段小插曲，不该留在心里的不是吗？可是这么多年过去了，她仍旧没管住自己的眼泪。

夜深了。

房门被敲得咚咚响时，夏旅正要关电脑睡觉，见状赶忙去开门。

经过客厅时看了一眼时间，快凌晨一点了。这种情况不陌生，老房子住着虽说舒服，但有些设备也的确陈旧，像是漏水能漏到楼下的情况经常发生。但看了一眼门镜，愣住。竟是孟啸。

下午已经离开的人，不想现在又来了。

夏旅开门的时候闻到了浓烈的酒气，孟啸斜靠在门边，胳膊上搭着大衣，西服敞着扣，衬衫不周正了，他抬手，食指插进领带扣里扯了两下，领带就松垮了。

这一看就醉得不轻。

见她开门了，孟啸的眼神变了，似深藏的火种崩裂，有灼热，还有铺天盖地的愤恨。夏旅惊了一下，下意识想关门，却被孟啸一把推开，紧跟着他就进来了。

房门被他一手甩上。

砰的一声，整个房子都恨不得在颤，夏旅心慌得很，后退两步，又被孟啸一把扯回来。大衣掉在玄关地上，孟啸也没理睬，死死扣住她的肩头，眼里几乎喷火，咬牙切齿地问："夏旅，你有什么资格？有什么资格这么践踏我？"

夏旅觉得肩头都快被捏碎了，他的酒气冲过来，裹挟着他的怒火，她有些昏沉，一时间不知道该怎么回应，就只能说："你喝醉了，放手，你抓疼我了。"

岂料孟啸的手劲更大了,整张脸都铁青变形,她都能听见他牙齿咬得咯咯作响,心脏差点蹦出来。孟啸质问:"你疼?你有我疼吗?"

夏旅呼吸急促:"你……冷静点。"

老房子隔音不好,像是这么大的动静,她真怕会吵到邻居。

不料这话更激恼了孟啸,眼睛里能喷火,盯着她却是冷笑:"夏旅,这些年你倒是冷静啊。"

"孟啸!"她死命推搡他。

孟啸松了口,唇却游到她耳畔:"舍得叫我名了?"

她被他强行按住时,她抖着嗓音说,"我、我有男朋友了!你不能……"

"不能什么?"孟啸扯了衬衫和领带压下来。

再睁眼时,窗外仍旧灰蒙蒙的。夏旅觉得自己像是做了个长梦,梦里有她和孟啸,还有那段已经走到尽头的卑微爱情。

夏旅从床上坐起来,浑身跟散了架似的,胳膊上虽说拆线了,但孟啸的行径牵扯了伤口,没流血,却挺疼。

是走了吗?夏旅心口堵得紧,生生透不过气来,本就不该纠缠的缘分,何况是早就被她亲手掐断的缘分。

许久她下了床,去客厅倒水的时候发现书房有光亮,心口又是一紧,屏着呼吸走进去一看,心底就形同掀了骇浪。

孟啸没走。

就坐在她电脑前,屏幕的光亮罩在他脸上,冷峻肃穆,眼里的光沉得不见底。夏旅这才记起开门之前是待机状态,她一急,快步上前。

孟啸眼皮一抬,目光如炬。夏旅蓦地止步,心里七上八下的。他盯着她,她也不知道他看见了什么,也不知道他在想什么,一时间只能保持沉默。

良久后他才开口,似笑非笑的:"你不是知道我离婚了吗?"

夏旅呼吸一窒,抿唇没回答。

孟啸眯眼看她:"所以,你早就知道我离婚了,我的事你知道得一清二楚,对吧?"

夏旅闻言心是凉了半截,但还是强拉理智:"我是做记者的,有同行跑财经新闻,你是新贵,我知道也正常。"

孟啸嗤笑一声,起身朝她走过来。夏旅头皮发凉,手腕一紧被他控住,紧跟着被他拖到电脑前。夏旅抬眼一看屏幕,剩下的那半边心也凉了。

果然,他看见了。

孟啸两条手臂撑着桌子，将她圈在其中，问她："这是什么？"

夏旅眼眶发酸，紧闭唇不语。

是有关他的消息，从离开他第一天起，但凡有他的消息她都保留，在之后的几年里，有关他的报道越来越多，她保留的也就越来越多，有电子版的，还有杂志、纸质版被她拍成照片保留的。

电脑前还有张照片，是当年她带走的那张，唯独的一张，被她仔细地嵌在相框里。赶稿子累的时候，看着看着就总会被逗笑，可笑着笑着又会心酸，所以那个相框平时都是扣着放的，此时此刻，相框正摆着。

孟啸拉近她，逼她看着自己。再开口，他的嗓音就低了好多："不是已经不爱我了吗，为什么还要关注我的情况？为什么还要保留那张照片？"

夏旅的鼻腔酸了，一些当年鼓足勇气说的狠话在今晚却是半个字都说不出来了。孟啸的额头抵着她，呼吸听着也急促，胸腔起伏着，看得出在努力压着情绪："她动你就是踩了我的底线。"

夏旅先是一愣，紧跟着反应过来他口中的"她"指的是谁。惊愕道："你……"

孟啸微微抬脸看她："对，这就是我离婚的真正原因，所以，有些事你还打算瞒着我吗，包括孩子。"

这句话彻底击垮了夏旅，紧绷的弦断了，以为是坚固的墙瞬间也就塌了。眼泪成了倾盆，再也控制不住。

"我、我不是……孟啸，你不能……"不能什么连她自己都说不清楚，就好像没了孟啸这几年她始终在浑噩地活着，此时此刻那些个混沌心思在疯狂复活、滋生、蔓延，最后成了漫无边际的萋草丛生。

孟啸将她拉到怀里，任由她抵着自己哭，由最初的控制到最后的号啕，他看着窗外清冷的月光，眼眶也红了，收紧了手臂。

有多少年了，他的胸膛都是冷的，这一刻，他才找回了自己的温暖。